[日] 川端康成 著

古都

经典六卷本

崔蒙 译

中国画报出版社·北京

图书在版编目（CIP）数据

古都 /（日）川端康成著；崔蒙译. -- 北京：中国画报出版社，2023.4
ISBN 978-7-5146-2200-3

Ⅰ. ①古… Ⅱ. ①川… ②崔… Ⅲ. ①中篇小说—小说集—日本—现代 Ⅳ. ①I313.45

中国国家版本馆CIP数据核字(2023)第044251号

古都

[日] 川端康成 著　崔蒙 译

出 版 人：方允仲
策划编辑：钱　丽
特约编辑：王雨亭
责任编辑：李聚慧
封面设计：刘　军
版式设计：段文婷
责任印制：焦　洋

出版发行：中国画报出版社
地　　址：中国北京市海淀区车公庄西路33号
邮　　编：100048
发 行 部：010-88417360　010-68414683（传真）
总编室兼传真：010-88417359　版权部：010-88417359

开　　本：32开（880mm×1230mm）
印　　张：9.5
字　　数：238千字
版　　次：2023年4月第1版　2023年4月第1次印刷
印　　刷：北京中科印刷有限公司
书　　号：ISBN 978-7-5146-2200-3
定　　价：58.00元

目录

古都

春之花	002
尼姑庵与格栅门	018
和服街	037
北山杉	056
祇园祭	075
秋色	096
松树的翠绿	115
深秋的姐妹	137
冬之花	150

名人

古都

春之花

  千重子发现,老枫树树干上的紫花地丁开花了。
  "啊,今年也开了。"千重子感受到春天的柔和。
  对街道里的狭窄庭院来说,这棵枫树真的堪称巨木,树干比千重子的腰还要粗。不过当然了,那树皮古老粗糙还长着青苔的树干,又怎么能与千重子年轻的身躯相比呢。
  枫树的树干在与千重子的腰部等高的位置开始向右倾斜,在高过千重子头顶的地方,大幅度地向右弯曲。枝叶从弯曲的地方开始生长、延展,覆盖了整个庭院。或许是负荷太重,长枝的前端微微低垂。
  从千重子记事开始,这棵树上就有两株紫花地丁,就长在树干弯曲处稍下一些的两个小坑里,每到春天就会开花。
  上下两株紫花地丁之间大约有一尺的距离。正值妙龄的千重子思索:"上面的紫花地丁和下面的会见面吗?它们彼此认识吗?"紫花地丁的"见面"和"认识"是什么意思呢?

这两株紫花地丁每年春天开的花也就三朵，最多五朵。即便如此，树干上的小坑每到春天都会发芽、开花。千重子有时在缘廊上眺望，有时站在树下抬头观察，她有时被"生命"所打动，有时也感到深切的孤独。

"长在这样的地方，然后活下去……"

到店里①来的客人称赞枫树的苍劲，却极少有人注意到树上开放的紫花地丁。这棵粗大的枫树上长着苍老的树瘤，青苔沿着树干一直长到高处，让老树显得格外威严与雅致，自然没有人会注意到寄生其上的两株小小的紫花地丁。

不过，蝴蝶是知道的。千重子发现紫花地丁开花的时候，在庭院里低低飞舞的成群白色小蝴蝶从枫树树干上飞到了紫花地丁的附近。那时枫树正要展开微微泛红的嫩叶，衬得那些飞舞的蝴蝶白得格外鲜明。两株紫花地丁的叶子和花在枫树树干新长的青苔上留下了微弱的影子。

这是樱花花期里一个多云的柔和春日。

直到白色蝶群飞走，千重子还坐在缘廊上看枫树树干上的紫花地丁。

"今年也在那样的地方努力绽放了啊。"千重子想低声对花儿说。

在紫花地丁下面，也就是枫树的根部旁边，立着一个古老的石灯笼。以前父亲告诉过千重子，灯笼脚上雕刻的立像是基督。

---

① 日本京都将建于1950年之前的传统木结构房屋称为"京町家"。这种房子通常临街而建，整体狭长，且一般为"前店后屋"，铁红色格栅门和二楼的虫笼窗是其特色。京町家的结构通常如下：大门较小，进入后一侧为狭长过道，直通房子最深处的独立仓库，过道为灰泥地，需要穿鞋，称为"土间"。厨房就设置在过道上，另一侧首先是店铺，其后划分为餐厅、居室等房间，楼梯也通常在这里。后面是一个狭小的庭院，最后是单独建立的仓库。

"不是圣母玛利亚吗？北野的天神宫①有一个跟这个很像的大石像。"那时千重子问道。

"这是基督，"父亲很简单地说，"没抱婴儿嘛。"

"啊，真的呢……"千重子点点头，然后问道，"咱们的祖先里有基督教徒吗？"

"没有，这是园艺师或者石匠拿来放在那儿的，不是什么稀罕的东西。"

这个刻着基督像的石灯笼应该是以前禁止基督教的时候做出来的。因为用的是质地粗糙的脆弱石料，又经历了几百年的风雨，浮雕像已经残破了，只能依稀辨认出头、身体和脚。可能原本就雕刻得很简单吧。雕像的袖子很长，一直垂到衣摆，基督好像是合掌的姿势，只能看出上臂略微粗一点，看不出形状。不过，跟佛像和地藏像的感觉完全不一样。

这个基督像石灯笼在过去不知道是信仰的象征，还是富有异国风情的装饰品，如今却因为老旧，在千重子家店铺的庭院里只能被放到老枫树的根部旁边。如果有客人注意到，父亲会说上一句，"是基督像"。但是在来谈生意的客人里，只有极少数人会在粗大枫树的阴影里注意到那个不起眼的石灯笼。就算注意到了，庭院里有一两个石灯笼也是再寻常不过的，并不会细看。

看过树上的花，千重子垂下目光，看着基督像。千重子读的不是教会学校，但是因为喜欢英语，经常去教堂，也读过《圣经》的《新约》和《旧约》。可如果给石灯笼供奉鲜花、点蜡烛，又好像并不合适，因为灯笼上并没有雕刻十字架。

基督像上方的紫花地丁，让人觉得很像圣母玛利亚的心。千重子抬起眼睛，从石灯笼再次看向紫花地丁——然后，她突然想

---

① 北野，京都市上京区天满神宫附近地名。天神，菅原道真的神号"天满大自在天神"的略称，也指祭祀菅原道真的天满神宫。

起自己养在古丹波①陶壶里的金铃子②。

跟发现老枫树上长着紫花地丁的时间相比,千重子开始养金铃子的时间要晚得多,大概是四五年前吧。在高中同学家的客厅里,她听到虫儿不停地鸣唱,就要了几只回家。

"待在陶壶里太可怜了。"千重子说。但同学说,总比养在笼子里白白死了要好。听说有些寺庙会养很多,然后出售虫卵,好像爱好者不在少数。

千重子养的金铃子现在增加了不少,已经要用两个古丹波陶壶了。每年金铃子固定在七月初产卵,八月中旬就开始鸣叫了。

在狭窄昏暗的陶壶里出生、鸣叫、产卵、死去。即便如此,因为保存了种群,应该比养在笼子里一代就死去的金铃子要好上一些。但它们真可谓于壶中度过一生,"壶中"也即"天地"了。

"壶中天地"是很久以前的一个中国传说,千重子也是知道的。故事说壶里有琼楼玉宇,处处是美酒佳酿和山珍海味。壶中是远离俗世的另一个世界,是仙境。这个传说也是众多有关仙人的传说之一。

然而,金铃子并非因为厌倦俗世才进入壶中的。可能它们并不知道自己身在壶中,并且一直在壶中生存下去。

最让千重子惊讶的是,如果不经常把别处的雄虫放进壶里,只让同一个壶里的金铃子繁衍,生出来的幼虫会又小又虚弱,那是近亲繁殖造成的。为了避免这个问题,金铃子爱好者之间有交换雄虫的习惯。

现在是春天,并不是秋天,金铃子不会鸣叫。但千重子依然

---

① 丹波,日本旧国名,位于如今的京都府中部和兵库县中东部,盛产陶器。
② 金铃子,蟋蟀科的小鸣虫,因叫声清脆似金属铃铛而得名,是一种广受喜爱的鸣虫。

从在枫树干凹陷处里开放的紫花地丁联想起壶中的金铃子,也不是毫无理由的。

金铃子是被千重子放进壶里的,但紫花地丁又是为什么会来到这样一个狭小的地方呢?紫花地丁开花了,金铃子今年也一样会出生、鸣叫吧?

"是自然的生命吗?"

千重子把被春日微风吹乱的头发拢到耳后,思考、比较着紫花地丁和金铃子。

"那我自己呢……"

在自然的生命共同蓬勃生长的春日里,看着小小紫花地丁的,只有千重子一个人。

店铺里好像准备好午饭了,能听见动静。

千重子约好了要去赏花,看看时间,该去梳洗打扮了。

昨天,水木真一给千重子打了电话,邀她一起去平安神宫赏樱花。真一有一个大学生朋友,在神宫入口担任半个月的检票工作,这位朋友告诉真一,现在是樱花开得最好的时候。

"就好像派人盯着一样,再没有比这准确的消息了。"真一低声笑着说,笑声十分迷人。

"那个人也会盯着我们吗?"千重子说。

"他不是看门的吗?谁进去都要经过看门人身边啊。"真一又短促地笑了,"不过,如果你不愿意的话,我们就分开进去,在庭院里的樱花树下汇合就好了。樱花就是一个人看也是百看不厌的。"

"这么说的话,你一个人去看樱花不是也很好吗?"

"好是好,可如果今晚下了大雨,花都落了,我可不管啊。"

"那我就看落花的风景嘛。"

"被雨打落的花是落花的风景吗?所谓落花啊,是……"

"可真是讨厌。"

"谁啊……"

千重子选了一件不显眼的和服，从家里出发了。

平安神宫的"时代祭"①广为人知，这座神宫是在明治二十八年（1895年）为了纪念距今约千年以前定都于此的恒武天皇所建的，所以神殿算不上古老。不过，据说神门和外拜殿是模仿平安京②的应天门和太极殿而建的，也按照传统右栽橘木，左植樱树。迁都东京之前的孝明天皇也在昭和十三年合祭于此。很多人在这里举行神前婚礼③。

最漂亮的要数尽染神苑的众多红垂樱。可以说，除了这些花，再没有什么能代表京都的春天了。

千重子走进神苑入口，顿时觉得盛开的红垂樱那浓烈的色彩好像是开在了自己的心里。

"啊，今年也见到了京都的春天。"她赞叹了一声，便一直伫立在那里观赏樱花。

可真一是在哪儿等着，还是没到呢？千重子想找到真一以后再赏花。于是从花木中间走了下来。

真一正躺在下方的草地上，他两手交握枕在脑后，闭着眼睛。

千重子没想到真一竟然会躺在那儿，真讨厌！等候年轻姑娘

---

① 时代祭，每年10月22日为纪念平安朝迁都京都而在平安神宫举行的祭礼，始于1895年，届时会举行历史主题游行，展示从平安时代到明治维新期间各个时代的历史变迁，是京都三大祭祀活动之一。
② 平安京，8世纪末恒武天皇迁都京都、模仿唐朝长安所建的都城，于应仁之乱中化为灰烬。
③ 神前婚礼，指在神前进行的结婚仪式。自明治以后开始兴起，模仿日本皇室在皇居贤所的婚礼仪式。

时竟然躺着。与其说他的行为没有礼貌又让自己觉得难堪,不如说"真一躺着"这件事本身很讨厌。千重子在生活里没见过男子随便躺着的姿态。

也许真一经常在大学校园的草地上和朋友一起,枕着胳膊或仰面躺着谈笑风生,现在不过是平日的姿态罢了。

而且,真一旁边有四五个老太太,她们一边打开多层食盒,一边悠闲地聊天。也许真一是觉得这几个老太太很亲切,就坐在她们旁边,之后才躺下的。

这样一想,千重子不禁微笑起来,可随即又红了脸。她没有叫醒真一,只是站在那儿,甚至还想从真一身边离开……千重子的确没见过男人的睡颜。

真一的学生服穿得整整齐齐,头发也一丝不乱,长长的睫毛垂着,很有少年的感觉。但千重子并没有仔细看他。

"千重子。"真一叫了一声站起身来。千重子突然不高兴了。

"在这样的地方睡觉,也太难看了吧。路过的人都看着呢。"

"我没睡着。千重子你过来了,我都是知道的。"

"真是坏心眼。"

"如果我不叫你,你打算做什么?"

"你是看见我过来所以才装睡的吗?"

"一想到有位幸福的姑娘走过来,我就觉得有点悲伤呢,还有点头疼……"

"我?我幸福吗?"

"……"

"你头疼吗?"

"不疼,已经好了。"

"脸色好像不太好啊。"

"没有,已经没事了。"

"像一把宝刀啊。"

真一的相貌偶尔会被人形容为一把宝刀,可千重子这么说还是第一次。

被这样形容的时候,真一的内心深处燃烧着一股激情。

"这把宝刀是不会伤人的,毕竟是在花下嘛。"真一笑着说。

千重子走上斜坡,往回廊入口的方向走去,真一跟了过去。

"想把这里的花都看一遍。"千重子说。

站到西边回廊的入口,花团锦簇的红垂樱立刻让人感受到春意,这才是春天。在下垂的细长枝条上,红色的重瓣樱花簇簇相连,一直绽放到枝头。这样的丛丛花木,与其说是树上开满了花朵,不如说是枝条支撑着繁花。

"这里我最喜欢的就是这种花了。"千重子说着把真一带到回廊向外转弯的地方,那里有一棵樱树,枝条格外伸展。真一和她一起看着这棵樱树。

"仔细一看,确实是女性化的。"真一说,"下垂的细枝也好,花也好,都那么温柔丰饶。"

而且,重瓣樱花的红色里好像还微微带着点紫色。

"我以前从没觉得樱花是如此的女性,颜色、风情,还有娇艳的色泽都是。"真一再次说。

两人离开这棵樱树,向池塘那边走去。道路变窄的地方摆着折凳,铺着红毡,游客坐在上面喝着淡茶[①]。

"千重子,千重子!"有人喊道。

微暗的树丛里有一间名叫澄心亭的茶室,穿着振袖和服的真砂子从里面跑出来。

---

① 淡茶,抹茶中颜色较淡、口味清淡的茶。

"千重子，我想请你帮个忙。我太累了，刚才给师父的茶会帮忙来着。"

"我现在这身衣服，只能帮忙清洗茶具啊。"千重子说。

"没事，洗茶具也行……反正是给我帮忙嘛。"

"我还有同伴呢。"

真砂子看到真一，在千重子耳边小声说："未婚夫？"

千重子微微摇摇头。

"心上人？"

千重子还是摇头。

真一转过身，走开了。

"那一起去茶会怎么样，一起去吧……现在座位空着呢。"真砂子邀请道。

千重子婉拒了，她追上真一，说："我这个学茶道的朋友很漂亮吧？"

"确实很漂亮。"

"哎呀，会被听到的。"

千重子用眼神对站在原地目送他们的真砂子致意，以示告别。

穿过茶室下面的小路就是池塘，岸边的菖蒲叶子嫩绿，竞相摇曳着，睡莲的叶子漂浮在水面上。

这个池塘周围没有樱树。

千重子和真一绕过池塘，走上一条微暗的林荫路。小路上有嫩叶的清香和湿润泥土的味道。这条小路很短，走出去，眼前是一座明亮的庭园。这里的池塘比刚才的大不少，岸边的红垂樱倒映在池水中，让人眼前一亮。外国游客正在拍樱花的照片。

对面岸边的树丛里，马醉木也开着朴素的白花。千重子想起了奈良，那里有很多松树，虽然并不粗大，却姿态极佳。就算没有樱花，松树的青绿之色也颇引人观赏。不过现在，松树的郁郁翠色和这一汪碧绿的池水把红垂樱的繁花衬托得更加鲜艳。

真一走在前面，踏上池水中间的踏脚石①，这叫"渡水石"，是一种圆形的石头，好像是把鸟居②切开摆放了。千重子把和服下摆稍微提起来一点。

真一回过头，说："真想把你背过去。"

"你可以试试，我佩服你。"

当然了，这些踏脚石连老太太都能走过去。

踏脚石下的水面上也浮着睡莲的叶子，靠近对面岸边，踏脚石周围的池水中还映着小松树的倒影。

"这个踏脚石的排列方法也很抽象吧？"

"日本的庭园不是都很抽象吗？比如醍醐寺③庭园的杉苔④，总是被人用'抽象'来形容，说个没完，反而让人讨厌……"

"是啊，那里的杉苔确实很抽象。醍醐的五重塔已经修好了，会有落成典礼呢，去看看吗？"

"醍醐寺的塔也像新的金阁寺⑤一样吗？"

"肯定焕然一新。但塔倒是没被烧掉……是拆掉以后按照原样重建的。落成典礼正好赶上樱花盛开的时候，人肯定特别多。"

"赏花的话，这里的红垂樱就已经足够了。"

两人走完了最后几块渡水石。

走过渡水石，池岸边松树林立，很快一座殿桥出现在眼

---

① 踏脚石，日式庭园里每隔一定距离安放的平坦石块，供人行走。
② 鸟居，神社参拜道入口的大门。
③ 醍醐寺，位于京都伏见区，874年创建。寺内有创建时遗留的建筑五重塔及其他多处国宝。
④ 杉苔，在日本用于苔藓庭园。
⑤ 金阁寺，金阁是日本京都鹿苑寺中的楼阁建筑，因其极为著名，鹿苑寺亦被称为金阁寺。金阁寺于1950年被寺中一僧人烧毁，1955年重建。

前。正如其正式名称"泰平阁",这是一座让人联想到"殿"的"桥"。桥两侧摆放有矮靠背折凳,人们坐在这里休息,隔着池塘可以观看庭园的景致。不过,应该说是先有了池塘才有的庭园。

坐在折凳上的人有的在喝饮料,有的在吃东西,小孩子在桥中间跑来跑去。

"真一,真一,这里——"千重子坐下来,右手按在凳子上,给真一占了位子。

"我站着就行,"真一说,"蹲在你脚边也……"

"不管你,"千重子"唰"地站起身,让真一坐下,"我去买鲤鱼的鱼食。"

千重子拿着鱼食回来,鱼食一扔进水里,成群的鲤鱼就涌了过来,时而有一条跃出水面,涟漪荡漾开来,樱花与松树的倒影轻轻摇晃。

鱼食还剩了一点。"你来扔吧。"千重子说,真一没有说话。

"还是头疼吗?"

"不疼了。"

二人在这里坐了很长时间。真一严肃地盯着水面。

"在想什么呢?"千重子问道。

"不知道啊,想了什么呢?总会有什么都不想的幸福时刻吧。"

"在花开得这么好的日子里……"

"不,是在幸福的姑娘身边……可能是感受到这种幸福了吧,就像鲜活的朝气一样。"

"我幸福吗?"千重子又说了一次。她的眼中突然蒙上了忧愁的阴影。她低着头,那忧愁看上去似乎只不过是池水倒映在眼中罢了。

千重子站了起来。

"桥那边有我喜欢的樱花。"

"在这儿也能看见，是那棵树吧？"

那棵红垂樱最为漂亮，也是一棵广为人知的樱树。枝条如垂柳一般下垂，伸展开来。千重子走到树下，一阵若有似无的微风吹过，将落花带到千重子的脚下和肩头。樱花花瓣散落在樱树下，零星的几朵被吹拂到池面上。

下垂的枝条被竹竿撑着，即便如此，花枝纤细的梢头还是快要垂到池塘水面了。

透过红色重瓣樱花的缝隙，可以看见池塘另一边的东岸树林上方的青翠山峦。

"是东山①的连山吧？"真一问。

"那是大文字山②。"千重子回答。

"啊，是大文字山啊，看着很高啊。"

"可能因为是在花丛里看的。"千重子说，自己也站在花丛中。

两人都舍不得离去。

这棵樱树附近铺着较粗的白砂，右边是一片很美的松林，这些松树对于这座庭园来说有些高，再往右就是神苑出口了。

出了应天门，千重子说："真想去清水寺③看看。"

"清水寺？"真一的表情好像在说"这也太普通了"。

"想从清水寺看看京都的黄昏，想看落日时西山的天空。"千重子说了好几次，真一只好点头同意："行，走吧。"

---

① 东山，限指京都东面的山地，以如意岳（海拔474米）为中心，众多坡度较小的群山相连。
② 大文字山，与如意岳西面相连的山，海拔466米，以"大"字篝火而闻名。
③ 清水寺，位于京都东山区，是知名禅寺。正殿前有向外伸出、架设于悬崖之上的铺木地面，被称为"清水的舞台"。日语中有"从清水的舞台跳下"的俗语，表明抱有极大的决心。

"走过去吧。"

路程很远,但是两人没走电车道,而是绕远路到南禅寺,穿过知恩寺,通过円山公园,经过古老的小路来到清水寺前。这时,春日的暮霭刚好升起。

清水舞台上的游客只有三四个女学生,在雾气中连样貌都看不清。

千重子却兴致盎然。幽深的正殿里已经点上了灯,千重子没在正殿的舞台处停留,走了过去,经过阿弥陀堂前走进后院。

后院也有一处悬崖之上的"舞台",跟轻巧的扁柏屋顶一样,这个舞台也小巧轻盈。舞台西向,面向着京都市区,也面向着西山。天边还带着落日后的微光,市区已灯火初上。

千重子靠在舞台的栏杆上,看向西边,好像完全忘记了同行的真一。真一走到她近旁。

"真一,我是个弃儿。"千重子突然说。

"弃儿?"

"嗯,弃儿。"

真一困惑了,"弃儿"这个词有什么深层含义吗?

"弃儿吗?"真一低声说,"千重子也会觉得自己是个弃儿吗?如果你是弃儿的话,那我也是弃儿,精神上的……也许每个人都是弃儿。因为所谓出生,其实就是被神舍弃到这个世间了。"

真一看着千重子的侧脸,落日若有似无地为她的脸染上了颜色,这就是春日傍晚的哀愁吗?

"而且,不是都说人是神之子吗?所以要先抛弃,再去拯救……"

但是千重子仿佛没有听到一样,只是俯瞰着灯火明亮的京都,完全没有回应。

真一觉得千重子身上有种莫名的哀愁,他想把手搭上她的肩膀,千重子却躲开了。

"别碰我这个弃儿。"

"我不是说了嘛,作为神之子,每个人都是弃儿……"真一的声音稍微大了一点。

"没有那么复杂。我不是神的弃儿,是被亲生父母抛弃的孩子。"

"……"

"就是被扔在店铺的红格栅门^①前的弃儿。"

"你瞎说什么。"

"是真的,这件事我一直很想告诉你……"

"……"

"我站在清水寺的这个地方看着京都的暮色,心里会想,我真的是在京都出生的吗?"

"你说些什么呢?脑子糊涂了吗?"

"用这种事骗你有什么好处吗?"

"你不是批发商家备受宠爱的独生女吗?独生女总是爱胡思乱想。"

"是啊,我是备受宠爱。事到如今,弃儿也无所谓了……"

"你说自己是弃儿,有证据吗?"

"证据?店铺前面的红格栅门就是,那扇老旧的格栅门什么都知道。"千重子的声音更加悦耳了,"好像是我刚上中学的时候吧,母亲把我叫过去,对我说:'千重子不是我亲生的孩子,我们抢了一个可爱的婴儿,跳上车就跑了。'但是抢到婴儿的地方,我父母没注意,说法都不一样。有时说是在赏夜樱的祇园^②,

---

① 格栅门,京町家的代表特征之一。格栅,日语汉字写作"格子",是用细方木或竹子编制的纵横有空隙的格栅,用于门窗等。

② 祇园,京都东山区的八坂神社一带的地区,作为神社前的"门前町"而发展,因艺伎而闻名。每年七月举行的京都三大祭礼之一——祇园祭,就是八坂神社的祭礼。八坂神社的旧称为"祇园社"。

有时说是在鸭川河滩……可能是因为他们觉得如果说我是被扔在店铺门前的弃儿未免太可怜了,所以才会这么说。"

"啊,不知道亲生父母是谁吗?"

"现在的父母很疼爱我,不想找亲生父母了。可能已经是仇野①附近无人供养的亡魂了吧?那里的石碑全都很破旧……"

西山上,柔和的春日余晖几乎将京都的半边天空都染成了淡淡的红色。

千重子说自己是弃儿,甚至是被抢来的孩子,这话真一并不相信。千重子的家位于古老的批发商店街,只要去附近打听一下马上就能知道。但真一现在当然没有去打听的想法,他只是感到迷惑,而且很想知道千重子为什么要在这里做这样一番告白。

约自己到清水寺来,就是为了做这样一番告白吗?千重子的声音变得越发纯净、澄澈了。在她的声音里有一种美好的力量,她的这番话好像并不是在对真一诉说自己的烦恼。

毫无疑问,千重子隐隐地察觉到了真一对自己的爱意。千重子的告白是要让心爱的人了解自己的身世吗?真一觉得并非如此。甚至恰恰相反,真一觉得这番话是在拒绝他的爱。即便所谓"弃儿"是千重子编出来的……

在平安神宫,真一说千重子"幸福"说了好几次,如果是对这个评价的抗议就好了,于是真一试着说:"知道自己是弃儿,你觉得寂寞、难过吗?"

"不,一点都不寂寞,也不觉得难过。"

"……"

"我跟家里提出想上大学的时候,父亲说:'你以后要继承家里的店铺,上大学只会碍事,还是多了解生意上的事吧。'我

---

① 仇野,京都右京区嵯峨小仓山脚下的野地,曾为火葬场。

只是在那个时候,有点……"

"是前年的事吧?"

"是前年。"

"你对父母是绝对服从吗?"

"嗯,绝对服从。"

"结婚的事也是?"

"嗯,现在是这么打算的。"千重子毫不犹豫地回答。

"那你没有自我或者自己的感情吗?"真一说。

"太多了,有点不知怎么办?"

"打算压抑或抹杀吗?"

"不,不会抹杀。"

"净说些让人不明白的话。"真一轻轻笑了一下,声音却有些颤抖。他从栏杆上探出身子,想去看千重子的脸,"真想看看这谜一样的弃儿的脸啊。"

"天已经黑了。"千重子回头看向真一,她的眼睛闪闪发亮。

"真可怕……"千重子抬眼看向正殿的屋顶。厚扁柏屋顶那沉重、昏暗的压迫感扑面逼来。

尼姑庵与格栅门

千重子的父亲佐田太吉郎三四天前就躲进了嵯峨①深处的尼姑庵里。

尼姑庵的庵主已经年过六十五岁了。在京都，这间小小的尼姑庵也颇有历史。但是庵门掩藏在竹林深处，并不引人注目，自然与观光游览无缘——最多只是偶尔出借厢房供人开茶会，还不是什么知名的茶室——颇为寂寞冷清。庵主时常出去教人插花。

佐田太吉郎在这里租了一个房间，他现在跟这间尼姑庵也有很多相似之处。

佐田是中京②一家和服衣料批发商店的老板，周围的店铺大多改成了股份公司，佐田的店铺也一样。太吉郎当然是社长，生

---

① 嵯峨，京都右京区大堰川东岸地名，名胜古迹众多，与对岸的岚山齐名。
② 中京，京都市的中心地区。

意都由掌柜（现在叫专务或者常务）负责，但还多多少少保留着一些过去店铺的老规矩。

太吉郎从年轻时起就很有专家气质，不爱与人交往。他完全没有举办个人染织作品展的野心，就算真的举办了，在那个时候，恐怕也会因为纹样太过新奇而很难卖出去。

他的父亲太吉兵卫只是默不作声地观察太吉郎的行动。想要绘制时兴的纹样，无论店里的图案师傅还是外面的画家都有的是。但是，并非天才的太吉郎因为进展艰难而借助了毒品的力量，画出古怪的友禅①纹样。太吉兵卫得知后，立刻把儿子送进了医院。

到太吉郎这一代，店铺里的图样已经变得很普通了，太吉郎为此感到十分难过。他之所以一个人闷在尼姑庵里，就是想寻找构图的灵感。

战争结束以后，和服纹样发生了显著的变化。以前借由毒品画出的古怪纹样，放到今天可能被当成新鲜的抽象图案。但是，太吉郎现在已经快要六十岁了。

"索性用古典样式得了。"太吉郎有时自己念叨，过去的优秀纹样件件浮现到眼前。古老布料、古代和服的纹样与色彩都一起涌入他的脑海。当然，他也会去京都的名园或野山散步，还会画一些和服的写生。

女儿千重子中午时过来了。

"爸爸，你吃森嘉的汤豆腐②吗？我买来了。"

"啊，谢谢……森嘉的豆腐虽然让人高兴，但是千重子过来，爸爸更高兴。你待到傍晚再走吧，让爸爸解放一下头脑，怎么样？我快要想到一个好图案了。"

---

① 友禅，一种印花染色方法。日本知名的友禅绸料有京友禅、加贺友禅。

② 汤豆腐，一种菜品，用海带汤煮豆腐，之后再加入酱油和作料。

布料批发店的老板是没有必要绘制纹样的，甚至可以说，这么做反而会影响生意。

但太吉郎在店里也一样，他在客厅的最里面也就是挨着基督像灯笼庭院的窗边摆了一张桌子，有时在那儿一坐就是半天。桌子后面那两个古老的桐木衣柜里放的都是中国和日本的古代布料，衣柜旁边的书箱里放的也都是各地织物的图册。

后面单独仓库的二楼里，按照原样摆放着很多能乐①服装和新娘礼服，还有不少南亚国家的印花布。

其中也有太吉郎的父亲或者祖辈收集来的东西，但是到举办古代布料展的时候，太吉郎总是非常冷淡地拒绝提供展品，而且拒绝得十分生硬："遵从我家先祖遗命，概不外借。"

店铺是京都的老房子，去上厕所就一定要经过太吉郎桌子旁边那条狭窄的走廊。每当有人走过，他就皱起眉头。店里的声音稍微大一点，他就会硬邦邦地说上一句："不能安静点吗？"

掌柜行礼道："是从大阪来的客人。"

"买不买都无所谓，批发商有的是。"

"那可是咱们店多年来的老主顾了……"

"衣料是用眼睛选的，用嘴巴买不就说明他们没眼光吗？真正的商人，看一眼就知道了，咱们店价格便宜，布料多。"

"是。"

在太吉郎的桌子下面一直到坐垫的那块地方，铺着一块地毯，是从国外买来的，他的周围还挂着用昂贵的南国印花布料做成的帷幔。这是千重子想出来的办法，帘子多少能阻隔一点店里传来的声音。千重子经常把帷幔摘下来更换。每次更换，父亲都会感谢千重子的体贴，给她讲这些布料的来历，比如这是爪哇的

---

① 能乐，一种日本传统戏曲表演。

布料，那是波斯的布料，是哪个时代的，是什么图案等。这般详细的介绍，有些地方千重子听不太懂。

"做成包袋太可惜了，剪开做成茶道的小绸巾又太大了，做腰带的话能做好几条吧？"有一次，千重子看着帷幔说。

"把剪子拿来……"太吉郎说。

父亲用剪子灵巧地把做成帷幔的印花布料剪开。

"用这个给千重子做腰带，不错吧？"

千重子大吃一惊，眼睛湿润了。

"不行啊，爸爸。"

"没事，没事。千重子系上这种印花布料做的腰带，说不定能让我想到更好的图样呢。"

千重子去嵯峨的尼姑庵时，系的正是这条腰带。

太吉郎立刻就注意到女儿的印花腰带，却没仔细去看，心想：这印花布料的花样倒是既大气又华丽，颜色也算浓淡有致，但是女儿正值花样年华，系这种腰带合适吗？

千重子把半圆形便当盒放到父亲旁边。

"爸爸，这就吃饭吗？稍等我一会儿，我去准备汤豆腐。"

"……"

千重子站起身的时候，回头看了一眼门前的竹林。

"已经是竹秋①三月了。"父亲说，"土墙歪歪斜斜的，快要塌了，涂料差不多都掉光了，就像我一样啊。"

父亲的这种话，千重子已经听习惯了，并没去安慰他，只是重复了父亲的话："竹秋三月……"

"来的路上樱花怎么样？"父亲轻声问道。

---

① 竹秋，指阴历三月，此时竹叶泛黄，故称竹秋。而阴历八月竹叶青翠，故称竹春。

"落花浮在池塘上，山上青翠的树林中间还有一两棵樱树没有完全凋谢，从稍远一点的地方看过去，反而很有韵味。"

"嗯。"

千重子进到厨房去了，太吉郎听到切葱、削鲣鱼干的声音。千重子准备好装樽源汤豆腐的碗筷，端了出来。——这些餐具都是从家里带过来的。

千重子勤快地服侍父亲。

"一起吃点怎么样？"父亲说。

"好，谢谢爸爸……"

对女儿从肩膀到胸口打量了一番后，太吉郎说道："太朴素了。千重子总是穿我绘制的和服，可能会穿的就只有你了，穿这种卖不出去的布料啊……"

"我是喜欢才穿的，挺好的。"

"唉，还是太朴素了。"

"朴素是朴素了一点，但是……"

"年轻女孩子穿得这么朴素，总是不太好。"父亲突然严肃地说。

"可是，有眼光的人都夸我呢……"

父亲不说话了。

如今，太吉郎已经把绘制纹样当成了爱好或是消遣。现在，他的店铺已经转变为面向一般大众，掌柜也只是为了照顾主人的面子，从太吉郎画的纹样里挑选了两三种去印染布料。千重子从其中挑了一件，自己总穿着。当然了，布料的质地都是精心挑选的。

"不用总是穿我画的衣服，"太吉郎说，"也不用总穿咱们店里的布料……不用为了情分这样。"

"情分？"千重子很惊讶，"我可不是为了情分穿的。"

"千重子要是穿得华丽一些，早就找到心上人了。"平时不苟言笑的父亲，高声笑了起来。

　　千重子服侍父亲吃汤豆腐，父亲那张大桌子映入她的眼中，上面完全没有一点绘制京染纹样的痕迹。
　　只是在桌子的一角上放着江户莳绘①的砚盒，还有两张高野断简②的复制品（不如说是字帖）。
　　千重子想，父亲来到尼姑庵就是为了忘掉店里的生意吧？
　　"活到老，学到老嘛。"太吉郎有点不好意思地说，"不过，学习藤原的假名线条，对画纹样也有帮助。"
　　"……"
　　"遗憾的是，我的手总是抖。"
　　"字写得大一点呢？"
　　"已经写得很大了……"
　　"砚盒上的旧念珠是？"
　　"啊，那个啊，我跟庵主要来的。"
　　"爸爸挂着它祈祷吗？"
　　"用现在的话说，就是个吉祥物吧。有时候，我真想把上面的珠子咬碎。"
　　"哎呀，多脏啊，上面都是长年的手垢啊。"
　　"脏什么脏，那可是两三代尼姑的信仰。"
　　千重子觉得自己好像触碰了父亲的伤心事，默不作声地低下头，把用完的碗碟拿进厨房。
　　"庵主呢？"千重子出来问道。
　　"快回来了吧，你要回去了吗？"

---

① 莳绘，一种漆器工艺，用漆画出纹样，再粘上金、银、锡、色粉等。
② 高野断简，日本古代诗集《古今和歌集》现存最古老的写本，其中部分断简保存于高野山金刚峰寺，故称高野断简。

"我去嵯峨走走再回家。岚山现在人肯定很多,野宫①、二尊院②前面的小路,还有仇野,我都很喜欢。"

"你年纪轻轻的,净喜欢这样的地方,前途令人担忧啊,可别像我一样。"

"女孩子怎么会像男人一样。"

父亲站在缘廊下目送千重子。

老尼姑很快回来了,开始打扫庭院。

太吉郎坐在桌边,脑中浮现出宗达③和光琳④所绘的蕨菜和春日花草,心里想着刚刚离开的千重子。

千重子走到有人家的小路上,父亲隐居的尼姑庵已彻底隐身于竹林了。

千重子本来想去参拜仇野的念佛寺,她登上古老的石阶,刚走到左边山崖两尊石佛处就听见上面传来嘈杂的人声,于是停下了脚步。

成片的老旧石塔不知有几百座,据说都是没有亲人供养的亡者。近来有一些照片摄影团体让女子穿着薄得出奇的衣服站在小石塔林中间拍照,可能今天也是这样吧。

千重子从石佛前走下石阶,又想起父亲说的话。

---

① 野宫,指京都嵯峨的野宫神社。日本古代会在皇女中挑选未婚内亲王或女王代替天皇去伊势神宫侍奉,被选中的即被称为斋王。斋宫最初指斋王所居之宫殿,后来渐渐代指斋王。斋王前往伊势神宫之前,要待在嵯峨郊野清净之地建造的野宫之中。后来斋王制度废止,野宫作为神社保留下来。

② 二尊院,位于京都右京区嵯峨的天台宗寺庙,以释迦和阿弥陀二尊为本尊,游客相对较少,比较幽静。

③ 宗达,据传姓野野村,江户初期画家,京都人,确立了构图与技法奇特的近代装饰画新样式。

④ 光琳,即尾形光琳,江户中期画家,京都人。尊崇宗达并进一步革新大和绘,大胆华丽的画风已臻大成,世称琳派。他也善于工艺,创有光琳纹样和光琳莳绘。

不管是避开春日岚山的游客,还是来仇野和野宫,的确都不太像年轻姑娘会做的事,甚至比穿父亲绘制的朴素和服更不像……

"爸爸在那间尼姑庵里好像什么都没做啊,"千重子心里涌起一阵淡淡的寂寞之感,"去咬满是手垢的老旧念珠,心里到底在想些什么呢?"

千重子知道,父亲在店铺里是压抑着自己想要咬碎念珠的那种激情。

"其实咬自己的手指就可以……"千重子低声说着摇了摇头。接着,她想起和母亲一起去念佛寺敲钟的事。

那座钟楼是新建的,个子矮小的母亲去敲钟,钟声却不怎么响亮。

"妈妈,要配合着呼吸敲。"千重子说着把自己的手叠在母亲的手上,二人一起敲下去,钟声悠扬。

"真的呢,钟声能一直响到什么地方呢?"妈妈很高兴。

"哎呀,跟敲惯钟的和尚敲出来的不一样呢。"千重子笑着说。

千重子回想着这些事,走在野宫的小路上。这条小路虽然被记载"通往竹林深处",但却没有那么古老,原本微暗的小路如今也颇为明亮。神社门前的店铺响着叫卖声。

不过,这间小小的神社至今也没有变化。《源氏物语》中曾提到,前往伊势神宫①侍奉的斋宫(内亲王②)在这里斋戒三年以养清净无垢之身。神社便是当时的宫殿旧址,其保留树皮的黑木鸟居和小灌木篱墙十分有名。

踏上野宫前面的乡间小路,在眼前宽阔展开的便是岚山。

---

① 伊势神宫,位于三重县伊势市的神社,自古是日本皇居祭祀所在,明治以后成为国家神道的中心。

② 内亲王,日本皇室典范中,指嫡出的皇女或嫡男系嫡出的皇孙女。

千重子在渡月桥①前,也就是河边的松树行道旁上了公共汽车。

"回去以后,该怎么说爸爸的事才好呢?也许妈妈早就知道了……"

在明治维新之前,中京的商家因为"铁炮烧"②和火节仪式③而烧掉了不少房子,太吉郎的店铺也没能幸免。

所以,这一带的店铺虽然都保留着红格栅门、二楼虫笼窗④这种古老的京都特色,实际上却都还不足百年。——太吉郎店铺后面的仓库倒是躲过了火难……

太吉郎的店铺之所以没改成时下的样式,一是因为店主人的性格,另外恐怕也是批发生意并不太好的缘故。

千重子回到家,拉开格栅门,一直看到屋子最深处。

母亲阿繁正坐在父亲常坐的桌子前抽烟。她左手托着脸颊,弓着背,好像是在看书写字,但桌子上什么都没有。

"我回来了。"千重子说着走到母亲身边。

"啊,回来了,辛苦你啦。"母亲好像刚回过神来,"你爸爸怎么样了?"

"怎么说呢。"千重子没想好怎么回答,只说,"我买了豆腐去的。"

"森嘉的吗?你爸爸肯定很高兴吧,做了汤豆腐?"

千重子点点头。

"岚山怎么样?"母亲问。

---

① 渡月桥,架在岚山大堰川上的桥。
② 铁炮烧,一种烧烤料理。
③ 火节仪式,一般在每年的1月15日举行,将新年装饰大门的门松、注连绳和新写的大字烧掉,并用该火烤年糕,以起到新年的健康和幸福。
④ 虫笼窗,京都商家临街一面二楼的格栅窗,其特征为涂了灰浆的稀疏格栅。

"人很多……"

"爸爸把你送到岚山了吗?"

"没有,因为庵主没在……"

接着,千重子回答了之前那个问题:"爸爸好像在练毛笔字。"

"练字啊,"母亲毫不意外,"练字可以让心情平静,我也有这个经验。"

千重子观察着母亲白皙优雅的面庞,发现母亲的表情没有任何变化。

"千重子,"母亲平静地叫了她一声,"千重子,你以后也可以不继承这家店……"

"……"

"如果你想结婚,什么时候都可以。"

"……"

"听清楚了吗?"

"为什么说这个?"

"一两句话说不清楚啊,不过妈妈也五十岁了,是考虑清楚了才跟你说的。"

"家里的生意,不如干脆停了?"千重子美丽的眼睛湿润了。

"这个啊,说得稍微有点远了……"母亲微微笑了笑。

"千重子,你说家里的生意不如停了,是真心的吗?"

母亲的声音并不大,态度却突然严肃起来。刚才千重子还看到母亲微笑了,难道是看错了吗?

"是真心的。"千重子回答。她感到一阵疼痛贯穿了胸口。

"妈妈没生气,不用露出那样的表情。能直言的年轻人和被批评的老年人,到底谁更可怜,你应该知道吧?"

"妈妈,请您原谅我。"

"什么原谅不原谅的……"

这次母亲是真的微笑了。

"妈妈好像不应该对你说刚才那些话……千重子也是,糊里糊涂地,说了什么自己都不清楚。人啊——女人也是,要尽量做到,自己说的话直到最后也不改变。"

"妈妈。"

"在嵯峨你对爸爸也说了类似的话吗?"

"没有,我对爸爸什么都……"

"是吗?你试着对他说说,说说看……男人嘛,虽然会生气,但是心里肯定是高兴的。"妈妈按着额头,"坐在你爸爸的桌子前,想的就是你爸爸的事。"

"妈妈,你早就知道了吗?"

"知道什么?"

母亲和女儿都沉默了片刻,千重子好像待不住了:"该准备晚饭了,我去锦市场①看看买点什么吧。"

"好,去吧。"

千重子起身往店铺那边走,下到土间过道上。土间本就是狭长的,直通到房子深处。店铺对着的那面墙边排着黑色的炉灶,这里就是厨房。

现在这些炉灶当然都不用了。炉灶后面装了煤气和西式炉灶,还铺了地板。如果还按照原来的样子,下面是灰泥地,还有过堂风,在京都寒冷的冬天里就十分难受了。

但炉灶也没拆掉(大多数人家也都留着)。这可能是因为对灶火之神——荒神的信仰十分普遍。炉灶后面供着镇火的符纸,

---

① 锦市场,京都市中京区的商店街,历史悠久、老店众多,以鱼、京都料理为主,被称为"京都的厨房"。

还供着一排布袋神①。布袋神一共有七尊,每年的初午②,京都人会去伏见稻荷神社参拜,请一尊布袋神回家,每年这样增加。如果这期间家里有人去世,就要重新从第一尊开始。

千重子家的店铺已经请齐了七尊灶神。家里只有他们三口人,最近的十年里没有人去世。

这排灶神旁边放着一个白瓷插花筒,母亲每两三天就换一次水,还会认真地擦拭架子。

千重子提着菜篮出门了,一个年轻男子与她擦肩而过,走进了店铺的格栅门。

"可能是银行的人吧。"

对方好像没有注意到千重子。

千重子想,如果是常来的那位年轻银行职员,倒也不需要担心。可她的脚步却变得沉重起来。她靠近店铺前面的格栅门,用手指轻轻地碰着那一根根的格栅,走了过去。

在店铺格栅的尽头,千重子回头看了看店铺,又抬起头。

她的目光落在二楼虫笼窗前那块老旧的招牌上,这块招牌上有一个小小的屋顶,好像是老店的标志,也是一种装饰。

温和的春日斜阳柔和地照在招牌的老旧金字上,看上去有种寂寞之感。店铺厚重的棉布暖帘也已经褪色发白,露出了粗线。

"唉,就连平安神宫的红垂樱,有时在我心里都显得寂寞。"想到这儿,千重子加快了脚步。

锦市场和平时一样人头攒动。

---

① 布袋神,日本七福神之一。
② 初午,二月的第一个午日,各地的稻荷神社都会举行初午祭。

回到父亲的店铺附近时,千重子看见了白川女①,于是跟她打招呼:"到我家来吧。"

"好的,谢谢啦。小姐你回来啦,真巧啊。"姑娘说,"去哪儿了?"

"去锦市场了。"

"真能干啊。"

"供神的花……"

"嗯,多谢惠顾……你看看,有没有喜欢的。"

说是花,其实是杨桐枝。说是杨桐枝,其实是嫩叶。

每月的初一和十五,白川女都会送花来。

"今天遇上小姐,真是太好了。"白川女说。

千重子挑选着长满嫩叶的小枝条,心里也觉得充满了生机。她一只手拿着枝条,走进家门。

"妈妈,我回来了。"千重子的声音十分明快。

千重子把格栅门拉开一半,看到街上卖花的白川女还在刚才的地方,于是招呼她:"进来歇会儿吧,喝杯茶。"

"哎呀,谢谢。你总是这么体贴……"姑娘点点头,拿着一束野花走进过道,"只是些普普通通的野花……"

"谢谢。我喜欢野花,你还都记着……"千重子看着野山上的花。

在刚进门的地方,灶台的前面,有一口老井,上面盖着竹子编的盖子。千重子把花和杨桐枝放在竹盖上。

"我去拿剪子。对了,杨桐叶子也得洗干净……"

"我这儿有剪子,"说着,白川女让剪子发出声响,"您家

---

① 白川女,在京都将鲜花等物品顶在头上行走售卖的女子。白川是京都左京区白川河流域的地名,白川地区的女子会以独特装束在市场中行走贩卖物品,所以这样的女子都被称为白川女。

的炉灶总是干干净净的,我们卖花的也是真心敬佩。"

"我妈妈爱干净。"

"小姐你也是啊……"

"……"

"近来啊,炉神、插花筒、还有水井上满是灰尘的人家是越来越多了。就是我们卖花的看了都觉得可怜。到您家来就觉得放心,看了就觉得心里高兴。"

可最主要的生意却日渐萧条,但这些话千重子不能对白川女说。

母亲还坐在父亲的桌子前。

千重子把母亲叫到厨房,给她看从市场上买回来的东西。看着女儿从篮子里拿出来摆放好的东西,母亲心想,这孩子也学会节省了。可能也是因为父亲去了嵯峨的尼姑庵不在家吧……

"我来帮忙吧,"母亲站在厨房里说,"刚才来的是平时的那个卖花姑娘吧?"

"对。"

"嵯峨的尼姑庵里,有你给爸爸的那本画册吗?"母亲问道。

"不知道啊,倒是没看到……"

"千重子送的画册,怎么说也得让他带上。"

那本画集里有保罗·克利[①]、亨利·马蒂斯[②]、马克·夏加尔[③]等画家的作品,还有更为现代抽象的画作,是千重子想着说不定能引发新的感觉,买来送给父亲的。

"咱们家店啊,其实并不需要你爸爸画纹样。外面染好的布料送来,挑好的卖出去,只是这样就可以了。可是你爸爸

[①] 保罗·克利,瑞士画家,画风受印象派影响较大。
[②] 亨利·马蒂斯,法国画家,色彩鲜艳、大胆。
[③] 马克·夏加尔,画家,生于俄罗斯,活跃于巴黎,画风富于幻想。

啊……"母亲说。

"不过千重子啊，你总是穿你爸爸画的和服，妈妈也得感谢你。"母亲继续说道。

"谢什么，我只是喜欢才穿的。"

"你爸爸看见你的和服还有腰带，觉得太素净了吧？"

"妈妈，这衣服虽然看着朴素，但细看还是很别致的，也有人夸好看呢。"

千重子想起今天父亲也说了同样的话。

"虽说漂亮的女孩子穿朴素的衣服反而更合适……"母亲拿起锅盖，用筷子探了探锅里煮的东西，说道，"你爸爸怎么就不画些华丽的、流行的图样呢？"

"……"

"你爸爸以前也画过特别华丽、特别奇特的图样。"

千重子点点头："不过妈妈却不穿爸爸画的和服。"

"妈妈已经年纪大了嘛……"

"总说年纪大、年纪大的，妈妈是有多大岁数了呢？"

"总归是年纪大了嘛……"母亲只是这样回答。

"那位叫什么无形文化财产[①]、国宝级传承人的小宫先生，他染的江户小纹[②]反而是年轻人穿才相称，特别醒目好看。走过的人没有不回头看的。"

"你爸爸怎么能跟小宫先生那样厉害的人比呢？"

"爸爸是从精神深处……"

"就别说这些难懂的话了，"妈妈动了动那张富于京都韵

[①] 无形文化财产，日本《文化财产保护法》规定的一种文化财产，一般指传统艺能、工艺等具有历史或艺术价值的文化财产。其持有者被称为"人间国宝"，即"国宝级传承人"。

[②] 小纹，细小的图样重复出现，以及这般印染的布料。

味的白皙面庞，"不过千重子，你爸爸说过，等你举行婚礼的时候，他要给你做一件图案和颜色都特别华丽的和服。从很久之前，妈妈就一直期待着那一天……"

"我的婚礼……"

千重子的表情有些低落，一段时间没说话。

"妈妈，你这一生到现在，最让你心情激动的事是什么？"

"这个啊，以前也跟你说过吧？一个是跟你爸爸结婚的时候，还有就是我和你爸爸两个人把还是可爱婴儿的千重子抢跑的时候。我们把千重子抢来，坐上车逃跑的那个时候。虽然已经是二十年前的事了，现在想起来我的心还是跳得飞快。千重子，你摸摸妈妈的胸口。"

"妈妈，我是个弃儿吧？"

"不是，不是。"妈妈激动地摇头。

"人在一生里，都会犯上一两次不可饶恕的大错。"妈妈继续说道，"抢走别人的婴儿，比偷走别人财物的罪孽要重得多吧，可能比杀人还要坏。"

"……"

"千重子的亲生父母肯定难过得不得了。想到这些，我现在都想把你还给他们，可是已经还不回去了。如果千重子想寻找亲生父母，也没有办法……那样的话，我这个做妈妈的也会死掉的。"

"妈妈，别说这样的话啊……千重子的妈妈就只有您一个人。我是这样想着长大成人的。"

"我知道。正因为这样，我们的罪孽反而更重了……我和你爸爸都做好了死后下地狱的准备。我们这辈子有了这么好的女儿，地狱又算什么呢？"

母亲语气激动，眼泪顺着脸颊流下来，看着这样的母亲，千重子眼里也盈满了泪水:"妈妈,你跟我说实话吧。我是个弃儿吧?"

"不是,我说了不是。"母亲再次摇头,"千重子怎么会觉得自己是弃儿呢?"

"因为我根本不相信爸爸妈妈会去抢别人的孩子。"

"我刚才不是说了,人的一生中,都会神魂颠倒似的犯上一两次不可饶恕的大错。"

"那么,你们是在什么地方捡到我的呢?"

"在赏夜樱的祇园,"妈妈毫不磕绊地说,"以前也跟你说过吧?樱花下的椅子上,躺着一个特别可爱的婴儿,一看见我就笑得像花一样,让人没法不去抱起来。可是一抱起来,心就像被紧紧抓住了,爱得不得了。我贴着孩子的脸颊,看着你爸爸的脸。阿繁,把这孩子偷走吧。什么?阿繁,快跑,赶紧跑。后面就像梦一样。我记得,我们好像是在专卖芋棒①的平野屋前面跳上车的……"

"……"

"婴儿的妈妈可能临时去了别的地方吧,我们就是趁了那个空儿。"

妈妈的话里没有任何不合逻辑的地方。

"命运啊……那之后千重子就成了我家的孩子,已经过去二十年了吧?我对千重子是好还是坏呢?就算是好吧,我也经常在心里祈求你原谅,一直对你道歉。你爸爸应该也是一样的。"

"对我很好,妈妈,对我特别好,我一直是这么觉得的。"

千重子用双手捂住眼睛。

不管是捡来的还是抢来的,在户籍上,千重子登记的是佐田

---

① 芋棒,煮虾芋加干鳕鱼的菜肴,京都名菜之一。

家长女。

第一次听到父母坦白说自己不是亲生女儿时,千重子完全没有那种感觉。那时刚上中学的千重子甚至怀疑,是不是自己做了什么父母不喜欢的事,他们才会这样说。

是父母担心千重子会从邻居那儿听到什么,于是抢先告诉她真相;还是他们坚信千重子对双亲的深厚爱意,或是觉得她已经到了懂事的年纪呢?

千重子确实大为震惊,但并不怎么难过。虽说已经到了青春期,却没有为这件事而苦恼。对太吉郎和阿繁的爱意和亲密也没有改变,也不会拘谨到强迫自己不去在意,这也许就是千重子的性格。

不过,如果不是亲生女儿,那就一定有自己的亲生父母,说不定还会有兄弟姐妹。

"倒不是想见……"千重子想,"他们的生活肯定比我这里辛苦吧。"

而且对千重子来说,比起这件如在迷雾之中的事,反而是格栅古老、幽深狭长的店铺里父母的忧愁更让千重子感到心中刺痛。

千重子在厨房用手挡住眼睛,也是因为这个。

"千重子。"母亲阿繁把手放在女儿肩膀上,轻轻摇晃道,"过去的事就不要再问了。这世上啊,说不定什么地方就有失落的明珠。"

"明珠,了不起的明珠,如果能镶嵌在妈妈的戒指上就好了……"千重子利落地干起活儿来。

吃过晚饭收拾好后,妈妈和千重子去了里面二楼。

装着虫笼窗的临街二楼天花板很低,房间也简陋,学徒在那儿睡觉。从庭院旁边的横向走廊可以上来,从店铺那边也可以。店里的大主顾来了,就在那里招待,还可以供客人留宿。现在,大多数客人都在对着庭院的客厅里谈生意。虽然说是客厅，其实是直接从店铺延伸到里面的房间，两边都是堆满和服布料的架子。因为房间又长又宽，摊开布料供客人挑选十分方便。这里常年都铺着藤席。

里面二楼的天花板很高，有两个六叠①大的房间，是父母和千重子的起居室和卧室。千重子坐在镜子前松开头发，将长长的秀发梳拢在一起。

"妈妈！"千重子唤着隔扇另一边的母亲。她的声音里蕴含着复杂的情感。

---

① 叠，计数榻榻米的量词，常用来描述房间大小。

和服街

京都这座大都市的树叶的颜色十分美丽。

修学院离宫①和御所②的松林及古寺的宽阔庭院里的树木自然无须多言,市内木屋町、高濑川岸边、五条③以及崛川的垂柳,都能立刻吸引游客的目光。那的确是垂柳,碧绿的枝条几乎垂到地面,优雅无比;北山的赤松亦然,连绵不断的松林描绘出柔和的弧度。

尤其现在正处春天,东山上的嫩叶青翠欲滴。如果天气晴朗,还能看到比叡山④上嫩叶的绿意。

树木的美丽大概与城市的美丽关系密切,京都的街道清扫得

---

① 修学院离宫,日本最大庭院建筑群,皇家园林之一。
② 御所,日本平安时代的皇宫,现仍为日本皇室行宫。
③ 条,日本京都建造时模仿唐代长安,城市规划采用条坊制,其中按南北分成的区域称为"条"。
④ 比叡山,京都南北走向的山脉,是日本佛教名山。

极为细致。哪怕是祇园附近的偏僻小路上也一点都不脏,尽管路边都是昏暗老旧的小房子。

制作和服的西阵①一带也是如此。挤挤挨挨的小店虽然看着寒酸,但路上还是十分整洁,就算有小格栅门,上面也不积灰尘。植物园之类的地方也一样,没有乱飞的纸屑。

美军曾在植物园盖了营地,当然,日本人是禁止入内的。后来军队撤走,植物园又恢复了原样。

西阵的大友宗助很喜欢植物园里的那条香樟林荫路。香樟不是大树,那条路也并不长,但他经常去那条路上散步,香樟抽芽的时节也会去。

"不知道那些香樟树怎么样了。"他在织机声中想。该不会被占领军砍倒了吧?

宗助一直期待着植物园再次开园的时候。

宗助大多时候是一个人散步的,他散步的习惯是出了植物园再沿鸭川岸边往高处走一段,有时还会去眺望一下北山。虽说是去植物园和鸭川,但宗助最多也就待上一个小时。不过,他十分怀念能去那里散步的时候,现在正回想着。

"佐田先生来电话了,"妻子喊道,"他好像在嵯峨呢。"

"佐田先生,从嵯峨?"宗助往账房走去。

宗助比佐田太吉郎年轻四五岁,就算抛开生意,两人也很合得来,年轻时曾一起寻欢作乐,不过最近多少有些疏远了。

"我是大友,好久没联系了……"宗助接了电话。

"啊,大友先生。"太吉郎的声音不似平时,听起来兴致很高。

---

① 西阵,位于京都上京区的纺织业地区,集中了众多家庭纺织作坊,近代以来是丝绸业的中心地,其出产的高级丝织品称为"西阵织"。

"你去嵯峨了?"宗助问。

"我悄悄地去嵯峨那间隐蔽的尼姑庵里藏着了。"

"这真是奇怪啊,"宗助故意用了敬语,"尼姑庵也有各种各样的……"

"哎,是真正的尼姑庵……只有一个上了年纪的老庵主。"

"那不错啊。只有庵主一个人,佐田先生就可以和年轻姑娘……"

"瞎说什么,"太吉郎笑着说,"今天是有件事想拜托你。"

"嗯,嗯。"

"我现在去你那儿行吗?"

"欢迎,欢迎,"宗助觉得有些疑惑,"但我这边走不开,织机的声音在电话里也能听见吧?"

"实际上,是啊,可真是令人怀念的声音啊。"

"看你说的,这声音要是停了就不知道怎么办了,我这儿可不是隐蔽的尼姑庵啊。"

不到半个小时,佐田太吉郎就坐车到了宗助的店铺。他兴致极高,双眼似乎在放光,打开了手里的包袱。

"我是想拜托你织这个……"他展开画稿。

"哦?"宗助看了看太吉郎,"是腰带啊,对佐田先生来说,纹样非常新颖华丽了。哎,是给藏在尼姑庵里那个人……"

"又来了,"太吉郎笑着说,"是给我女儿的。"

"哦,等织好了令爱肯定吓一大跳。再说,这么华丽的腰带,她会系吗?"

"实际上,千重子送给了我两三册挺厚的克利画集。"

"克利,克利是什么人?"

"好像是抽象派的先驱画家,画风柔和,格调高雅,应该说富有梦幻色彩吧,很能引起日本老人的共鸣。我在尼姑庵翻来覆去地看,画出了这个纹样。跟日本的古代断简完全不一样。"

"确实。"

"不知道成品会是什么样,干脆先找你织出来看看。"太吉郎高昂的兴致好像还没有平复。

宗助仔细端详着太吉郎的画稿好一会儿。

"嗯,很不错啊,颜色搭配也很好。不错,是佐田先生以前没画过的。虽然新,但是很雅致。织的话还是很有难度的,就让我用心试试看吧。一定把令爱的孝心和双亲的慈爱好好表现出来。"

"谢谢……最近的人动不动就说什么创意、品味的,连颜色都要考虑西洋的流行趋势。"

"那样的东西不会太高级。"

"我啊,最讨厌用西洋词起名的东西。从过去的王朝时期开始,日本不是就有无比优雅的颜色吗?"

"没错,单说黑色就有各种各样的。"宗助点点头,继续说道,"不过,我今天还在想,腰带商人里也有出仓先生那样的人,在那边的四层洋房里搞近代工业,一天能做出五百条腰带。西阵大概也会变成那样吧。过不了多久,职工也会参加经营,那些人的平均年龄也就二十来岁吧。像我家这种用手织机的家庭作坊,估计二三十年之内就会被淘汰了吧。"

"说什么傻话……"

"就算存活下来,估计也就是做个无形文化财产。"

"……"

"也就是佐田先生你,还说什么克利……"

"是保罗·克利,我待在尼姑庵这些日子,真是日夜苦思冥想。这条腰带的图案和颜色还算运用自如吧?"太吉郎说。

"相当不错,是日本样式,而且非常风雅。"宗助急忙说,

"不愧是佐田先生的作品,就让我来织成一条漂亮的腰带吧。我设计一个好款式,用心给你织出来。对了,要织的话,不如让秀男来,倒比我更合适。他是我的大儿子,你知道吧?"

"嗯。"

"因为秀男比我织得更明快。"

"好,就拜托你给织得漂亮点了。我家店铺说是批发商,还是卖到地方上多一些啊。"

"别这么说。"

"这条腰带不是夏天系的,是秋天。我想尽快看到成品……"

"嗯,明白。跟这条腰带相配的和服呢?"

"我净考虑腰带了……"

"你是批发商嘛,和服尽可以挑最好的,这个怎么都好办。你是要为令爱准备婚事了吗?"

"不是,不是。"太吉郎脸都红了,好像说的是他自己的事一样。

据说西阵的手织机很难持续三代。说到底,手织机也属于工艺一类,就算父母是出色的织工,技艺出众,也不一定能传授给子女。即使子女不因父母技艺高超而懈怠,认真地努力学习,也有可能无法学成。

不过也有这样的情况:孩子到了四五岁,先让他练习络丝;到了十一二岁,就学习操作机子,之后就能接一些散活儿。这样,孩子就可以给家里帮忙,繁荣家业。而且就算是六七十岁的老太太也能在自己家里络丝,有些人家就是祖母和小孙女对坐着络丝。

大友宗助家里,只有老妻一个人卷腰带丝线。因为总是低头坐着,看起来比实际年龄老,人也变得沉默了。

宗助有三个儿子，每个人都用一台高机织腰带。家里有三台高机属于情况好的，有些人家里只有一台织机，还有租借织机的。

正如宗助所介绍的，长子秀男的手艺已经超过了父亲，这在纺织作坊和批发商里无人不知。

"秀男，秀男！"宗助喊道，但秀男似乎没听见。跟多台机械纺织机不同，这三台手织机都是木制的，噪声并没有那么大，而且宗助的喊声还不小。不过，秀男的织机在靠近庭院的最里面，织的又是难度最大的筒腰带①，可能是因为全神贯注，没听见父亲的声音。

"老太婆，把秀男叫过来。"宗助对妻子说。

"嗯。"妻子拍拍膝盖，下到过道上。她用拳头捶着腰，走向秀男的织机。

秀男停下操作机筘②的手看向这边，却没有立刻站起来，可能是太累了。但是他知道有客人在，不好活动手腕和伸懒腰，擦了把脸才过来。

"家里简陋，欢迎您来。"他冷淡地对太吉郎打了招呼，看他的表情，好像还没从干活的状态里出来。

"佐田先生画了一幅腰带的图样，想让咱们家来织。"父亲说道。

"是吗。"秀男的声音还是没什么劲头。

"因为是很重要的腰带，我觉得你来织会比我织更好。"

"是令爱千重子小姐的腰带吗？"秀男白皙的面庞第一次看向佐田。

---

① 筒腰带，管带状的无缝中空的腰带，用于和服正装和礼服。
② 筘，织布机的主要部件，将薄竹片像梳子一样排列，外面镶嵌上框，用来调整织物的宽幅和确定经纱的密度。

身为京都人，宗助看不下去儿子这副冷淡的表情，赶紧来打圆场。

"秀男大清早就开始干活，应该是累了。"

秀男没说话。

"不这么全神贯注，也出不来好效果。"太吉郎反倒说了安慰话。

"虽说是普通的筒腰带，也得用上全部心思，请您体谅。"秀男只是低下了脑袋。

"不错，手艺人就得这样才行！"太吉郎再次点头。

"即使是无聊的东西，毕竟能看到我的手艺，所以更得精心。"秀男低下头。

"秀男，"父亲的声音都严肃了，"佐田先生的画稿可不一样。佐田先生隐居在嵯峨的尼姑庵里画出来的图样，可不是用来卖的。"

"是啊，哎？在嵯峨的尼姑庵里……"

"你看看吧。"

"嗯。"

太吉郎被秀男的气势所压倒，来到大友家店铺时的劲头几乎没有了。

画稿在秀男面前展开。

"……"

"你不讨厌吧？"太吉郎担心地问。

秀男没说话，只是直勾勾地看着。

"不行吗？"

"……"

见儿子固执地不出声，宗助忍无可忍了："秀男！快回话啊，太失礼了。"

"嗯，"秀男还是没抬头，"我也是个手艺人，让我仔细看看佐田先生的图样。这可不是随随便便的活计,是千重子小姐的腰带吧?"

"没错。"父亲点点头,但又觉得诧异,秀男和平时不大一样。

"不行吗?"太吉郎又问了一次,语气有些不好了。

"不错,"秀男平静地说,"我没说不好。"

"嘴上虽然没说,心里却……从眼神就能看出来。"

"是吗?"

"你说什么……"太吉郎站起来,扇了秀男一耳光。秀男没有躲闪。

"您随便打,我压根就没觉得佐田先生的图样不好。"

许是挨了打的缘故,秀男的脸看起来似乎显得有些生气了。

接着,挨打的秀男行礼道歉了,甚至都没捂一下被打红的那半边脸颊。

"佐田先生,请您原谅。"

"……"

"虽然您生气了,但这条腰带还是让我织吧。"

"好吧,本来就是拜托你们织的。"

太吉郎也竭力平稳了情绪,说:"也请你原谅,上了年纪还这样实在不像样,打你的手都疼了……"

"借我的手就好了嘛。织工的手啊,皮厚。"

两人都笑了。

但太吉郎心里依然有些在意。

"我上次动手打人是多少年前的事,都想不起来了。这次,唉,请你原谅吧。我想问的是,秀男,你看见我的画稿时,为什么表情那么奇怪?你能不能坦诚地告诉我?"

"嗯,"秀男的表情又阴沉下来了,"我还年轻,也只是个手艺人,对画稿其实看不太懂。您说这是在嵯峨的尼姑庵隐居了半个月画出来的?"

"是啊,今天还要回那边去。我看看,再待半个月左右……"

"请别去了,"秀男的语气有些强硬,"您回家吧。"

"在家里沉不下心啊。"

"这条腰带的图案华美而艳丽,而且非常新颖,让我大吃一惊。佐田先生是怎么画出这幅图案的呢?所以我才看入了神……"

"……"

"乍一看虽然十分吸引人,但是却没有心灵上的温暖与和谐之感。不知为什么,让人觉得狂乱、病态。"

太吉郎脸色苍白,嘴唇发抖,没有说话。

"尼姑庵再怎么荒凉,也总不会有狐狸或狸猫那样的精怪缠上佐田先生吧。"

"嗯。"太吉郎把画稿拽到自己膝盖上,看得入了神。

"啊……你说得好。年纪轻轻的,真是了不起。谢谢了……我好好想想,再重新画一次吧。"说完,太吉郎卷起画稿塞进怀里。

"不用,这张画稿已经很好了,织出来的感觉又会不一样,用颜料或者染丝出来的颜色也……"

"谢谢,秀男。你能用我对女儿的父爱的颜色,把这张图织出来吗?"

太吉郎虽然这样说,却匆匆打个招呼就离开了。

出门就是一条小河。那是一条极有京都特色的小河。岸边的青草也形状古朴,向水面倾斜着。岸边的白墙应该就是大友家了。

太吉郎从怀里拿出画稿,揉成一团扔进河中。

要不要带上女儿一起去御室①赏花?这通突然从嵯峨打来

---

① 御室,京都右京区的仁和寺之别名,因为仁和寺曾是宇多天皇出家后的居所,寺内金堂为国宝。此处也是以"御室樱花"而闻名的赏樱胜地。

的电话,让阿繁不知如何是好,因为她从来没和丈夫一起赏过樱花。

"千重子,千重子!"阿繁求救似的喊女儿,"你爸爸打来的电话,你来接一下。"

千重子走过来,把手放在母亲肩上,接起电话。

"好,妈妈也一起去,在仁和寺前面的茶屋等我们吧。好,我们会尽快到……"千重子放下听筒,看着妈妈笑了。

"不是约我们去赏花嘛,妈妈可真是的。"

"怎么把我也叫上了?"

"御室的樱花现在正是盛开的时候嘛……"

千重子催着犹豫不决的母亲出了店门,母亲好像还是非常惊讶。

以市内的樱花而言,御室的明樱、八重樱都属于晚开的樱花,应该也是京都今年最后的樱花吧。

走进仁和寺的山门,左手边的樱花林里一片灿烂,簇簇繁花压低了枝头。

然而,太吉郎却说:"唉,这可真是受不了。"

樱花林里的路上摆着很大的折凳,赏花的人喝酒唱歌,大声喧闹,一片狼藉。林子里,乡下老太太兴致勃勃地跳舞,喝醉的男人鼾声如雷,甚至从折凳上掉了下来。

"真是太不像样了。"太吉郎很遗憾地站着,三个人都没走进花林中——本来御室的樱花也是他们多年看惯了的。

里面的树丛里正在焚烧赏花客留下的垃圾,烟雾不断升起。

"咱们找个清静的地方躲一躲吧,你说呢,阿繁?"太吉郎说。

他们正要往回走,看见樱林对面高大松树下的折凳上,六七个朝鲜女人穿着朝鲜服装,正敲着朝鲜太鼓跳朝鲜舞,看起来相当风雅。透过松树的绿色，还能看到山樱。

千重子站在原地看着朝鲜舞。

"爸爸，还是找个清静的地方吧，植物园怎么样？"

"嗯，不错。御室的樱花只要看过一眼，也算是全了春天的情谊了。"太吉郎走出山门，坐上汽车。

植物园四月起便重新开放了，从京都站出发开往植物园的电车新开了好几趟，发车很频繁。

"如果植物园的人也很多，就去加茂①的河边走走吧。"

汽车行驶在满是嫩绿的街道上。比起新建的建筑，古老的房屋衬得嫩叶更加富于生机。

从门前的林荫路开始，植物园宽敞而明亮。左边是加茂的河堤。

阿繁把入园门票掖在腰带里，看着宽阔的景致，心情仿佛也开阔了。在批发商店街上，山也只能看到山脚的那部分，更何况阿繁本来就不怎么出去，连店前的街道都很少踏足。

走进植物园，正面的喷泉周围开着郁金香。

"这景色一点都不像京都，难怪美国人要在这里盖房子。"阿繁说。

"看，最里面就是。"太吉郎回答说。

他们走到喷泉旁边，春风虽然轻柔，却依然将细小的水珠吹拂得四处飞舞。喷泉左边有一座相当大的圆形钢架，那是玻璃屋顶的温室。因为这次只是短时间的散步，三个人只是隔着玻璃看了看里面的诸多热带植物，并没有走进去。路的右边是一棵很高大的喜马拉雅杉，正冒着新芽，下层的枝条沿着地面延展。虽然是针叶树，但新芽柔软的嫩绿色却不会让人想到"针"这个字。

---

① 加茂，位于京都府南部。

与唐松不同,这棵树不是落叶树。如果是的话,还会这样美好地抽新芽吗?

"我被大友家的孩子说了一通呢。"太吉郎突然没头没尾地说了一句,"他比他的父亲手艺好,眼光也敏锐,能看到人家心里去啊。"

太吉郎自言自语,阿繁和千重子当然不明白他说的是什么。

"您看见秀男先生了?"千重子问。

"听说他是个出色的织工。"阿繁只说了这么一句。太吉郎向来不喜欢被刨根问底。

沿着喷泉右边走到尽头再左拐,好像是孩子们的游乐场,能听见很多人的声音,草地上放着很多小包。

太吉郎三人在林荫路向右走,没想到来到了郁金香园。满园盛开的郁金香让千重子几乎惊叹出声。红的、黄的、白的,还有黑山茶一样深紫的,各色的大朵郁金香在花田里盛放。

"嗯,郁金香倒可以用在新的和服上,就是有些单调……"太吉郎叹道。

如果说喜马拉雅杉那长着嫩芽的低枝好似孔雀展开的尾羽,那么这里盛放的各色郁金香又该比作什么呢?太吉郎边想边继续看花。空气仿佛也被花朵染上了颜色,随着呼吸渗入观赏者的身体里。

阿繁跟丈夫离得有些远,一直跟在女儿千重子身边。千重子觉得奇怪,脸上却没流露出来。

"妈妈,白色郁金香花田前面的那些人,好像是在相亲呢。"千重子低声对母亲说。

"嗯,好像是。"

"过去看看吧,妈妈。"母亲被女儿拉着袖子拽了过去。

郁金香花田前面的水池里,有鲤鱼在游动。

太吉郎从椅子上站起来,走到郁金香近前细看。他蹲下身,在花丛中仔细看过,回到二人面前。

"西洋花虽然鲜艳,看看就腻了。爸爸还是更喜欢竹林。"阿繁和千重子都站起身。

郁金香园是一片洼地,被树木围着。

"千重子,植物园是西洋庭院风格吗?"父亲问女儿。

"哎呀,我不太清楚,不过看起来有点像。"千重子回答后又接着说,"为了妈妈,再多待一会儿吧。"

太吉郎无奈地再次从花丛里走出来。

"佐田先生?果然是佐田先生。"有人喊道。

"啊,大友先生!秀男也在。"太吉郎说,"没想到啊……"

"是啊,我也觉得意外……"宗助深深躬身行礼。

"我喜欢这里的香樟林荫路,一直等着植物园重新开放。这里都是树龄五六十年的香樟树,我们慢慢走过来的。"宗助再次低下头,"前几天犬子太失礼了……"

"年轻人嘛,不要紧。"

"你从嵯峨过来的吗?"

"嗯,我从嵯峨过来的,阿繁和千重子从家里……"

宗助走向阿繁和千重子,跟她们打招呼。

"秀男,这里的郁金香怎么样?"太吉郎多少有点严厉地说。

"花是活的。"秀男还是硬邦邦地说。

"活的?嗯,确实是活的。不过我已经有些看腻了,花也太多了……"太吉郎说着看向一旁。

花是活的。生命虽然短暂,却明媚地活着。到了明年又会结出花蕾,再次开放——就如同这大自然一样鲜活……

太吉郎觉得自己好像又被秀男刺痛了。

"我的眼光还是不行啊。我虽然不喜欢郁金香纹样的布料和腰带,但如果由厉害的画家来画,郁金香也会成为拥有长久生命的画作。"太吉郎依然看着一旁,"古代断简也是一样,有些比京都这座古都还要古老。那么美的东西,已经没有人能写出来了,只能临摹。"

"……"

"就说树吧,比京都更古老的老树也是有的,不是吗?"

"我的话没有那么深奥,我每天只是在吱吱嘎嘎的织机前工作,没想过这么高雅的问题。"秀男低下头,"不过,只是打个比方,如果令爱千重子小姐站到中宫寺或广隆寺的弥勒佛前面,可能是千重子小姐要美得多呢。"

"你说给千重子听听,让她高兴高兴吧。虽说你这比方对佛爷太不敬了……秀男,年轻姑娘很快就会变成老太婆的。嗯,很快的。"太吉郎说。

"所以,我才说郁金香是活着的。"秀男的声音带着力量,"花期虽然短暂,却用全部的生命去绽放,现在不正是那个时刻吗?"

"嗯,说得没错。"太吉郎转过来看向秀男。

"我没想过织出一条能让人传给孙辈的腰带。现在……我只希望能织一条哪怕只系一年,却整齐又舒适的腰带。"

"这个心气儿很好。"太吉郎点头道。

"没办法,我们跟龙村那样的店不一样。"

"……"

"我说郁金香是活的,就是出于这份心情。现在虽然开得正好,也会有两三片花瓣掉落下来。"

"确实。"

"说到落花,樱花的花瓣像雪一样飘落,看着格外有意趣,郁金香的落花又是什么样的呢?"

"花瓣也是飘落吧。"太吉郎说,"不过我不太喜欢那么多郁金香在一起,颜色太过鲜艳反而没有味道……也是我老了吧。"

"走吧,"秀男催促太吉郎,"送到我家织的腰带里,郁金香图案的纸版都是不活的花,今天倒是让我眼前一亮。"

太吉郎一行五人离开低洼的郁金香园,登上石阶。

石阶两旁与其说是树篱,不如说是雾岛杜鹃如长堤一般蜿蜒向上。现在还不是杜鹃的花期,那细小的嫩叶绿意盎然,将各色盛放的郁金香衬托得更加鲜艳。

石阶之上,右边是宽阔的牡丹园和芍药园,里面还没有花。可能是新开辟的,他们看着不怎么熟悉。

不过,东边可以看到比叡山。

几乎在植物园的所有地方都能看到比叡山、东山和北山,但芍药园东边的比叡山好像是正面。

"可能因为比叡山雾重吧,看着挺矮的。"宗助对太吉郎说。

"春雾缭绕,多么优美……"太吉郎眺望了一会儿,才说道,"对了,大友先生,看着那片雾,你不会想到春天即将过去吗?"

"是吗?"

"那么重的雾,春天快要过去了。"

"是吗?"宗助再次说。"真快啊,我都还没好好地赏一回花呢。"

"这倒也不奇怪。"

两人沉默地走了片刻。

"大友先生,咱们走你喜欢的那条香樟林荫路回去吧。"太吉郎说。

"好啊,谢谢,我在那条路上走走,就觉得心满意足了,来的时候也是从那儿过来的。"宗助回头看看千重子,"姑娘,你跟我们一起走吗?"

路两旁的香樟树枝条相互缠绕,枝头的嫩叶还很柔软,泛着淡红色,没有风的时候也会微微颤动。

五个人慢慢走着,几乎不怎么说话,在树荫下各自想着心事。

太吉郎一直想着秀男说的话,他把女儿比作奈良和京都最风雅的佛像,还说千重子比佛像更美,难道秀男如此恋慕千重子吗?

"但是……"

如果千重子跟秀男结婚,在大友的纺织作坊里能做什么呢?和秀男的母亲一样从早到晚卷丝线吗?

太吉郎回过头,看见千重子正专心跟秀男说话,还不时点点头。

就算是"结婚",也不是一定要千重子去大友家,还可以让秀男做佐田家的养子①啊。太吉郎想道。

千重子是独生女,如果嫁去别人家,母亲阿繁岂不是太难过了?

秀男确实是大友的长子。他父亲宗助也说,秀男的手艺比自己更好。不过,他家还有次子和三子。

再说,虽然"丸太"的生意衰落了,连店里老旧的陈设都无力更换,但不管怎么说也是中京的批发商,可不是只有三台手织机的纺织作坊。一个雇工也没有,只能全家上阵的手工业,日子过得怎么样,想想也能知道。从秀男的母亲麻子的样貌,还有他家简陋的厨房也能看出来了。就算秀男是长子,好好谈一谈的

---

① 养子,日本自古就有收养子的传统,其中婿养子是较为普遍的一种形式。只有女儿的人家将女婿和养子合一,女婿上门后改成妻子家的姓氏并且继承妻家产业。

话，说不定会来当上门女婿呢。

"秀男真是踏实啊，"太吉郎试探地对宗助说，"虽然年轻，但是很可靠，真是……"

"哎呀，谢谢。"宗助若无其事地说，"唉，干活倒是很卖力气，到人前就净是做些失礼的事……一点都靠不住。"

"那也不错。我从上次开始就一直被秀男说……"太吉郎反而很高兴地说。

"真是，请您多包涵，他就是那个性格。"宗助微微低头行了个礼，"如果他不理解，连父母的话也不听。"

"挺好的，"太吉郎点头道，"你今天怎么只带秀男一个人出来呢？"

"如果把他弟弟也带出来，我家的织机不就停工了吗？再说，这孩子个性倔强，我想着让他在我喜欢的香樟林荫路上走走，说不定能变得柔和点……"

"这条林荫路确实不错。实际上啊，大友先生，我之所以带阿繁和千重子来植物园，还是因为秀男的好意劝告。"

"哎？"宗助惊讶地盯着太吉郎，"是你想看女儿了吧？"

"不是，不是。"太吉郎急忙否认。

宗助看看后面，秀男和千重子在他们稍后的位置，阿繁又在两个年轻人之后。

出了植物园大门，太吉郎对宗助说："你们用这辆车吧，西阵也不远。我们这会儿正好去加茂的河堤那儿走走。"

宗助还在犹豫，秀男却说了一句："谢谢您，我们走了。"说着赶在父亲前面上了车。

佐田一家目送车子离开，宗助从车子座位上欠身行礼，秀男的动作幅度极小，根本看不出他到底有没有低下头。

"那孩子真有意思。"太吉郎想起自己扇秀男耳光的事，忍着笑意说,"千重子,你和秀男那么聊得来啊,看来他对年轻姑娘没办法啊。"

千重子面带羞涩:"是在香樟林荫路上吗?我只是听他说话而已,不知道他为什么兴冲冲地对我说了那么多……"

"哎呀,因为他喜欢千重子啊,这点事你都看不出来吗?他说'比起中宫寺和广隆寺的弥勒佛,令爱要美得多'……爸爸也吓了一跳,那么一个古怪的人,竟然说出这么厉害的话。"

千重子也非常惊讶,连脖子根都红了。

"你们都聊什么了?"父亲询问。

"就说西阵的手织机的命运什么的。"

"命运?"父亲好像陷入了深思。

"说到命运好像很深奥,不过,命运……"女儿回答。

出了植物园大门,右边就是加茂川河堤,路边种着松树。太吉郎从松树中间走下河滩。说是河滩,其实是一片长着嫩草的细长野地。这时,突然传来石子落入水里的声音。

河滩上既有一起坐在草丛里打开饭盒的老年人,也有结伴散步的青年男女。

河对岸,在车道的下方有散步的地方。长着稀疏嫩叶的樱花树后面,正中间是连着西山的爱宕山①。加茂川上游离北山很近,这附近都是风致地区②。

"坐一会儿吧。"阿繁说。

在北大路桥下,能看见河滩草地上晒着一些友禅丝绸。

"哎,真是春天呢。"阿繁看了看四周,说道。

"阿繁,那个叫秀男的小伙子怎么样?"太吉郎问。

---

① 爱宕山,京都西北端的山,海拔924米,山顶有爱宕神社。东京的港区也有一座爱宕山,海拔只有26米。

② 风致地区,日本为了保持城市自然景色,在城市中对损害自然美的行为进行规制的地区。

"怎么样,是指什么?"

"当咱们家的养子。"

"哎?怎么突然说起这个了……"

"看着挺沉稳可靠的吧。"

"这倒是,但是,得问问千重子啊。"

"千重子以前就说过,会绝对服从的,"太吉郎看看千重子,"是吧,千重子?"

"这种事也不能强迫她啊。"阿繁也看向千重子。

千重子低下头,脑海中浮现出水木真一的脸。那是年幼的真一,画了眉毛、涂了口红、化了妆,穿着王朝时代①的衣服,坐在祇园祭的长刀彩车②上,是真一在祭礼上装扮的童子形象。——当然,那个时候千重子也是小孩子。

---

① 王朝时代,日本历史上以天皇为核心执政的时代,一般指奈良时代和平安时代,有时也专指平安时代。

② 长刀彩车,祇园祭上一种祭神的戈山彩车,车顶竿头为长刀。

北山杉

从平安王朝开始，在京都说到山就要数比叡山，说到祭典则要数加茂的祭典。

五月十五日的葵祭①已经过去了。

从昭和三十一年开始，葵祭的敕使行列里加上了斋王②行列，再度展示了古代仪式。斋王在进入斋院之前，要在加茂川洁净身体。坐在轿子上、身穿便礼服的女官领先，后面跟着女嬬③和

---

① 葵祭，京都上贺茂神社和下贺茂（下鸭）神社两社共同举行的祭祀典礼，现为每年5月15日举行。因祭祀中的牛车、神殿、冠都用葵鬘装饰而得名。葵祭最大的看点就是祭祀队伍的巡游，祭祀队列共分为两大类，一类是以敕使为中心的本列，一类则是以斋王代为中心的斋王代列。
② 斋王，天皇即位时，选未婚的皇族女性侍奉伊势神宫和贺茂神社，人称斋王。
③ 女嬬，在宫中掌管扫除、点灯的女官。

童女,乐师①奏着雅乐,斋王身穿十二单②,乘坐牛车缓缓走过。因为这副装扮,再加上扮演斋王的女孩一般都是女大学生的年纪,看着更是风雅华丽。

千重子的同学里就有一个女孩被选中扮演斋王,那时千重子她们也到加茂川的河堤上看祭典队伍。

在古寺神社众多的京都,可以说几乎每天都会有大大小小的祭典。祭典日历上,差不多整个五月都有热闹可瞧。

献茶③、茶室、野外品茶会,茶釜④总会在某个地方用着,甚至供不应求。

这个五月,千重子连葵祭都没看。一是因为五月雨水很多,另外也是因为从小到大去看过太多次了。

花当然很美,不过千重子也很喜欢去看嫩叶的新绿。高雄⑤附近的枫树嫩叶自然一定要看,若王子⑥那一带也非常美丽。

千重子得了宇治⑦的新茶,沏着茶对母亲说:"妈妈,今年咱们都忘了去看采茶了。"

"现在应该还在采茶吧。"母亲说。

"应该是吧。"

与刚抽芽的花的美丽相比,那时植物园的香樟树要逊色一些吧。

好友真砂子打来电话。

---

① 乐师,专指演奏雅乐的人。

② 十二单,平安时代以后宫廷女性礼服的后世俗称,因在单衣和裙裤之上再穿十二件长夹褂而得名。

③ 献茶,向神佛献茶。

④ 茶釜,茶道中用来烧开水的用具。

⑤ 高雄,也称高尾,京都右京区梅畑的地名,是红叶胜地。

⑥ 若王子,指京都左京区的若王子神社。

⑦ 宇治,位于日本京都府南部,北与京都市伏见区接壤,工业发达,宇治茶尤为著名。

"千重子,咱们一起去看高雄的枫树嫩叶吧?"她邀请道,"比红叶的时候人少……"

"不会太晚了吧?"

"那边比市里冷一些,应该还可以。"

"嗯,"千重子稍微停了停,"对了,看过平安神宫的樱花以后,应该去看周山的樱花的,结果我一下子就忘了。那棵古树……樱花已经是看不成了,我想看北山杉。那儿离高雄也不远,看看北山杉笔直挺立的样子,我觉得心情都会畅快起来。咱们一起去看杉树吧?比起枫树,我更想看北山杉呢。"

既然已经到了这里,千重子和真砂子还是决定去看看高雄的神护寺①、槙尾的西明寺和栂尾②的高山寺里尚青的枫叶。

神护寺和高山寺的台阶都很陡峭。真砂子倒还好,她穿着适合初夏的轻薄洋装和低跟鞋子,千重子穿着和服,不知道会不会很累。真砂子问她,千重子说并不累。

"怎么一直这样看我呢?"

"真美啊。"

"是啊,真美。"千重子停下脚步,俯视着清泷川那边,"我以为树林里会很闷热,没想到还挺凉快的。"

"我……"真砂子忍着笑说,"千重子,我说的是你啊。"

"……"

"世间怎么会有这么好看的女孩子呢?"

"讨厌啊。"

"你这件和服虽然朴素,但在绿树丛中能很好地衬托出你的

---

① 神护寺,位于京都右京区,寺中所藏的源赖朝、平重盛、藤原光能的肖像画是日本肖像画名家藤原隆信的代表作,被称为"神护寺三像",是日本国宝。

② 高雄(高尾)、槙尾和栂尾都是京都右京区地名,三地同沿清泷川溪谷,并称"三尾",是京都观赏枫叶的名胜地。

美丽。如果穿上一件华丽的和服,肯定会更漂亮……"

千重子穿的是一件比较素淡的紫色和服,系的腰带就是父亲毫不吝惜地剪开的南国印花布料。

千重子登上石阶,想起藏在神护寺的平重盛①和源赖朝②的肖像画,真砂子说安德烈·马尔罗③曾在这世界知名的肖像画——应该是平重盛画像上的某个地方留下一抹很淡的红色。不过,同样的故事千重子以前就听真砂子讲过好几次了。

在高山寺,千重子很喜欢在石水院④的宽缘廊上眺望对面的群山,也很喜欢那幅高山寺开山祖师明惠上人的树上坐禅肖像画。壁龛旁边展开放着"鸟兽戏画"⑤绘卷的复制品。千重子和真砂子在这里的外廊上喝茶。

真砂子从来没从高山寺再往山里走过,游客只能走到这儿。

千重子曾经被父亲带去周山赏花,还摘了笔头菜回家。笔头菜很粗长。只要到高雄这边来,哪怕是一个人来,千重子也会去北山杉村。现在那里已经合并到了市里,成了北区中川北山町,但那里只有一百二三十户人家,可能叫村子还更合适。

"我总是走过去的,咱们就走走吧,"千重子说,"这条路也很不错。"

清泷川岸边,山峦陡峭迫人,很快美丽的杉树林就出现在她们眼前。杉树棵棵笔直挺立,一看就知道是经人精心修剪的,名为北山圆木的贵重木材就出自这个村子。

---

① 平重盛,日本平安时代末期的武将、公卿。
② 源赖朝,日本平安时代末期至镰仓时代的武将、公卿,镰仓幕府首任征夷大将军,是日本幕府制度的建立者。
③ 安德烈·马尔罗(1901—1976),法国小说家、政治家。
④ 石水院,高山寺的石水院被指定为日本国宝。
⑤ 鸟兽戏画,即《鸟兽人物戏画》,共有甲乙丙丁四卷,日本国宝级作品,被认为是日本漫画的起源,现藏于高山寺。

可能下午三点是休息时间,一群妇女从杉山上下来,好像刚割完草的样子。

真砂子像吓到了一样呆呆地站着,盯着其中的一个姑娘。

"千重子,那个人,太像了!跟千重子长得一模一样吧?"

那个姑娘穿着藏青碎白纹的筒袖和服,系着束袖带①,穿着劳动裤,系着围裙,戴着手套,头上还绑着手巾。围裙一直系到背后,腰侧有开叉。全身上下,只有束袖带和劳动裤的细腰带有红色。其他姑娘也是这副打扮。

虽然是跟大原女②和白川女大体相似的乡村打扮,但这身装束不是去城里卖东西的,而是在山里劳动穿的。这就是在日本田间、山林里劳动的女子的形象吧。

"真的很像,你不觉得神奇吗?千重子,你仔细看看啊。"真砂子反复说道。

"真的吗?"千重子没细看,"你向来挺冒失的。"

"我怎么冒失了?那么好看的人……"

"好看是很好看……"

"简直像你家的私生女。"

"喂,还说你不冒失。"

被千重子说了,真砂子才意识到自己莫名其妙的失言,因为怕笑出声来,她捂着嘴说:"虽然俗话说生人有相似,但是这也太像了。"

那个姑娘和同行的其他姑娘都没注意千重子二人,从她们身边走了过去。

那个姑娘头上绑的手巾压得比较低,只能看到一点刘海,几

---

① 束袖带,穿和服劳动时,为了活动方便把袖子系到背后的带子。
② 大原女,从京都北郊大原一带到京都市内卖木柴的女子,穿筒袖和服,系束袖带,打绑腿,头顶货物。

乎半张脸都挡着,并不像真砂子说的那样能看清整张脸,也没跟她们正面相对。

再说,千重子来过这村子很多次。她看见过男人们先粗粗剥掉杉木圆木的树皮,之后女人们细剥一遍,再把菩提瀑布的沙子混在冷水或热水里打磨圆木,因而她也大概知道那些姑娘的长相。这些加工圆木的活儿都是在路边或户外进行的,这么一个小山村里并没有那么多年轻姑娘。不过当然了,她也没仔细看过每个姑娘的脸。

看着姑娘们离去的背影,真砂子也稍微平静了一点。

"真是不可思议,"她又反复说道,仔细看着千重子的脸,疑惑地说,"果然还是很像。"

"哪里像呢?"千重子问。

"怎么说呢,是感觉吧。很难说具体哪个地方像,是眼睛和鼻子吧……中京的小姐和山里的姑娘当然是不一样的,请你原谅。"

"看你说的……"

"千重子,咱们跟着那个姑娘,去她家看看怎么样?"真砂子说,好像心里始终放不下。

跟到那个姑娘家去看看,就算是开朗活泼的真砂子,这种话也只是说说而已。但千重子却放缓了脚步,几乎要停了下来,她抬头看看杉山,又看看每家门口整齐排列的白杉圆木。

白杉圆木几乎都是一般粗细,打磨得十分漂亮。

"像工艺品似的,"千重子说,"好像可以用来盖茶室,都卖到东京和九州了。"

靠近屋檐的圆木排成一列整齐地立着,二楼也是一样。有一户人家在二楼那排圆木前面晾着里衣之类的衣服,真砂子见了觉得十分稀奇。

"这家人说不定在圆木排中间生活呢。"

"真砂子,你可够冒失的。"千重子笑着说,"圆木小屋旁边不是有很好的房子吗?"

"啊,因为二楼晾着衣服嘛……"

"那个姑娘跟我长得很像什么的,说不定也是你乱说的。"

"那个跟这个可不一样,"真砂子认真起来,"说你和她长得像,那么难受吗?"

"倒是一点都不难受……"千重子话音刚落,脑海中却意外浮现出那个姑娘的眼睛。那个健康的、劳动的身影,眼睛里有浓重而深切的哀愁。

"这个村子里的女人都很能干。"千重子好像要逃避什么似的说。

"女人跟男人一起干活,这一点都不稀奇。农民都是这样的,卖蔬菜的、卖鱼的也都是。"真砂子轻松地说,"就只有千重子你这样的小姐,才看到什么都觉得佩服。"

"别看我这样,也是很能干活的,你说的是你自己吧。"

"啊,我是不干活的。"真砂子很干脆地说。

"干活也是说得简单,真想让你看看这个村子的姑娘干活的样子。"千重子再次看向杉山,"现在已经开始剪枝了吧。"

"剪枝是什么?"

"为了让杉木长得好,要用砍刀把多余的枝条砍掉。有时会用梯子,但基本都是像猴子一样从一棵树跳到另一棵树上。"

"多危险啊。"

"有的人大清早就爬到树上,直到吃午饭的时候才从树上下来……"

真砂子抬头看向杉山,笔直挺立的树干无比美丽,留在树梢上的树叶也像精巧的手工艺品。

这座山不高也不深,山顶上整齐挺立的一棵棵杉树好像一抬头就能看到。或许因为是用于修建茶室的杉木,这杉林就给人一种茶室的感觉。

不过,清泷川两岸的山都十分陡峭,连接着狭窄的山谷。雨量多、日照少,这也是这里能生长出名贵杉木的原因之一。风也自然地受到阻挡,如果遭遇强风,杉树会在新长出来的柔软的地方弯曲或长歪。

村子里的人家沿着山脚和河边排成一列。

千重子和真砂子一直走到这个小山村的尽头才折返。

有一户人家在打磨圆木,女人们抬起泡在水里的圆木,用菩提瀑布的沙子仔细打磨。那沙子看上去很像红褐色的黏土,据说是从菩提瀑布下面取来的。

"如果那种沙子没有了怎么办?"真砂子问。

"一下雨沙子就会跟瀑布水一起流下来,堆积在下游处的。"一个年纪大的女人回答。真砂子心想,这话可真是乐观自在啊。

不过,正像千重子说的,这里的女人干活特别卖力。这根圆木有五六寸粗,可能是用来做柱子的。

打磨好的圆木用水洗净、晾干,再卷上纸或捆上稻草,就可以出售了。

有的地方,杉树都种到了清泷川的石滩上。

从挺立于山顶的杉树到排列在屋檐下的圆木上,真砂子联想到京都老房子前一尘不染的红色格栅门。

村子入口有一个国铁[①]公共汽车的车站,叫菩提道。再往上走应该就是瀑布了。

两人在那里坐上了回程的公共汽车。沉默了一会儿之后,真砂子突然说道:"如果女孩子也能像那些杉树一样,被养育得笔

---

① 国铁,"日本国有铁路"的简称。

直挺拔就好了。"

"……"

"咱们可没受到那么精心的爱护啊。"

千重子都要笑出声了。

"真砂子在约会吗?"

"嗯,约会呢。坐在加茂川水边的草地上……"

"……"

"还有木屋町的纳凉台①,人多了不少,灯也亮起来了。不过我们是背对着的,不知道上面都是什么人。"

"今晚呢?"

"今晚也有约,定好了晚上七点半,那会儿天还没彻底黑呢。"

千重子很羡慕这种自由。

千重子和父母三人坐在面向庭院的客厅吃晚饭。

"今天岛村太太送给我们很多瓢正家的竹叶寿司②,家里只做了汤,请原谅。"母亲对父亲说。

鲷鱼竹叶寿司是父亲很爱吃的。

"最重要的厨师回来得有点晚……"母亲说的是千重子,"又去看北山杉了,跟真砂子一起……"

"嗯。"

伊万里③瓷盘里放满了竹叶寿司。竹叶捏成了三角形,剥开以后,饭团上放着一片薄薄的鲷鱼。汤里主要是豆腐皮,还加了

---

① 纳凉台,京都夏季特色之一,河川边的店铺在河上架起的木制露台,用于夏季休闲纳凉。木屋町的纳凉台位于鸭川上。

② 竹叶寿司,很小的手捏寿司,用竹叶包着,摆放在竹盒里。文中的"瓢正"应是店铺名。

③ 伊万里,位于佐贺县西部,盛产陶瓷器。

一点香菇。

太吉郎的店铺还保留着京都批发店铺的风格,比如外面的红色格栅门,但现在已经改成了公司,掌柜和学徒都是公司职员,也都变成了上下班制,只有两三个从近江来的学徒住在外间镶着虫笼窗的二楼。晚饭时间,家里十分安静。

"千重子很喜欢去北山杉村,"母亲说,"为什么呢?"

"因为杉树都笔直地立着,非常漂亮,如果人心也那样笔直该多好啊。"

"那不就跟千重子一样了?"

"不是啊,我的心是弯弯曲曲的。"

"不过也是,"父亲插话道,"再怎么正直的人也会有各种各样的想法。"

"……"

"那也不错啊。像北山杉一样的孩子当然很可爱,但是没有啊。就算有那样的孩子,肯定会在什么时候遇上不好的事。就说树吧,弯曲也好,歪扭也好,只要长大了就行,爸爸就是这么想的……看看咱们这个小院子里的老枫树吧。"

"千重子这么好,你怎么跟她这么说?"母亲有些不高兴了。

"知道,知道,千重子是个正直的姑娘……"

千重子看向庭院,一时没说话。

"老枫树的那种坚强,在我身上是……"千重子的声音里带着悲伤,"我最多就是长在枫树树干小坑里的紫花地丁。啊,不知道什么时候,紫花地丁的花也凋谢了。"

"是啊……明年春天一定会再开的。"母亲说。

千重子低下头,目光落在枫树根部的基督像石灯笼上。仅靠房间里的灯光,她看不清被风雨侵蚀的圣像。千重子却好像在祈祷着什么。

"妈妈，说真的，我到底是在哪里出生的呢？"

父母二人对视片刻。

"在祇园的樱花树下。"太吉郎干脆地说。

生在祇园夜晚的樱花树下，这话听起来不是很像传说故事《竹取物语》①吗？辉夜姬就是从竹节里出生的。

正因如此，父亲说得非常果断。

如果真的出生在樱花树下，会像辉夜姬一样被接回月亮去吗？千重子在心里开了个小玩笑，却没说出口。

弃儿也好，被抢走的孩子也罢，父亲和母亲也不知道千重子到底出生在什么地方，更不知道她的亲生父母是谁。

千重子有些后悔自己问了一个不好的问题。但是，也许不道歉会更好一点。而且，为什么会突然问出这个问题呢？她自己也不知道。也许是因为她隐约想起真砂子说的话吧，北山杉村的一个姑娘跟自己长得一模一样……

千重子不知道该往哪儿看了，于是看向老枫树的树梢。不知是月亮升起了，还是被街市灯火映照，夜空泛着微微的白色。

"天空的颜色也很像夏天了，"母亲阿繁也抬头看了看天，"千重子，你就是在这个家出生的。虽然不是妈妈生的，但你就是在这个家出生的。"

"嗯。"千重子点点头。

就像千重子在清水寺对真一说的，千重子并不是阿繁夫妇从赏夜樱的圆山抢回来的孩子，而是被扔在店铺门口的弃儿，把她抱回家的就是太吉郎。

---

① 《竹取物语》，日本著名民间传说故事。伐竹老人在竹节中发现一个孩子，带回家抚养。孩子三个月便长成少女，因貌美无双，被称为辉夜姬。很多贵族向辉夜姬求婚，都被她提出的苛刻条件难倒。天皇听说辉夜姬的美貌，要她入宫。辉夜姬自言本是月中人，即将离开人间返回月亮。她为天皇留下不死神药，乘坐月宫派来的飞车升空消失。

那是二十年前的事了,太吉郎才三十来岁,在外面玩得很凶,所以妻子没法立刻相信丈夫说的话。

"嘴上说得好听……你是把跟艺伎生的孩子抱回家了吧?"

"说什么傻话,"太吉郎脸色都变了,"你好好看看这孩子身上的衣服,这是艺伎的孩子吗?啊?能是艺伎的孩子吗?"说着他把孩子推给妻子。

阿繁接过孩子,把自己的脸颊贴在孩子冰凉的小脸上。

"拿这孩子怎么办啊?"

"去里面商量吧,你别磨蹭了。"

"这是刚生下来的吧?"

因为不知道亲生父母是谁,没法收为养女,所以在户籍上登记为太吉郎夫妇的亲生长女,起名为千重子。

俗话都说抱养一个孩子就会带来子女,会生下自己的孩子,可阿繁却没生出来,于是千重子就作为独生女被宠爱着抚养长大。随着岁月的流逝,太吉郎夫妇不再为是什么人抛弃了孩子而烦恼,千重子的亲生父母是生是死更是无从知晓。

晚饭后,千重子收拾好竹叶寿司的竹叶和汤碗,因为非常简单,就由千重子一个人负责。

收拾完,千重子躲回自己的卧室,翻看父亲带到嵯峨尼姑庵的保罗·克利、夏加尔等人的画集。

刚睡着没多久,千重子就被噩梦魇住,"啊!啊!"地叫着醒了过来。

"千重子,千重子!"隔壁房间传来母亲的声音,千重子还没来得及回答,隔扇就被拉开了。

"被魇住了吧?"母亲走进来,"做噩梦了?"

母亲在千重子旁边坐下,打开枕边的灯。

千重子坐了起来。

"哎呀,出了这么多汗。"母亲从千重子的梳妆台拿来一条纱布手绢,为千重子擦拭额头和胸口的汗水。千重子任由母亲为自己擦汗。多么漂亮白皙的胸口啊,母亲心想着,把手绢递给千重子,"擦擦腋下……"

"谢谢妈妈。"

"做噩梦了吗?"

"嗯,梦见从很高的地方掉下来,掉进一个绿得可怕的地方,而且深不见底。"

"每个人都会做这样的梦,"母亲说,"一直往下掉,总也没有底。"

"……"

"千重子,可别感冒了,要换件睡衣吗?"

千重子点点头,但心情还没平静下来。她要站起来,可双腿还站不稳。

"好了,好了,妈妈帮你拿睡衣。"

千重子坐在床铺上,小心又灵巧地换了睡衣。她正要把换下来的那件衣服叠好,母亲说:"不用叠了,得洗一下。"母亲说着拿过衣服,扔到角落的衣架上,之后又坐到千重子枕边。

"只是一个梦,千重子,你是不是发烧了?"母亲把手掌放到女儿额头上,却感到一片冰凉。

"嗯,可能是去北山杉村累着了。"

"……"

"看你还是很不安的样子,妈妈过来陪你一起睡吧。"

"谢谢妈妈……不过我已经缓过来了,你就放心去睡吧。"

"是吗?"母亲说着躺进千重子的被子里,千重子往旁边靠了靠。

"千重子已经长这么大了,妈妈都没法抱着你睡了。哎,多有意思啊。"

不过，母亲先安然睡去了。千重子担心母亲肩膀受凉，先伸手探了探才关了灯，却辗转难眠。

千重子做的那个梦很长，她跟母亲说的，不过是梦的结尾而已。

最开始与其说是梦，不如说是在似梦非梦之间，她高兴地回想起今天跟真砂子一起去北山杉村的情景。不过奇怪的是，真砂子说的那个跟千重子很像的女孩反而比那个村子更加清晰。

最后，在梦的结尾，她掉进了一个绿色的深渊。那片浓绿，也许就是留在她心里的杉山。

鞍马寺的伐竹会①是太吉郎很喜欢的一项传统活动，他觉得很有男子气概。太吉郎从年轻时就看过很多次了，没什么新奇的，却还是想带女儿千重子去看看。据说因为经费问题，鞍马的火祭②今年十月不会举行了。

太吉郎担心会下雨，因为伐竹会在六月二十日举行，那时正是梅雨时期。

十九日那天下的雨，在梅雨季里算比较大的。

"雨下成这样，明天可能举行不了啊。"太吉郎不时看向天空。

"爸爸，我觉得下雨也不算什么。"

"话是这么说，"父亲说，"不过，天气不好还是……"

二十日，雨还是淅淅沥沥的。

"得把窗户和柜子的门都关上，湿气太重了，布料容易受潮。"太吉郎对店员说。

---

① 伐竹会，京都鞍马寺于6月20日举行的传统活动，正式名称为"莲华会"，分为右座、左座，剖开大竹以占卜吉凶。

② 火祭，通过焚火祭祀神灵的祭典。京都鞍马的由岐神社所举行的鞍马火祭十分有名。

"爸爸，不去鞍马寺了吗？"千重子问父亲。

"明年还会举行，今年就算了吧，鞍马山雾又那么重，也没什么……"

在伐竹会上出力的并非僧人，主要是当地人，他们也被叫作法师。为了预先准备，十八日那天会将雄竹雌竹各四根横绑在佛堂左右的圆柱上。雄竹切去根部、保留竹叶，雌竹则保留根部。

面朝佛堂，左边叫丹波座，右边叫近江座，这是自古传下来的称呼。轮到主持仪式的人家，会身穿代代相传的素绢和服，足踏武士草鞋，系束袖带，腰系两把长刀，头上戴着五条袈裟①包成的弁庆冠②，腰间插着南天竹叶，伐竹用的砍刀装在锦袋里，在开路人的引导下走向山门。

下午一点左右，身穿十德③礼服的僧人吹响法螺，宣布伐竹仪式开始。

两名童子齐声对管长④说："伐竹之神事，实可庆贺。"

接着，两名童子分别走向左右两座：

"近江之竹，极佳。"

"丹波之竹，极佳。"

伐竹人先将绑在圆柱上的粗大雄竹砍落，整理好，较细的雌竹则不动。

童子向管长报告说："伐竹结束。"

僧人们走进殿内诵经，然后播散夏菊花以代替莲花。

---

① 五条袈裟，由五块布拼成的袈裟。
② 弁庆，日本平安末期镰仓初期的僧兵，别名武藏坊，勇武非常，后追随源义经。其常见形象为袈裟包头。
③ 十德，一种男子上衣，较短，是江户时代医师、儒者、茶人等着用的礼服。
④ 管长，佛教、神道中管理一个宗派的代表人。

管长走下祭坛，打开桧扇①，高举落下共三次。

近江、丹波两座各派出两人，在"嗬"的喊声中，将竹子砍成三段。

太吉郎很想让女儿看看伐竹仪式，但正在为下雨而犹豫。这时，秀男夹着一个小包走进格栅门，说道："我总算把小姐的腰带织好了。"

"腰带？"太吉郎有些惊讶，"我女儿的腰带？"

秀男向后退了一步，以手触地行了一礼。

"是郁金香图案的？"太吉郎轻快地说。

"不，是您在嵯峨的尼姑庵所画的。"秀男认真地说，"那时我过于幼稚，对佐田先生实在太失礼了。"

太吉郎心里十分诧异。

"哪里，只是我出于兴趣画的而已，被秀男你提醒了以后，我好像醒悟了一般，还得感谢你才是呢。"

"我把那条腰带织出来了，这次给您送过来。"

"哎？"太吉郎大为惊讶，"那张画稿已经让我揉成一团扔进你家旁边的小河了啊。"

"您扔掉了……原来是这样。"秀男冷静得有些狂妄了，"因为您让我仔细看过，我已经记在脑袋里了。"

"因为是干这个的嘛，"太吉郎说着脸色沉了下来，"不过，秀男，我已经把画稿扔进河里了，你为什么又要织出来呢？"太吉郎反复说了好几次，胸中涌上一股既非悲伤也非愤怒的情绪。

"没有心灵上的和谐之感，狂乱病态——这么评价我画稿的，秀男，不就是你吗？"

---

① 桧扇，作为笏的替代品拿在手里的扇子，由扁柏白木薄板钉成。

"……"

"正因如此,我出了你家就把画稿扔进小河里了。"

"佐田先生,请您原谅我。"秀男再次以手触地行礼道歉,"那时我织了一些乏味的东西,特别疲惫,心情也烦躁了。"

"我也一样,嵯峨的尼姑庵虽然安静,可是只有一个老尼,白天也只有一个雇来的老婆子,实在是寂寞……而且我家的生意越来越差,所以我觉得你说得没错。我是批发商,本来就没有必要画什么画稿。那种新奇的图样就更是……仅此而已。"

"我也是,心里有很多想法。在植物园见到小姐以后,又想了很多。"

"……"

"您看看腰带吧。如果不满意,立刻拿剪子剪碎了也行。"

"嗯,"太吉郎点点头,喊女儿过来,"千重子,千重子。"

在账房跟掌柜并排坐着的千重子站起身。

秀男眉毛浓黑,嘴巴紧紧闭着,一副很自信的样子,但他解开包袱的指尖却微微颤抖着。

他好像不太好对太吉郎开口,调转膝盖面向千重子。

"小姐,请你过目,这是令尊所画的图样。"说着他把卷好的圆腰带直接递给千重子,整个人看起来都很僵硬。

千重子稍微展开腰带的一端。

"啊,爸爸,这是从克利的画集想到的吧,在嵯峨画的吗?"说着,她在膝上展开腰带,"哎呀,真漂亮。"

太吉郎一脸不快,没有说话。不过秀男能把自己的图样记得这样清楚,他心里感到十分惊讶。

"爸爸,"千重子的声音天真无邪,充满喜悦,"真是一条漂亮的腰带。"

"……"

千重子摸摸腰带的质地,对秀男说:"织得真结实啊。"

"嗯。"秀男低下头。

"可以在这儿展开看看吗?"

"嗯。"秀男回答。

千重子站起身,在两人面前展开腰带,她扶着父亲的肩膀,站着观赏起来。

"爸爸,怎么样?"

"……"

"您不觉得好看吗?"

"真的好看吗?"

"当然了,谢谢爸爸。"

"你再仔细看看。"

"图案非常新颖,虽然会很难搭配和服……但确实是一条漂亮的腰带。"

"是吗。你喜欢的话,就感谢秀男吧。"

"秀男先生,谢谢你。"千重子坐在父亲身后,对秀男低头行礼。

"千重子,"父亲叫她,"这条腰带和谐吗?心灵上的和谐……"

"哎?和谐吗?"千重子十分意外,再次看看腰带,"说到和谐,还得看搭配的和服,以及穿着的人。不过,现在也很流行穿刻意破坏和谐的衣服……"

"嗯,"太吉郎点点头,"实际上啊,千重子,我把这条腰带的画稿给秀男看的时候,他就说不和谐。所以我把画稿扔到秀男家作坊旁边的小河里去了。"

"……"

"然而,秀男织好的腰带跟爸爸扔掉的画稿别无二致,只是颜料跟丝线在颜色上稍微有点不一样而已。"

"佐田先生，请您原谅。"秀男双手触地，再次道歉，"小姐，我有一个唐突的请求，您能系上这条腰带试试吗？"

"跟我这件和服……"千重子站起身系上了腰带。突然间，千重子整个人都变得艳丽了。太吉郎的脸色也和缓了许多。

"小姐，是令尊的作品啊。"

秀男的眼里闪着光芒。

祇园祭

千重子提着买东西用的大篮子走出店门,沿着御池大街往麸屋町的汤波半①走去。从比叡山到北山上的天空仿若燃烧着火焰,她停下脚步,在御池大街上驻足凝望了好一会儿。

夏天昼长夜短,这片晚霞出现得有些早,也不是那种令人怅惘的颜色,如同一片真正的熊熊烈火映在空中。

"原来天空还有这样的颜色,第一次看见啊。"

千重子拿出小镜子,在云朵浓重的色彩里照了照自己的脸。

"记住,一辈子都要记住……人啊,精神力量很重要。"

也许是被这颜色衬托的,比叡山和北山成了一片深青色。

汤波半已经做好了豆腐皮、牡丹豆皮和八幡卷。

"小姐,您来了。因为祇园祭,我们是忙得不得了,就只接老客户的单子了,请您多包涵。"

---

① 汤波半,店铺名。

这家店平时就只接受预订。在京都,就连和果子①店也有不少都采用这种方式。

"祇园祭上用的吧?承蒙您多年惠顾,真是感谢。"汤波半的女店员把东西放进千重子的篮子,装得满满的。

所谓"八幡卷",其实就像卷了鳗鱼的牛蒡卷一样,是用豆腐皮卷上牛蒡。"牡丹豆皮"有点像炸豆腐丸子,在豆腐皮里包上银杏什么的。

这家汤波半,也是在火节仪式中保留下来的两百年前的老店铺,当然,也有些地方做了调整……比如小天窗上装了玻璃,火炕式的炉灶也改成了砖砌的。

"以前都用炭火,换炭的时候灰都扬起来落在豆腐皮上了,所以我们就改用锯末了。"

"……"

方形的铜锅间隔排列,等到豆皮稍微凝固了,就用竹筷从锅里捞出来,挂在上面的细竹竿上晾干。竹竿有好几根,分上下几层,豆皮干了就依次挪到上层。

千重子走到作坊最里面,手抚着古老的柱子。和母亲一起过来的话,母亲每次都会细细抚摸这根古老的主立柱。

"这是什么木的?"千重子问。

"是扁柏。真高啊,还笔直笔直的……"

千重子摸了摸这根古老的柱子,然后走出店门。

千重子回家的这一路上,祇园祭杂子乐②排练的声音也变得越来越响亮了。

从远地方过来游览的人们可能以为祇园祭就只是七月十七日

---

① 和果子,日式点心。
② 杂子乐,日本祭祀或曲艺活动中以打击乐器和笛子等演奏的伴奏乐。

彩车巡游这一天,所以都尽可能地在十六日就赶来看宵山①。

不过实际上,祇园祭的祭祀活动是贯穿整个七月的。

七月一日,各个彩车街区②开始"迎吉符"③,杂子乐也同时开始了。

童子乘坐的长刀彩车每年都在巡游队伍的最前头,其他彩车的先后顺序则要在七月二日或三日举行的仪式上由市长抽签决定。

彩车虽然会提前一天搭好,但七月十日的"洗神轿"④才正式拉开了祭礼的序幕。神轿在鸭川的四条大桥上清洗。虽说是洗,其实只是神官将杨桐枝蘸蘸水,然后洒向神轿罢了。

到了十一日,童子参拜祇园社。祭礼中他们要坐在长刀彩车上。参拜时他们要骑着马,头戴立乌帽⑤,身穿水干⑥礼服,在随从的陪同下去接受五位⑦官衔。因为五位以上就是"殿上人"⑧了。

过去,人们认为神佛也会参加,所以把陪伴在童子左右的小侍从比作观音和势至两位菩萨,还会将童子接受神灵的官位比喻为童子与神灵的婚礼。

---

① 宵山,正式祭典前夜的祭祀活动,也特指京都祇园祭的宵宫。
② 彩车街区,参加巡游的彩车由不同的街区负责,彼此之间还会有一些竞争。
③ 迎吉符,祭神仪式的事前商谈。
④ 神轿,即"神舆",祭礼中神灵所乘的轿子,有四角、六角、八角等,轿顶中央装饰凤凰或花草,轿座有好几根贯穿的扛棒,由多人抬。洗神轿,是用水清洗神轿的仪式。祇园祭的洗神轿仪式十分有名。
⑤ 扁圆状的乌帽,在折乌帽出现后称立乌帽加以区别。主要由上皇、公卿、殿上人穿戴。
⑥ 水干,狩衣礼服的一种。
⑦ 五位,位阶的第五等,分为正五位和从五位。五位以上须由天皇授予。
⑧ 殿上人,被准许进入清凉殿内殿上间的人。清凉殿是平安京宫殿之一,是天皇的日常居所,也是实行普通朝事、公事的地点。

"这太奇怪了！我可是男人啊。"水木真一扮演童子时这样说。

另外，童子需要"别火"①。就是说，他们吃的东西要用跟家里人不一样的火来烧制，这是为了洁净。不过这一项现在已经省略了，只是在童子的食物上用火镰打火②烧烧就行。所以还有这样的故事：家里的人不小心忘了，反而是童子催促道：火镰，火镰。

总而言之，童子的工作不是彩车巡游那一天就结束的，而是有很多不容易的地方，还必须去彩车街区挨家挨户拜访。节日祭礼和童子们的活动差不多得忙上一个月的光景。

比起七月十七日的彩车巡游，京都人反而觉得十六日的宵山更有味道。

祇园祭的日子也渐渐近了。

千重子家忙着把店铺外面的格栅门卸下来，为祭礼做准备。

千重子是京都姑娘，家里是四条大街附近的批发商，又在八坂神社的庇佑下生活，所以对每年都会举行的祇园祭并不觉得稀奇，只觉得那是炎热京都的一项夏季祭祀而已。

最让千重子怀念的是真一在长刀彩车上的童子装扮。一到祇园祭的时候，一听到杂子的乐曲，或者看到被众多灯笼照亮的彩车，真一的那个形象就生动地出现在眼前。那时真一和千重子都是七八岁左右。

"就是女孩子也没有那么好看的。"

真一到祇园社接受五位少将的官位时，千重子跟着去了，彩车巡游也跟着了。童子打扮的真一还带着两个随从到千重子家的

---

① 别火，举行祭神仪式的人为避开污秽，要用另外的火制作食物。
② 火镰打火，意味着祛除不祥。

店里来拜访过。

"千重子,千重子。"真一呼唤道,千重子则满脸通红地看着他。真一化着妆,也涂了口红,千重子的脸却被太阳晒黑了。那时千重子穿着夏季和服,腰上系着红色扎染三尺带①,靠在格栅门上放倒折凳,正跟附近的孩子一起玩线香烟花。

现在,在杂子的乐声中,在彩车的灯光里,也有童子装扮的真一的身影。

"千重子,你去宵山吧?"晚饭后,母亲对千重子说。

"妈妈你呢?"

"家里有客人,妈妈就不去了。"

千重子走出家门,脚步飞快。四条大街人头攒动,几乎走不起来。

不过,四条大街的哪个地方会有什么彩车,哪条小路又会有什么彩车,千重子都一清二楚,很快都看了一遍,果然都十分华丽。各个彩车的杂子乐声也响了起来。

千重子来到御旅所②前面,买了一根蜡烛点亮供在神前。祭礼期间,八坂神社的神灵也被迎到了御旅所。御旅所的位置在从新京极③往四条大街走一点的地方,就在路的南侧。

在御旅所,千重子发现有一个姑娘好像正在做七次参拜。虽然只能看到背影,却一看就知道她在做什么。所谓七次参拜,是指从御旅所的神前先走出一段距离再返回叩拜,如此重复七次。这期间,就算遇到认识的人也不能开口说话。

"哎?"千重子觉得自己好像见过那个姑娘,于是像受到了邀请似的,也开始做起七次参拜。

那个姑娘是向西边走再返回御旅所,千重子则与她相反,

---

① 三尺带,孩子系的腰带。

② 御旅所,神社祭礼的神轿启行时,为迎接离开本宫的神轿而临时供奉的地方。

③ 新京极,京都的繁华街道,位于三条大街和四条大街之间,是南北走向的街道。

向东边走再回来。不过那个姑娘比千重子更诚心,祈祷的时间也更长。

姑娘的七次参拜似乎已经结束了。因为千重子没有她走的距离远,所以几乎同时结束了参拜。

姑娘深深地凝视着千重子。

"你祈祷了什么?"千重子问。

"你看到了?"姑娘的声音在颤抖,"我想知道姐姐的下落……你,就是姐姐,神灵指引我们见面了。"姑娘的眼里盈满泪水。

的确,她就是北山杉村的那个姑娘。

御旅所里的献灯①吊成一排,灯光和参拜者供奉的蜡烛把神像前照得十分明亮。然而姑娘全不在意这份明亮,任泪水肆意流淌。四周的灯烛火光映在姑娘身上,显得更加闪闪发光。

千重子用了极大的意志抑制住自己的情绪。

"我是独生女,没有姐姐,也没有妹妹。"千重子嘴上这样说,脸色却变得煞白。

北山杉村的姑娘抽噎着:"我明白,小姐,请你原谅,请你原谅。"她重复道,"我从小就一直念着姐姐在哪儿、姐姐在哪儿,所以才会看错了人……"

"……"

"我们是双胞胎,所以不知道谁是姐姐谁是妹妹……"

"只是长得有些相似吧。"

姑娘点点头,眼泪顺着脸颊落下。她拿出手绢,一边擦眼泪一边说:"小姐,你是在哪里出生的?"

"这附近的批发商店街。"

---

① 献灯,为供奉神佛而奉纳给神社、寺庙的灯。

"这样啊。你向神灵祈祷了什么？"

"父母的幸福和健康。"

"……"

"你父亲……"千重子问道。

"很早以前就……他给北山杉剪枝，荡到另一棵树的时候没弄好，掉下去了，摔到了要命的地方……我是听村里人说的，那时我才刚生下来，什么都不知道……"

千重子大吃一惊。

自己常常想去那个村子，也常常想仰望美丽的杉山，难道是受到了父亲灵魂的召唤吗？

另外，这个山村姑娘说她是双胞胎。难道她的父亲在杉树梢上想起了被抛弃的双胞胎之一——千重子，所以才会大意跌落吗？肯定是这样的。

千重子的额头上满是冷汗。四条大街上拥挤人群的脚步声、祇园祭杂子的乐声好像都远去消失了，眼前变得一片漆黑。

山村姑娘扶着千重子的肩膀，用手绢擦拭她的额头。

"谢谢。"千重子接过手绢，擦了擦脸就把手绢收进自己的怀里，她自己都没有意识到。

"你母亲……"千重子小声问。

"母亲也……"姑娘含混不清地说，"我好像是在母亲的家乡出生的，那儿比杉村要更深入山里，不过，母亲也……"

千重子已经没法再问下去了。

来自北山杉村的姑娘流下的当然是喜悦的泪水，所以眼泪一止，脸上顿时神采奕奕。

与之相比，千重子则心绪烦乱，甚至双腿都在颤抖。这种场合下她的心情没法立刻平复，似乎支撑她的是那个姑娘极为健康的美。千重子没法像那个姑娘那样单纯地感到喜悦，在她眼里，悲伤之色愈发浓重。

今后该如何是好呢？正在迷茫之时，姑娘叫了一声"小姐"，向她伸出右手。

千重子握住那只手，那是一只厚实、粗糙的手，跟千重子柔软的双手完全不同。不过，姑娘对此好像并没在意，她握紧千重子的手说："小姐，再见。"

"哎？"

"啊，真开心……"

"你叫什么名字？"

"我叫苗子。"

"苗子吗？我叫千重子。"

"我现在在当雇工，那村子很小，只要说找苗子，我马上就能知道了。"

千重子点点头。

"小姐，你好像很幸福。"

"嗯。"

"今晚我们见面的事，我对谁都不会说的。我发誓，知道这件事的，就只有御旅所的祇园大神。"

也许苗子已经看出来了，两人虽说是双胞胎，但身份已然不同。千重子想到这点，说不出话来。但是，当时被抛弃的不正是自己吗？

"再见，小姐。"苗子又说了一次，"趁没人看见……"

千重子觉得心里堵得厉害。

"我家的店铺就在这附近，苗子，哪怕只是从门口经过呢，你至少要去一次。"

苗子摇摇头："你家里人呢？"

"家人？只有父母两人……"

"不知道为什么，我总觉得你是在父母的疼爱下长大的。"

千重子拉了一下苗子的袖子。

"我们在这儿站太久了。"

"真的。"

于是，苗子重新面向御旅所，恭敬地行礼祝祷，千重子也赶紧效仿。

"再见。"苗子第三次说。

"再见。"千重子也说。

"我想对你说的话太多了，有时间到村子里来吧。去杉树林里的话，谁都不会发现的。"

"谢谢。"

但是两人都不约而同地艰难穿过人群，向四条大桥走去。

八坂神社庇佑的居民人数非常多。宵山以及十七日的彩车巡游结束以后，还有后续的祭典活动。各家店铺也都会敞开大门，用屏风等装点起来。以前还有人家会摆上初期浮世绘[1]、狩野派[2]、大和绘[3]以及宗达绘制的对屏风。浮世绘的珍品中还有南洋屏风，上面描绘了风雅的京都风俗，画里还有西洋人。总而言之，这些画表现了京都市民繁盛的气势。

现在这些东西还保留在彩车上。彩车用了不少所谓的舶来品，比如唐织锦、法国哥白林织锦[4]、毛织品、金线织花锦缎、花纹织锦等。这些经外国贸易而来的东西为桃山[5]风格的盛大华丽又

---

[1] 浮世绘，江户时代以现实社会风俗为题材形成的绘画流派。
[2] 狩野派，日本画派之一，是以中国绘画风格为基础的日本画中的最大流派，以狩野正信为画派之始。
[3] 大和绘，与描绘中国风土人情的唐绘、汉画相对，是平安时代开始的日本传统绘画形式，也指标榜大和绘的土佐派。该画派由土佐光信确立，与狩野派并称日本画两大流派。
[4] 哥白林织锦，巴黎国立哥白林纺织厂生产的织锦。
[5] 桃山，指桃山时代，即16世纪后半叶丰臣秀吉掌权的时代。

083

增添了一份异国之美。

彩车内部也有当下的著名画家所描绘的装饰，彩车头上有看着像柱子的东西，据说是过去朱印船①的桅杆。

祇园杂子乐听起来只是"咚咚锵锵"，非常简单，但实际上共有二十六种曲子，跟壬生狂言②杂子很像，也很像雅乐③杂子。

宵山时，这些彩车上装饰着成排的灯笼，杂子乐声也十分响亮激昂。

四条大桥东边没有彩车，但从这儿一直到八坂神社好像都是传统舞蹈队列。

千重子刚走到大桥就被卷入人群中，稍微落到了苗子身后。

苗子说了三次"再见"，但千重子觉得有些犹豫，是就在这里分开呢，还是要经过丸太店前，或者走到附近告诉她店铺的位置？千重子似乎已经对苗子产生了一种温暖的亲近感。

"小姐，千重子小姐！"刚要过桥，有人冲苗子喊着走了过来，是秀男。他把苗子错认为千重子了，"来看宵山吗，自己一个人？"

苗子不知如何是好，但她没回头去看千重子。

千重子一下躲到人群之后。

"天气真好。"秀男对苗子说，"明天的天气应该也不错，有那么多星星。"

苗子抬头看看天空，她不知道该怎么回答。她当然不认识秀男。

"前些天我对令尊太失礼了，不过那条腰带还不错吧？"秀男对苗子说。

---

① 朱印船，日本近世初期锁国之前的官方特许贸易船只，持有德川家康等为政者给东南亚各国的异national渡海朱印状。
② 壬生狂言，京都壬生寺大念佛会上表演的哑剧狂言。
③ 雅乐，奈良时代由中国传入日本的音乐及其伴舞。

"嗯。"

"令尊过后没再生气吧?"

"嗯。"苗子什么都不知道,没办法回答。

但是,她完全没往千重子那边看。

苗子觉得有些困惑。如果千重子觉得可以跟这个年轻男子见面,那她应该会过来的。

这个男子的脑袋略微大了些,肩膀紧绷,眼神发直,但在苗子看来他绝不是一个坏人。既然说到了腰带,他应该是个西阵的纺织匠人,因为常年坐在织机前织布,体形上多少有了相应的变化。

"也是我年轻不懂事,对令尊画的图样说了多余的话。不过经过一晚上的思考,总算是织出来了。"秀男说。

"……"

"那条腰带你系过吗?哪怕一次也行。"

"嗯。"

"感觉怎么样?"

大桥上没有街上那么明亮,而且人头攒动,几乎要把两人给遮起来了,但苗子还是觉得奇怪,秀男为什么会认错人呢?

如果一对双胞胎在同一个家庭里被同样地抚养长大,可能确实难分彼此,但千重子和苗子是在完全不同的生活环境下长大的。苗子心想,难道说这个男人是近视眼吗?

"小姐,我能为你织一条腰带吗?只是一条而已,按我自己的构思精心织出来,当成你二十岁的纪念。"

"嗯,谢谢。"

"能在祇园祭的宵山上遇到你,可能是神灵的保佑附在腰带上了吧。"

"……"

苗子只能认为，千重子不想让这个男子知道自己是双胞胎，所以没有走到二人身边来。

"再见。"苗子对秀男说。

秀男有些意外。

"哦，再见。"秀男答道，"腰带就让我织吧，可以吗？赶在红叶时节织好……"秀男叮嘱了一句，走开了。

苗子四下张望，却没找到千重子。

刚才的年轻男子也好，腰带的事也好，苗子都觉得无所谓，能在御旅所前见到千重子，就已经仿佛是神灵的恩惠一般，让她感到无比开心。她抓着大桥的栏杆，看了一会儿倒映在水面的灯火。

然后，她慢慢向桥下走去，想去参拜四条大路尽头的八坂神社。

大概走到桥中间时，她看见正跟两个年轻男子站着说话的千重子。

"啊！"

苗子轻轻叫出声来，却没向那边靠近。

她若有似无地看了一眼那三人的身影。

苗子和秀男到底说了什么呢？千重子心想。很明显，秀男错把苗子当成了自己，但苗子是怎么回答秀男的呢？她肯定觉得很为难吧。

也许到他们二人身边去会比较好吧？但是，不能去。不仅如此，秀男叫苗子"千重子小姐"时，千重子还立刻躲到了人群背后。

为什么呢？

在御旅所前面遇到苗子，这件事给千重子带来的心灵冲击远比苗子激烈。苗子很早就知道自己是双胞胎，还一直在寻找自己的姐妹。然而千重子却是做梦也没想到的，这实在是太突然了，千重子完全没法像苗子看到自己那样感到喜悦。

另外，生父从杉树上跌落而死，生母也早已过世，这两件事都是刚才听苗子说了千重子才知道的，这让她心中感到刺痛。

到目前为止，千重子只是从邻居的闲话里稍有耳闻，知道自己是个弃儿，但她尽量不去想亲生父母在哪里、是什么样的人，以及为什么抛弃自己。就算想也想不明白。再说，也完全没有必要去想，因为太吉郎和阿繁给了千重子足够深厚的爱。

今晚在宵山上听到苗子的话，对千重子来说未必是幸福。然而在她心里，好像对苗子这个亲生姐妹产生了温暖的亲情。

"她比我心灵纯净，很能干，身体好像也很结实。"千重子低声自语道，"可能有一天，我会需要她的帮助呢……"

她就这样一个人茫然地走在四条大桥上。

"千重子，千重子！"是真一，"你怎么一个人呆呆地在这儿走呢？脸色也不太好。"

"啊，真一，"千重子好像回过神来，"你以前扮成童子坐在长刀彩车上，多可爱啊。"

"当时可累了，现在倒是挺怀念的。"

真一身边有个同伴。

"这是我哥，读大学院①呢。"

真一这位哥哥跟他长得很像，有些生硬地对千重子点头致意。

"真一小时候胆小又可爱，因为长得像女孩子一样漂亮，还被选中当童子，真傻。"哥哥高声笑着说。

走到大桥中间，千重子看到了真一的哥哥坚毅的面庞。

---

① 大学院，指大学的研究生院。

"千重子,你今晚脸色有点苍白,还很难过的样子。"真一说。

"是因为大桥中间的光线吧?"千重子说着重重落下脚步,"再说,宵山上这么多人,大家都开开心心的,谁还会注意一个姑娘的难过表情呢。"

"那可不行,"真一把千重子往栏杆那边推,"你稍微靠一会儿。"

"谢谢。"

"河上倒没什么风……"

千重子把手放在额头上,半闭着眼睛。

"真一,你当童子坐长刀彩车,是几岁来着?"

"嗯,我算算,应该不是七岁,好像是我上小学的前一年……"

千重子点了点头,却没说话。她想擦擦额头和脖子上的冷汗,手伸进怀里,摸到的却是苗子的手绢。

"啊!"

手绢被苗子的泪水打湿了。千重子攥着这块手绢,不知道该不该拿出来。最后她把手绢团在手里擦了额头,眼里又涌上了泪水。

真一满面惊讶。因为他了解千重子的性格,她绝对不会把手绢皱巴巴地攥成一团塞进怀里。

"千重子,你热吗,觉得发冷吗?如果是热感冒就麻烦了,早点回家吧,我们送你。行吧,哥?"

真一的哥哥点点头,他一直盯着千重子看。

"我家那么近,不用送也……"

"离得近才更要送。"真一的哥哥直截了当地说。

三人从大桥中间往回走。

"真一,你知道吗?你扮成童子那次,我一直跟着你的彩车走来着。"

"我记得,我记得。"真一回答。

"人看着很小吧。"

"很小。童子如果左顾右盼看着会很不像样。不过我注意到有个小女孩一直跟着走。特别累吧,人挤来挤去的……"

"我再也不能变成那么小了。"

"说什么呢?"真一轻轻回避了这个话题,心中有些疑惑,今晚的千重子是怎么了?

兄弟二人把千重子送到店里。真一的哥哥彬彬有礼地跟千重子的父母问好,真一站在哥哥身后等候。

太吉郎在后面的客厅跟一位客人喝祭神酒,其实也不算喝酒,只是陪客人而已。阿繁不时起身照料。

"我回来了。"千重子说。

"回来啦,很快啊。"阿繁说着看了一眼女儿的样子。

千重子礼貌地跟客人打了招呼,之后对母亲说:"妈妈,我回来太晚了,没帮上你的忙……"

"没事没事。"母亲阿繁轻轻给千重子使了一个眼色,和千重子一起去了厨房,要搬酒坛只是一个理由。

"千重子,是不是身体不舒服,所以让人送你回来的?"

"嗯,是真一和他哥哥。"

"我就说呢,脸色也不好,还摇摇晃晃的,"阿繁说着伸手摸了摸千重子的额头,"倒不算热,但好像很难过似的。正好今天晚上来客人,你跟妈妈一起睡吧。"

千重子忍住了,没有落泪。

"先去里面楼上休息吧。"

"嗯,谢谢妈妈……"千重子感到母亲的慈爱让自己的心情缓和了下来。

"因为家里客人少,你爸爸觉得寂寞了,晚饭的时候还有五六个人……"

但千重子还是过去斟酒了。

"已经喝得够多了,再倒这么多就行。"

千重子斟酒的手在颤抖,虽然左手也扶了上去,但还是有小幅度的抖动。

今晚,庭院的基督像石灯笼也点亮了,朦朦胧胧的,能看见粗大枫树上的小坑里那两株紫花地丁。

花已经凋谢了,上下两株小小的紫花地丁大概就是千重子和苗子吧?两株紫花地丁好像并不会碰面,但今晚它们是不是也见面了呢?千重子借着微弱的灯光看着两株紫花地丁,眼中再次充满泪水。

太吉郎也发现了千重子的异样,不时看向千重子。

千重子悄悄站起来,上到后面的二楼去了。卧室里,客人的床铺已经铺好了。千重子从柜子里拿出自己的枕头,钻进被窝。

为了不让人听到抽泣声,千重子把脸埋在枕头里,手抓着枕头两端。

阿繁上楼来了,见千重子的枕头湿了,取出一个新枕头给她:"给,咱们一会儿再说。"之后就下楼去了。走到楼梯口,阿繁停住脚步回头看了看,却什么都没说。

床铺只铺了两个,而且其中一个是千重子的,看来母亲打算和千重子一起睡。

不过夏天用的麻布薄被却有两张,是母亲和千重子的,都叠好了放在床铺尾端。

阿繁没有拿自己的床铺,却拿了女儿的。这虽然是无关紧要的小事,千重子却感受到了母亲的一片心意。

于是,千重子止住泪水,心情也平复了。

"我是这家的孩子。"

自不必说,遇见苗子让千重子突然心绪大乱,而且无法抑制。

千重子起身来到梳妆台前,看着镜中自己的脸。本想化点妆遮掩一下,又放弃了。她只是拿起香水瓶,在床铺上喷了一小点,然后把自己的伊达腰带①整理好。

当然,今晚千重子没那么容易睡着。

"我对苗子是不是太无情了?"

一闭上眼,中川村美丽的杉山就出现在面前。

通过苗子的话,千重子大概了解了自己的亲生父母。

"对这个家的父母是袒露实情好,还是不说比较好呢?"

"这个店里的父母恐怕根本不知道千重子出生的地方,也不知道她的亲生父母是谁。亲生父母也早已经不在这个世上了……"虽然这么想着,但千重子没有再流泪了。

街上传来祇园杂子的乐声。

楼下的客人好像是近江长滨附近的绉绸商人。他们稍微喝多了点,声音有些大,甚至千重子趴在里面二楼上,还能断断续续地听见说话声。

客人好像在翻来覆去地说祭礼的事,彩车巡游的路线从四条大街开始,经过宽阔现代的河原町转道作为疏散地的御池大街,甚至在市政府前面设置了观众席,都是为了所谓的"观光"。

以前彩车走的都是有京都特色的窄路,虽然有些人家的房子会被彩车撞到,但那也是一种情调,据说站在二楼还能要到粽子②,现在则是撒粽子。

四条大街还好,如果拐进窄路,彩车的下方就很难看清了,

---

① 伊达腰带,妇女穿和服时,为防止衣服走样,系在宽腰带下面的窄幅腰带。

② 粽子,祇园特色之一,并非食物,而是一种消灾的护身符。

所以走宽阔的大道还是挺好的。

太吉郎平和地解释道，在宽阔的街道可以很容易地看到彩车全貌，那多精彩啊。

千重子觉得，现在躺在被窝里，都仿佛还能听见彩车巨大的木车轮转弯时发出的声音。

看来今天晚上客人会在隔壁房间休息，千重子打算明天再把从苗子那儿听来的一切告诉父母。

北山杉村好像都是私人企业，不过并不是所有的人家都拥有山林。有山林的人家是很少的。千重子想，自己的亲生父母应该是拥有山林人家的雇工。

苗子自己也说过："我在当雇工……"

已经是二十年前的事了，也许亲生父母不仅觉得双胞胎不吉利，也听说双胞胎难以抚养，考虑到了生活问题，所以才抛弃了千重子。

千重子有三件事忘了问苗子：千重子被抛弃的时候还是婴儿，为什么父母抛弃的不是苗子，而是她？父亲是什么时候从杉树上掉下来的？虽然苗子说她那时"才刚生下来"……还有，苗子说过她"好像是在母亲的家乡出生的，那儿比杉村要更深入山里"，那个地方叫什么呢？

苗子觉得自己现在跟被父母抛弃的千重子"身份有别"，绝对不会主动来找千重子。如果想要问她，只能是千重子去苗子工作的地方。

但是，千重子不能瞒着父母偷偷过去。

千重子曾把大佛次郎①的名作《京都的诱惑》读过很多次。这时，她脑海里浮现出书中的一段话：

---

① 大佛次郎（1897—1973），小说家，作品有《鞍马天狗》《归乡》等。

"将被制成圆木的杉树栽种成林,青翠的枝叶如层云般重重叠叠。山中的赤松树干纤细、鲜明成列,整座山林宛如一首乐曲,为人们送来林木的歌声……"

比起祭典上杂子音乐的喧嚣,还是重叠群山的连绵乐章和林木的歌声更合千重子的心意。她仿佛穿过北山的多道彩虹,聆听着那乐章和歌声……

千重子心里的悲伤渐渐淡了。也许她本来就并不悲伤,只是突然与苗子相遇心里感到惊讶、迷茫和困惑吧。不过对女孩子来说,流泪本就是命中注定的事吧?

千重子翻了个身,闭上眼睛,听着山林的歌声。

"苗子是那么的开心,可我是怎么回事呢?"

过了一会儿,客人和父母都上到里面二楼来了。

"您好好休息吧。"父亲对客人说。

母亲叠好客人脱下的衣服,来到这边的房间,正要叠父亲脱下的衣服时,千重子说:"妈妈,我来吧。"

"还没睡吗?"母亲把衣服给千重子,刚躺下就开朗地说,"真香啊,果然是年轻人。"

也许这位近江的客人酒喝多了,隔扇那边很快就响起了鼾声。

"阿繁,"太吉郎叫旁边床铺上的妻子,"有田先生应该是想把儿子送到咱们家。"

"当店员——职员吗?"

"是当养子,千重子的……"

"怎么说这个,千重子还没睡着呢。"阿繁不想让丈夫继续说下去。

"我知道,让千重子听听也很好嘛。"

"……"

"是他家二儿子，因为生意的事，来咱们家跑过几次。"

"我不太喜欢有田先生。"阿繁虽然压低了声音，但语气十分坚决。

千重子耳边的山林乐声消失了。

"是吧，千重子？"母亲翻身朝向女儿。千重子睁开眼睛，却没回答。一时间没人说话。千重子交叠脚尖，一动不动。

"有田先生想要咱家的店。嗯，我是这么觉得的。"太吉郎说，"而且，他很清楚千重子长得漂亮，是个好姑娘。因为是咱们的客户，对店里生意的内容也一清二楚。恐怕也有店员私下里告诉他了。"

"……"

"千重子再怎么漂亮，我也没想过让她为了店里的生意结婚，是吧，阿繁？那样的话可太对不起神明了。"

"这倒是。"阿繁说。

"我的性格不适合做生意。"

"爸爸，我不应该让您把保罗·克利的画集什么的带到嵯峨的尼姑庵去，请您原谅我。"千重子起身对父亲道歉。

"说什么呢，那是爸爸的乐趣，也是一种安慰。现在则是我生存的意义。"父亲也轻轻低下头，"我明明没有画图样的才能……"

"爸爸。"

"千重子，咱们把这间批发店卖掉搬家吧，搬到西阵也行，到清静的南禅寺或冈崎附近找个小房子也行，咱们两个一起构思和服布料和腰带的图样，你能受得了贫穷吗？"

"贫穷什么的，我根本就……"

"是吗？"父亲说完就很快睡着了，千重子则无法入睡。

第二天早上，她早早起来打扫店铺前的道路，擦拭格栅门和折凳。

祇园祭还在继续。

十八日是后祭的进山伐木仪式，二十三日是后祭的宵山、屏风祭，二十四日有山上巡游，之后还有供神狂言①，二十八日洗神轿，之后返回八坂神社，二十九日举行奉告神事结束的奉告祭。

京都的好几座山都在寺庙区。

千重子心事重重，始终安不下心来。她在这样的心情里，度过了几乎持续一个月的祭典。

---

① 狂言，日本的一种表演形式，类似于舞台剧。兴起于民间，是穿插于能剧剧目之间表演的一种即兴简短的笑剧。供神狂言即在供奉神明的祭典上表演的狂言节目。

秋色

沿护城河行驶的北野线电车是明治"文明开化"的痕迹之一,也是日本最古老的电车,如今终于要被拆除了。

众所周知,这座千年古都是最早引进西洋新鲜事物的,京都人身上其实也有这样的一面。

不过,这老旧的"当当电车"①直到今天都还在运行,也颇有"古都"特色。车身很小,乘客面对面坐着,膝盖几乎要碰到对方了。

然而一旦要拆除,难免会让人留恋,所以人们用假花将其装饰成了"鲜花电车",还运送了不少做明治时代装扮的人们,这可能也是一种"祭典"吧。

连着好几天,本来不会坐这趟车的人都把古老的电车挤得满

---

① 当当电车,市区地面有轨电车的通称。"当当"是售票员和司机之间为发送信号而拉绳鸣响的铃声。

满当当。那时正是七月,还有人打阳伞。

京都的夏天比东京日照强烈,这个时候的东京已经看不到有人打阳伞走路了。

太吉郎在京都站前面正要乘坐鲜花电车,有一个中年女人特意藏在他身后,一副忍着笑的样子。因为太吉郎也是很有明治气质的。

坐上电车时,太吉郎注意到了那个女人,有些不好意思地说:"怎么,你就没有明治气质吗?"

"我离明治很近了,再说,我家就住在北野线沿线呢。"

"是吗,原来是这样啊。"太吉郎说。

"说什么原来是这样,真够薄情的……总算把我想起来了吗?"

"还带着可爱的孩子呢,藏到哪儿去了?"

"说什么傻话,你不是很清楚这不是我的孩子吗?"

"那我可说不准,女人啊……"

"看你说的,男人才是让人说不准呢。"

女人带着的女孩皮肤很白,非常可爱。大概有十四五岁吧,穿着夏季和服,系了条红色的细腰带。女孩很害羞,像躲着太吉郎似的挨着女人坐下,嘴巴紧紧闭着。

太吉郎轻轻拽了一下女人的袖子。

"小千,坐到中间来。"女人说。

三人都沉默了一阵子,女人越过女孩的头顶,凑到太吉郎耳边低声说:"我常想,要不要让这孩子去祇园做舞女呢?"

"她是谁家的孩子?"

"我家附近的茶屋[①]的孩子。"

"嗯。"

[①] 茶屋,这里的茶屋指为客人提供游艺和饮食的店,属于烟花之地。

"也有人觉得她是你跟我生的孩子呢。"女人用几不可闻的声音说。

"说什么傻话。"

这个女人是上七轩茶屋的老板娘。

"我们去北野的天神宫，这孩子非拉着我一起……"

太吉郎知道老板娘在开玩笑，却还是问那少女："你多大了？"

"中学一年级。"

"嗯，"太吉郎看着女孩说，"等我下辈子投胎转世了，再去打扰你吧。"

果然是烟花之地的孩子，她好像似懂非懂地听明白了太吉郎这句奇怪的话。

"怎么要被这孩子拉去天神宫呢，难道她是天神大人的化身吗？"太吉郎跟老板娘开玩笑。

"没错，没错。"

"天神大人可是男的……"

"这不是转生成女子了嘛。"老板娘一本正经地说，"是男子的话，还得承受流放的痛苦。"

太吉郎要笑出声了："那是女的呢？"

"是女的，我想想，是女的就会得到如意郎君的疼爱。"

"嗯。"

这女孩的美是无可争议的，她留着童花头，头发又黑又亮，双眼皮实在是好看极了。

"她是独生女吗？"

"不是，还有两个姐姐。最大的姐姐明年春天就中学毕业，可能会出来做舞女。"

"跟这孩子长得像吗，也很漂亮？"

"像是像,不过没有这孩子这么好看。"

"……"

上七轩茶屋现在一个舞女也没有。现在有规定,即使当舞女也必须在中学毕业以后。

之所以叫上七轩,可能是因为原本只有七间茶屋。太吉郎忘了从哪儿听到的,说是现在已经增加到二十间了。

以前,实际上并不是多么长时间之前,太吉郎还经常和西阵的织坊主以及地方上的老主顾一起去上七轩玩乐,那时结识的女子还会在不经意间浮现在脑海中。当时太吉郎的店铺生意也还很不错。

"老板娘你也是好奇心强啊,还来坐这趟电车。"太吉郎说。

"人的恋旧之情是非常重要的。"老板娘说,"我们家的生意正是因为不忘过去的老客户才……"

"再说,今天也是送客人来车站,坐这趟车正好可以回去……佐田先生才奇怪吧?一个人来坐车……"

"是啊,怎么回事呢?其实只是看看鲜花电车就可以了。"太吉郎自己也觉得奇怪,"是怀念过去了吗,还是现在寂寞了呢?"

"说什么寂寞,你还没到说这种话的年龄呢。跟我们一起走吧,只是看看年轻姑娘也行……"

太吉郎好像要被带到上七轩去了。

因为老板娘直奔北野神社的主殿去了,太吉郎也就跟着走过去。老板娘诚意祈祷,用时颇长,少女也低头拜神。

老板娘回到太吉郎身边,说:"不好意思,该放小千走了。"

"哦。"

"小千,回去吧。"

"谢谢。"女孩跟二人打了招呼就离开了,她走得越远,走路的姿态就越发有一个中学生的样子了。

"你这个人,好像很喜欢那孩子啊。"老板娘说。"再过上两三年,她就出来当舞女了。你就期待吧……今后她会更有大人样儿的,毕竟那么漂亮嘛。"

太吉郎没回答。心想:反正已经过来了,应该在这宽敞的神社里转转。但是天太热了。

"去你那儿稍微歇会儿吧,挺累的。"

"好啊,好啊。我一看见你就有这个想法,你都很久没过去了。"老板娘说。

到了古老的茶屋,老板娘一本正经地招呼道:"欢迎您来。真是的,都多久没过来了,我们一直念着您呢。"又接着说,"快躺下,我拿枕头过来了。啊,你刚才说了寂寞吧?我找一个性格安静的来跟你聊聊天……"

"以前见过的艺伎就不用了。"

太吉郎正要打盹儿,一个年轻的艺伎走过来,她安静地坐了一会儿。本来就是初次见面,可能认为我是个让人为难的客人吧?太吉郎有点走神,一点都没有要聊天的意思。艺伎也许是想引起客人的兴致,主动说起自己在做舞女的两年里喜欢上的人就有四十七个。

"这不正好是赤穗义士[①]吗?竟然有四五十个人。现在想起

[①] 赤穗义士,日本著名历史事件。赤穗地方的城主浅野长矩奉五代将军德川纲吉之命接待天皇使臣。负责指点礼仪的吉良看不起浅野,不仅令其出丑,还大加嘲笑。浅野大怒之下拔刀砍伤吉良。将军纲吉听闻浅野行凶大怒,命浅野立即切腹自尽并没收全部财产。浅野死后,消息传回,其家臣决心为主人报仇,共有四十七名赤穗武士杀入吉良宅邸,将吉良杀死,献其头颅于浅野墓前。之后,四十七人束手就擒,最后被幕府下令集体切腹自尽。

来，真是太奇怪了……那不是单相思吗，还被别人笑话来着。"

太吉郎精神过来："现在呢？"

"现在是一个人。"

这时，老板娘来到房间。

太吉郎想：这个艺伎才二十岁左右，跟那些男人也没什么深入交往，她是真的记得有"四十七人"吗？

另外，艺伎还讲了一件事：她刚做舞女的第三天，带一位很讨厌的客人去卫生间，突然被那个客人强吻，于是就咬了客人的舌头。

"出血了吗？"

"嗯，当然出血了。那个客人特别生气，说让我出医药费，我哭得可厉害了，也是闹出了一个小乱子。不过事情是他惹起来的吧，那个人的名字我都已经忘了。"

"嗯。"太吉郎看着这个艺伎，这么一位纤细、削肩、看起来十分温柔的京都美人，那时也就十八九岁吧，真能突然间狠狠咬下去啊。

"让我看看你的牙。"

"牙，我的牙？说话的时候不就能看见吗？"

"我想仔细、好好地看看。"

"不要，多难为情啊。"艺伎紧紧闭上嘴，"这样不行啊，先生。这可没法说话了。"

艺伎可爱的嘴角处露出了洁白小巧的牙齿。

太吉郎开玩笑地说："不会是把牙咬断了，装的假牙吧？"

"舌头可是软的呀。"艺伎脱口而出，"哎呀，真是……"说着，她把脸藏到老板娘身后。

过了一会儿，太吉郎对老板娘说："都到这儿来了，也去中里那儿看看吧。"

"嗯……中里肯定会高兴的。我跟你一起去吧，好吗？"老老板娘说着起身到梳妆台前，可能是要整理仪容。

中里家的门面还是老样子，但待客的房间却是重新弄的。

加上另外一个艺伎，太吉郎在中里那儿一直待到晚饭后。

就在太吉郎外出期间，秀男来到店里。因为说是来给小姐送东西，所以千重子到店铺来招待他。

"祗园祭时约好为小姐织腰带，我画了两幅图样，拿来给你看看。"秀男说。

"千重子，"母亲阿繁喊道，"到里面来吧。"

"好的。"

在面向庭院的房间里，秀男把图样展示给千重子看。一共有两幅，一幅是菊花，虽然点缀了叶子，却让人看不出是菊叶，形式新颖又颇具巧思；另一幅则是枫叶。

"真好看。"千重子看得入了神。

"千重子小姐喜欢就好，我真是太高兴了。"秀男说，"织哪个图样呢？"

"我想想，菊花的话，一年四季都能系。"

"那就织菊花图案了，可以吧？"

"……"

千重子低下头，脸上带上了忧愁之色。

"两个图案都很好，只是……"她支支吾吾地说，"能画杉树和赤松山林吗？"

"杉树和赤松山林？应该有点难，我得琢磨琢磨。"秀男好像觉得有点奇怪，看向千重子的脸。

"秀男先生，请你原谅。"

"原谅？怎么说得上……"

"是这样的，"千重子有些犹豫，"祭典那天晚上，在四条大桥上，跟秀男先生约好织腰带的其实不是我，你认错人了。"

秀男说不出话来，根本没法相信。他一脸沮丧，就因为是为千重子织,他才在图样上花了那么大的工夫,千重子这是打算彻底拒绝秀男吗?

然而就算如此,千重子的说法和态度也实在让人无法理解。秀男稍微平复了一下激烈的心绪。

"难道我遇到的是小姐你的幻影吗,我跟千重子小姐的幻影说话了吗,祇园祭上出现了幻影吗?"不过,秀男没有说那是"意中人"的幻影。

千重子的表情严肃起来。

"秀男先生,那时跟你说话的,是我的姐妹。"

"……"

"是姐妹。"

"……"

"我也是那天晚上第一次见到我的姐妹。"

"……"

"姐妹这件事,我对父亲和母亲都还没有说。"

"哎?"秀男很吃惊,他不明白。

"你知道北山圆木那个村子吧?那个姑娘就在那儿干活。"

"哎?"秀男已经惊讶得说不出第二句话了。

"你知道中川町吧?"千重子说。

"嗯,只是坐车路过……"

"请送给那个姑娘一条秀男先生织的腰带吧。"

"哦。"

"给她织一条吧。"

"哦。"秀男看起来还是有些疑惑,"所以你才说想要赤松和杉树山林的图案?"

千重子点点头。

"可以。不过,会不会有点跟生活环境太接近了?"

"这点不是要看秀男先生的构思吗？"

"……"

"她应该会一生都好好珍惜的。那个姑娘叫苗子，不是什么山林主家的孩子，所以特别能干，比我这样的人坚强，也可靠……"

秀男依然觉得无法相信，但他还是说："既然是小姐的要求，我一定用心织出来。"

"我再说一次，是为了那个叫苗子的姑娘。"

"我明白了。不过，她为什么和千重子小姐长得那么像呢？"

"因为是姐妹嘛。"

"就算是姐妹，也……"

千重子没有告诉秀男她们是双胞胎。

因为都穿着夏季祭典的轻便装束，在夜晚的灯光下，秀男错把苗子当成了千重子，但这恐怕未必是因为秀男眼花。

美丽的格栅门上还装了一层外格栅，也摆了折凳，店铺狭长幽深，这种结构现在看来也许是过去残留下来的形式，却是一家富有京都风韵的和服布料批发店的特色。这家店铺的女儿和在北山杉圆木店里做雇工的姑娘怎么会是姐妹呢？秀男感到难以相信。但对这件事是不能刨根问底的。

"如果腰带织好了，要送到这里来吗？"秀男说。

"这个嘛，"千重子想了一会儿，"可以直接送到苗子那儿去吗？"

"当然可以。"

"那就这么办吧。"千重子的请求带着十足的诚意，"只是路有些远……"

"嗯，说是很远，其实没什么。"

"苗子该有多高兴啊。"

"她会接受吧?"秀男的疑问是理所当然的。也许苗子会吓一跳吧。

"我会跟苗子好好解释的。"

"这样啊,那就……我一定把腰带送去,她家姓什么呢?"

这个千重子也不知道,所以问:"苗子工作的那家吗?"

"嗯。"

"我打电话或写信告诉你。"

"这样啊,"秀男说,"虽然说好像是有两位千重子小姐,但我会当成是小姐你的腰带精心织出来,然后亲自送去。"

"谢谢。"千重子低头行礼,"拜托你了,你觉得很奇怪吗?"

"……"

"秀男先生,这条腰带不是织给我的,而是织给苗子小姐的。"

"嗯,我明白了。"

没过多久,秀男走出店铺,他还是有很多疑问。不过,他已经开始动脑思考腰带的图样了。以赤松和杉树山林构图,如果缺乏足够的胆识气魄,作为千重子的腰带就未免太过朴素了。秀男依然觉得那是千重子的腰带,不,如果是那位叫苗子的姑娘的腰带,图案就不能与苗子的劳动生活过于接近。他对千重子也这样说过。

秀男向四条大桥走去,他在那儿见到的不知是"像千重子的苗子"还是"像苗子的千重子",但到了大桥却发现阳光正盛,十分炎热。秀男靠在桥栏杆上,闭上眼睛。他想听的不是人群的喧嚣和电车的轰鸣,而是几乎无法听到的河水流动之声。

今年千重子没去看大文字篝火[①],母亲阿繁倒是难得地跟父

[①] 大文字篝火,8月16日在京都东山的如意岳山腰上点燃的"大"字形篝火。

亲一起去了。千重子留下看家。

父亲他们和附近关系好的两三家批发商一起,包下了木屋町二条下茶馆的纳凉床。

八月十六日的大文字篝火是盂兰盆节①的送灵火。据说以前的风俗是要在晚上投掷松油火把,送空中飘荡的灵魂返回冥府,后来逐渐演变为在山上燃起篝火。

东山如意岳的"大"字篝火的确是"大文字",但实际上,大文字篝火一共会在五座山上点燃,还有金阁寺附近大北山的"左大文字"、松崎山的"妙法"、西贺茂明见山的"船形"、上嵯峨山的"鸟居形"。这五座山上的送灵火会依次点燃,这四十分钟左右的时间里,市内的霓虹灯和广告灯都会熄灭。

看着送灵火照亮的山色和夜空之色,千重子感受到了初秋的色彩。

早在大文字篝火的半个月之前,也就是立秋前夕,下鸭神社还举行了度过夏季的祭神活动。

以前,为了看左大文字等几处篝火,千重子经常跟几个朋友一起登上加茂川的河堤。

大文字篝火本是千重子从小看习惯的,不过,"今年也有,大文字已经⋯⋯"随着年龄的增长,她心里也产生了这种想法。

千重子来到店铺外面,跟附近的小孩子在折凳旁边玩耍。小孩子好像对大文字篝火之类的并不在意,反而对烟花更感兴趣。

然而,今年夏天的盂兰盆节给千重子增添了新的哀愁。因为她在祇园祭上遇到苗子,得知自己的亲生父母早已过世。

---

① 盂兰盆节,源自中国,本是救助受苦亡者的佛事,于阴历七月十五举行。传至日本后,与日本初秋的祭灵活动合一,成为日本供养祖先灵魂的佛事活动。盂兰盆期间会焚烧迎灵火和送灵火,设精灵棚供奉食物,请僧人诵经,各地也有各种不同的风俗。明治维新后,日本废除农历,统一使用新历,盂兰盆节也随之改为8月15日前后,不过仍有部分地区在7月15日前后举办盂兰盆祭。

"对了,明天要去见苗子。"千重子想,"还得好好说一下秀男先生织腰带的事……"

第二天下午,千重子穿着不显眼的和服出门了。——千重子还没在白天里看过苗子。

在菩提瀑布车站,千重子下了公共汽车。

现在的北山町正是忙碌的时候,男人们已经开始粗剥杉木的树皮。杉木皮高高堆起,周围的地上也散落得到处都是。

千重子有些犹豫,刚走了几步,苗子就一溜烟似的跑了过来。

"小姐,你真的来了啊。真是、真是,难为……"

千重子看看苗子的劳动装扮:"没问题吗?"

"嗯,我今天已经请假了,因为看到了千重子小姐……"苗子气喘吁吁地说,"咱们去杉树林里说话吧,谁都不会看见。"说完她拽着千重子的袖子走了。

苗子匆忙解下围裙铺在地上,丹波棉布围裙很宽大,能围到苗子背后,所以足够两个人并排坐在上面。

"坐吧。"苗子说。

"谢谢。"

苗子摘下头上绑的手巾,用手指把头发往上梳,说:"真的,难为你过来。我太高兴了,太高兴了……"她眼中闪着光,看着千重子。

土地的清香、林木的香气,总而言之,杉山的香气十分浓郁。

"咱们在这儿,从下面是看不到的。"苗子说。

"我很喜欢美丽的杉林,所以偶尔会过来,但是进到杉山里,今天还是第一次。"千重子说着看看四周。几乎一般粗细的杉木笔直挺立,将二人包围在其中。

"都是人做出来的杉树。"苗子说。

"哎?"

"这些树约莫四十来年吧,马上就要被砍下来做成柱子什么的。如果留着它们,也许能活一千多年,也会变粗、长高吧。我有时会这样想。我还是喜欢天然树林。这个村子嘛,其实就是在制造切花①……"

"……"

"如果这个世界上没有人类,也就不会有京都这座城市,京都会是天然森林或荒草平原吧。这一带也是,说不定会是鹿或者野猪的领地呢。人类为什么会出现在这个世界上呢?多可怕啊,人类……"

"苗子,你想的都是这样的事吗?"千重子惊讶道。

"嗯,偶尔会……"

"苗子,你讨厌人类吗?"

"我倒是最喜欢人类……"苗子回答,"没有什么比人类更可爱的了,不过,有时我在山里睡着了,醒来以后会突然想,如果地球上没有了人类,会变成什么样呢?"

"这不就是藏在你心里的厌世情绪吗?"

"我最讨厌厌世了。我每天都开心快乐地劳动,不过,人类……"

"……"

两个姑娘所在的杉林突然暗了下来。

"是傍晚的阵雨。"苗子说。

雨水落在杉树枝头的叶子上,变成大颗的水珠落下来。同时,震耳欲聋的雷声也伴随而来。

"好可怕,好可怕。"千重子脸色煞白,握住苗子的手。

---

① 切花,带着枝和茎剪下来的花,用于插花等。

"千重子小姐，你屈膝，把身子缩起来。"苗子说着，趴到千重子身上抱住千重子，几乎完全把千重子盖住了。

雷声越来越骇人了，道道闪电和阵阵雷声几乎没有间隔地劈下来，那声音好似群山断裂发出的声响。

骇人的闪电雷鸣似乎就要来到两个姑娘的头顶。

雨在杉树枝头喧嚣作响，每次闪电时，电光一直打到地上，两个姑娘周围的杉树树干都被照亮了。众多美丽笔直的树干瞬间变得阴森可怖，然而还来不及思索，就又是一阵雷鸣。

"苗子，雷好像要劈下来了。"千重子把身子缩得更小。

"可能会劈下来，不过不会劈到我们身上的。"苗子语气坚定地说，"绝不会劈到我们身上！"

说完，苗子用自己的身体把千重子盖得更严实了。

"小姐，你的头发有点湿了。"苗子用手巾擦了擦千重子脑后的头发，然后把手巾对折，盖在千重子头上。

"雨滴可能会透进去一点，但是，小姐，雷是绝对不会落到千重子小姐身上和附近的。"

千重子本就性格刚强，听着苗子坚定的声音，心情多少也平静下来。"谢谢……真的谢谢你。"千重子说，"为了护着我，你浑身都湿透了。"

"干活儿的衣服嘛，一点也不要紧。"苗子说，"我太高兴了。"

"你腰上发亮的是什么？"千重子问。

"啊，我给忘了，是镰刀。之前在路边给圆木剥皮来着，看见你以后跑过去，就还拿在手里了。"苗子这才意识到，"真危险啊。"说完她把镰刀扔到远处。那是一把小镰刀，还没装木把手。

"回去的时候再捡吧。不过，我不想回去……"

雷仿佛从二人头顶经过。

千重子清晰地感受到苗子以身体护住自己的姿态。

虽然是夏天，但阵雨过后，在山里还是会让人觉得连指尖都是冰凉的，不过千重子从头到脚都被苗子护住了，苗子的体温在千重子的身上扩散，并且渗入她的内心。那是一种无以言表的亲切的温暖。千重子感到很幸福，暂时闭上了双眼。

"苗子，真的谢谢你。"千重子又说了一次，"在母亲肚子里的时候，你也是这样护着我的吧？"

"怎么会，肯定是我们两个互相踢来挤去吧。"

"也是。"千重子笑了，笑声中满是亲情。

阵雨和雷鸣好像都过去了。

"苗子，真的谢谢你，已经可以了吧？"千重子动了动，想从苗子身下站起来。

"嗯，不过还是再等一会儿吧，积在杉树叶上的雨滴还在滴呢。"苗子依然护着千重子。千重子摸了摸苗子的后背，"你都湿透了，不冷吗？"

"我都习惯了，一点事都没有。"苗子说，"小姐能过来，我实在太高兴了，觉得身上热得不得了。小姐你也有点淋湿了。"

"苗子，父亲是从这附近的杉树上掉下来的吗？"千重子问。

"不知道，我那时也只是个婴儿。"

"母亲的家乡呢？外公外婆还在吗？"

"这个我也不知道。"苗子回答。

"你不是在母亲的家乡长大的吗？"

"小姐，你为什么问这些？"被苗子这样严肃地一问，千重子说不出话来了。

"小姐，你没有那样的亲戚。"

"……"

"你能把我当成姐妹，我就已经很开心了。祇园祭的时候，我说了多余的话。"

"没有，我很开心。"

"我也是……不过我不会去小姐家的店铺的。"

"你来吧，不会有问题的，我跟爸爸妈妈说……"

"别这样。"苗子坚定地说，"如果小姐像刚才那样遇到困难，我就是死也会护着你……你能明白我吧？"

"……"千重子觉得眼眶发热，几乎要落下泪来。

"对了，苗子，祇园祭那天晚上，你被错认成我，不知道该怎么办了吧？"

"嗯，是跟我说腰带的那个人吧？"

"那个年轻人是西阵织腰带的织工，为人很可靠……他说要为你织一条腰带吧？"

"那是因为他把我错当成你了。"

"前些天，他把腰带图案拿给我看，我跟他说了，那不是我，是我的姐妹。"

"哎？"

"我还拜托他，为我名叫苗子的姐妹织一条腰带。"

"给我……"

"他不是都跟你说好了嘛。"

"那是他认错人了啊。"

"我请他为我织了一条，所以也为苗子织一条。作为姐妹的证明……"

"我……"苗子很惊讶。

"不是在祇园祭上说好了嘛。"千重子温柔地说。

因为护着千重子，苗子的身体已经僵硬了，动也动不了。

"小姐，你遇到困难的时候，我什么都愿意帮你，做你的替身，代你受难也好，什么都行。可是做你的替身，代你接受礼物，我不愿意。"苗子断然说道。

"你这么说可太无情了，那不是做替身。"

"是替身。"

千重子不知道该怎么说服苗子才好。

"我送给你，你也不愿意接受吗？"

"……"

"是我想送给你，才请他织的。"

"有点不是一回事吧？祇园祭那天晚上，他认错了人，说要送给千重子小姐一条腰带。"苗子顿了顿，"那个织工，很喜欢你吧？我毕竟也是个女孩子，能看出来的。"

千重子忍住羞涩："那样的话，你就不愿意接受吗？"

"……"

"我说是给我的姐妹，才请他织的……"

"我接受，小姐，"苗子老实地让步了，"我又说多余的话了，请你原谅。"

"他会把腰带送到你家，你住在哪家？"

"姓村濑的人家。"苗子回答，"是很高级的腰带吧，我这样的人，会有系上的机会吗？"

"苗子，人的未来可是说不准的。"

"对，是这样。"苗子点点头，"我倒是没想过出人头地……不过就算没有系的机会，我也会当成宝物好好珍惜的。"

"我家店里不怎么卖腰带，不过我帮你挑一件跟秀男先生织的腰带搭配的和服吧。"

"……"

"我爸爸是个怪人，最近越来越不喜欢做生意了。我们家这种什么都卖的批发商，全卖好料子肯定是不行，最近化纤料子和毛料也多起来了……"

苗子抬头看看杉树树梢，从千重子背上站了起来。

"还会掉点雨滴，小姐，让你受罪了。"

"没有，多亏你……"

"小姐，你给店里帮点忙怎么样呢？"

"我吗？"千重子好像受到了强烈的冲击，站起身来。

苗子身上的衣服已经湿透了，紧紧贴在皮肤上。

苗子没送千重子到公交车站，不是因为全身都被淋湿了，而是太过显眼了。

千重子回到店里，母亲阿繁正在过道最里面给店员们准备点心。

"回来啦。"

"妈妈，我回来了，回来得太晚了……爸爸呢？"

"又到手工帘子后头去了，说要思考什么。"母亲仔细看了一下千重子，"你去哪儿了？衣服又湿又皱的，快去换下来吧。"

"嗯。"千重子上了里面二楼，慢慢换好衣服又稍微坐了一会儿。下楼时，母亲已经把三点钟的点心给店员发完了。

"妈妈，"千重子的声音有些颤抖，"有件事，我想单独跟您说……"

阿繁点点头："咱们上后面二楼吧。"

到了楼上，千重子变得有些拘谨了。

"这里也下阵雨了吗？"

"阵雨？倒是没下，你要说的不是阵雨吧？"

"妈妈，我去北山杉村了。那里有我的姐妹……不知道是姐姐还是妹妹，我们是双胞胎，在今年的祇园祭上第一次见面。我们的亲生父母说是早就去世了。"

这番话当然出乎阿繁的意外,她只是看着千重子的脸:"北山杉村……吗?"

"我不能瞒着妈妈,我们只见过两次,祇园祭和今天……"

"是个姑娘吧,她现在过得怎么样?"

"在杉村的人家里做雇工干活,是个好姑娘。她不愿意来咱们家。"

"嗯,"阿繁沉默了一会儿,"你既然知道了,那也很好。就是,千重子是……"

"妈妈,我是这家的孩子。请您像过去一样,把我当成家里的孩子吧。"千重子的神情认真起来。

"当然了,这二十年来你一直是我的孩子。"

"妈妈……"千重子把脸埋在母亲膝头。

"实际上,你从祇园祭以后就会经常发呆,妈妈以为你是不是有了意中人,还想问你来着。"

"……"

"把那个姑娘带到家里来一次,让妈妈看看吧。等到店员下班以后,晚上也行。"

千重子伏在母亲膝上微微摇头。

"她不会来的,她一直叫我小姐……"

"是吗,"阿繁摸着千重子的头发,"难为你跟妈妈说这件事。那姑娘跟你长得像吗?"

丹波陶壶里的金蛉子开始叫了几声。

松树的翠绿

听说南禅寺附近有座合适的房子正在出售，太吉郎想趁着秋色正好，散步时顺路过去看看，就邀妻子和女儿一同前往。

"打算买下来吗？"阿繁说。

"看了以后再说。"太吉郎立刻不高兴地说，"听说挺便宜，就是小了点。"

"……"

"就算只是走走也不错。"

"这倒是……"

阿繁有些不安。丈夫是要买下那座房子，然后每天到现在的店里来上班吗？和东京的银座、日本桥一样，在中京的批发商店街里，住在别处，到店里来上班的店主越来越多了。如果是这样倒还可以，虽说店里的生意越来越差，但也还算宽裕，另买一处小房子的钱还是拿得出来的。

或者，太吉郎是想要卖掉店铺，在那座小房子里"隐居"

吗？如果真有这个打算，最好趁着手头宽裕尽早做出决定。不过那样的话，丈夫又打算做些什么，在南禅寺附近的小房子里生活下去呢？丈夫也快六十岁了，阿繁想让他能称心如意地生活。家里的店铺能卖出相当高的价格，可如果只靠利息生活，想想就会觉得不安。如果有人能帮忙好好周转那笔钱，倒可以生活得轻松许多。可一时间，阿繁根本想不到一个能帮忙的人。

母亲的这番不安虽然没有说出口，但女儿千重子似乎完全能够明白。千重子看向母亲的眼神里充满安慰。

相比之下，太吉郎却是一副十分开朗快活的样子。

"爸爸，如果往那边去的话，咱们能绕到青莲院①去一下吗？"千重子在车里请求道，"到入口前面就行……"

"是香樟树吧？想看那儿的香樟树？"

"是啊，"父亲一下猜中了自己的想法，千重子很是惊讶，"我是想看香樟树。"

"走吧，走吧。"太吉郎说，"爸爸年轻的时候，也经常跟朋友一起在那棵大香樟树下聊天呢。不过，那些朋友已经全都不在京都了。"

"……"

"那边的每个地方都让人怀念啊。"

千重子没有打扰父亲对年轻时代的回忆，过了一会儿才说："我也是，从学校毕业以后，就没在白天看过那棵香樟树了。爸爸，你知道夜间观光巴士的路线吗？寺庙是安排了一个青莲寺作为接待站点，巴士一到，就会有好几个和尚提着灯笼出来迎接。"

到寺庙的门口需要走很长一段路，僧人们提着灯笼照亮引

---

① 青莲院，位于京都市东山区粟田口的天台宗，是天台宗三门迹之一。寺中有国宝不动明王二童子像。

路，也算是来这里游览的唯一情趣了。

根据观光巴士的手册介绍，青莲院的尼姑们会准备淡茶以作招待。不过到了大厅却会发现："茶倒确实是送上了，不过那么多人呢，就只是在一个大圆盘上放着粗糙的茶杯，匆匆放下就走了。"千重子笑着说："可能尼姑混进游客群里了吧，动作快得一眨眼就结束了。所有人都觉得很幻灭，连茶都是温的。"

"那也没办法啊，要是招待周到，得花不少时间呢。"父亲说。

"是啊，其实也还不错。那宽阔的庭院被四周的灯光照亮，和尚走到庭院中间，站在那儿开始演讲。虽然是介绍青莲院的历史，但口才真是厉害，滔滔不绝的。"

"……"

"进了寺庙以后，不知从哪儿传来琴声。我和朋友还讨论来着，那到底是真的琴声还是留声机……"

"嗯。"

"之后我们还去看了祇园的舞女表演，她们只是在歌舞练习场跳了两三支舞。那种舞女叫什么来着？"

"什么样的？"

"系着长垂系带①，但衣服有点寒酸。"

"不知道。"

"从祇园去岛原的角屋②看大夫③表演吧。她们的衣服都是货真价实的，连侍女的衣服也是。点着百目蜡烛④，那个是叫交杯酒吧？会表演一点那个，之后在玄关的过道稍微展示一下大夫出行

---

① 长垂系带，腰带长垂的系带法，见于京都舞妓。
② 岛原，是京都下京区西新住宅区的妓院的通称，是可与日本最著名的烟花之地江户吉原并论的烟花巷。角屋是江户时代京都规模最大的高级宴会之地，也是众多历史事件的舞台，其一楼还留有新选组的刀痕。现在作为日本文化财建筑物可供游客参观。
③ 大夫，在江户吉原等官方游郭里，对最高位艺伎的称呼。
④ 百目蜡烛，日本指重量约为一百两（相当于375克左右）的大蜡烛。

的仪式。"

"就算只是给看看这些,就已经很不错了。"太吉郎说。

"是啊,青莲院的提灯迎接,还有岛原的角屋都挺好的。"千重子回答,"这些事,我以前好像说过……"

"什么时候也带妈妈去吧,我还没看过角屋的大夫表演呢。"母亲正说着,车子已经开到了青莲院前面。

千重子为什么想到要看香樟树呢?是因为在植物园的香樟树林荫路散过步吗?或者,因为北山杉是所谓人工栽种的,所以她说喜欢天然的大树吗?

不过,青莲院入口处石墙上的香樟树只有四棵,离他们最近的这棵好像是最古老的。

千重子三人站在那棵香樟树前,只是看着,什么也没有说。若仔细端详,那粗大香樟树的枝条以不可思议的方式扭曲、延展,其交缠的姿态仿佛蕴藏着某种令人害怕的力量。

"可以了吗?走吧。"太吉郎向南禅寺的方向走去。

太吉郎从钱包里拿出一张纸,上面画着前往那座出售的房子的路线,他一边看一边说:"我说千重子,爸爸也不怎么了解,香樟树应该是长在温暖的地方,是南国的树木吧?热海、九州那边很多吧?这里的虽然是棵古树,但你不觉得很像大些的盆景吗?"

"那不正是京都吗?山也好,河也好,人也好,都……"千重子说。

"啊,是吗?"父亲点点头,"不过人也不都是那样的。"

"……"

"不管是现在的人,还是过去历史上的人……"

"这倒是。"

"如果像你说的,那日本这个国家不也是那样吗?"

"……"千重子觉得父亲话里的夸张之处也有些道理,"不过,爸爸,仔细看那棵香樟树的树干和奇异伸展的枝条,不会觉得有点可怕吗?好像有很大的力量。"

"这倒是,不过年轻姑娘会想这样的问题吗?"父亲回头看看香樟树,之后又看着女儿,"确实是像你说的那样。你乌黑的头发的生长也是……爸爸已经变迟钝了,老啦。不过听到了一番很好的话啊。"

"爸爸!"千重子喊了一声,声音里满是强烈的感情。

从南禅寺的山门看向寺院,院落里面安静宽敞,和平时一样几乎看不见人影。

父亲看了看房子的路线图,向左边拐去。房子坐落在院子的最深处,看上去的确很小,但土墙很高。从窄小的院门进去直到玄关,两边都是长长一排白胡枝子花,花正开着,连成了一片。

"哎呀,真好看啊。"太吉郎站在门口,看胡枝子花看得入了神。不过,他已经失去了为买房子而查看的心情。因为他发现,跟这里隔了一座房子的那座稍大点的房子经营着餐厅旅馆。

但是,这成片的白胡枝子花实在让人舍不得离开。

太吉郎有一段时间没到这边来过了。他在惊讶过后发现,这段时间里南禅寺前大路边的人家大多都变成了餐厅旅馆,其中也有改建为团体旅馆的,从地方来的学生们吵吵嚷嚷地进进出出。

"房子不错,但是不行。"太吉郎站在胡枝子花那家门口低声说,"可能过不了多久,整个京都就都变成餐厅旅馆了,这是趋势吧,就像高台寺附近一样。大阪、京都之间已经变成工业地带了,西京一带还有空地,稍微不方便点,不过也还可以,但是附近说不定也会盖起什么奇怪的时髦房子……"父亲很是沮丧。

太吉郎似乎很舍不得那成片的白胡枝子花,走出七八步以后,又一个人折回去观赏。

阿繁和千重子在路边等他。

"开得真漂亮啊，是不是有什么秘诀呢？"太吉郎说着回到二人身边，"不过，如果用竹子撑一下就好了。下雨的话，会被叶子弄湿衣服，没法在石板路上走。"父亲说道，"今年也要让胡枝子花开得漂漂亮亮的，可能房主这么想的时候还没兴起卖房子的念头吧？如果到了非卖不可的时候，胡枝子花是枯萎还是乱成一团也都无所谓了吧？"

母女二人都没说话。

"人就是这样吗？"父亲的情绪有些低落。

"爸爸，你那么喜欢胡枝子花吗？"千重子想让他高兴起来，"今年已经来不及了，明年我给爸爸构思一幅胡枝子小纹的画稿吧。"

"胡枝子可是女式纹样啊。嗯，是女式夏季和服纹样。"

"我试试，把它画成既不是女式纹样，也不是夏季和服纹样的。"

"嗯，小纹的话，是要做里衣吗？"父亲看着女儿笑着说，"那为了感谢你，爸爸给你画一个香樟树图案的和服或者短外褂吧，像妖精那样的。"

"……"

"这简直是把男女式样都颠倒了。"

"没颠倒啊。"

"像妖精一样的香樟树图案的和服，你能穿出去走吗？"

"能啊，什么地方都能去。"

"嗯。"

父亲低下头，好像陷入了沉思。

"千重子，其实我不是只喜欢胡枝子花，不管什么花，都会因为不同的观赏时间和地点而进入内心。"

"是啊。"千重子回答，"爸爸，都到这边来了，离龙村也不远，我想过去看看。"

"那是主要做外国人生意的店啊……阿繁，你觉得呢？"

"既然千重子想去就去嘛。"阿繁轻松地说。

"行吧，不过龙村的腰带可不太行……"

那附近是下河原町的高级住宅区。

千重子一走进店铺，就立刻集中注意力，开始看右边成排挂着或卷起堆放的女服绸料。这些并不是龙村出的，而是"金坊"的织品。

阿繁走过来："千重子，想穿洋装吗？"

"不是的，妈妈。我想看看外国人喜欢的丝绸是什么样的。"

母亲点点头，站在女儿身后，不时伸手摸摸那些丝绸。

正中间的房间以及走廊里，挂着模仿古代断简的织品——其中以正仓院断简为主。

这些都是龙村的织品，太吉郎看过好几个龙村织品展览，也看过那些古代断简的原本和目录，都还有印象，知道这些断简的名称，但他还是仔仔细细地一一观看。

"要让西方人知道，日本也能做出这样的织品。"认识太吉郎的店员说道。

太吉郎以前来的时候就听过这话了，不过现在他还是点头赞同。即使是模仿中国断简而制的织品，他也说："过去可真了不起啊，是一千年前的吧？"

这里仿古代断简的大幅织物都是不出售的。其实仿断简织物也有织成女用腰带的，太吉郎有几条喜欢的，想买给阿繁和千重子，但是这家店主要面向外国人，没有腰带。最大的织物也就是桌布而已。

柜台里面摆放着包袋、钱包、烟盒、茶巾等小件物品。

太吉郎索性买了两三条不像龙村风格的龙村领带，还有"菊揉"钱包。所谓"菊揉",是用织物仿出光悦①在鹰峰创制的"大菊揉"这一纸艺工艺,这种手法还是很新的。

"东北地区②的某些地方,类似的东西现在还有,是用结实的和纸③做的。"太吉郎说。

"啊,是吗?"店员回答,"跟光悦之间的联系,其实我们也不太了解……"

里面的柜台上摆着索尼的小型收音机,太吉郎他们都非常惊讶。就算是为了"获取外汇"的委托销售商品,也太……

三人被请到里面的客室,店员端上茶后告诉他们,这些椅子曾有好几位来自外国的贵宾坐过呢。

玻璃窗外有一片杉木丛,虽然不大,却很少见。

"那是什么杉?"太吉郎问道。

"我也不清楚,好像叫什么广叶杉吧。"

"是哪两个字呢?"

"花木匠人里有不识字的,也不是很确定,应该是广叶杉吧?据说是本州以南才有的树。"

"那树干的颜色是……"

"那是苔藓。"

小型收音机响了,三人回头看去,见一个年轻男子正在给三四个西方妇女介绍。

"啊,是真一的哥哥。"千重子站了起来。

---

① 本阿弥光悦(1558—1637),江户初期艺术家,京都人。其家业为刀剑鉴定。此外,他在陶艺、书画、漆艺等方面也发挥天赋,晚年受德川家康赏赐,得到京都北部的鹰峰一地。

② 东北地区,指日本本州东北部,包括青森、岩手、秋田、宫城、山形和福岛六县。

③ 和纸,古代中国所发明的"纸"通过高丽传到了日本后,以日本独特的原料和制作方法产生的具有日本文化特色的纸张。

真一的哥哥龙助往千重子这边走过来，对坐在客室椅子上的千重子父母低头行礼。

"你在接待那些妇女吗？"千重子说。两人一靠近，千重子就发现这位哥哥与随和的真一很不一样，给人带来一种压迫感，也觉得很难跟他说话。

"不算接待，负责给她们翻译的朋友的妹妹死了，我替他三四天。"

"啊，他的妹妹……"

"是啊，比真一小两岁吧，是个很可爱的姑娘。"

"……"

"真一英语不太好，又腼腆，没办法，只好我来了。这家店其实不用翻译，再说，她们能在这家店里买小型收音机，都是住在京都宾馆里的美国人的太太。"

"是吗。"

"这儿离京都宾馆很近嘛，所以顺路过来看看。能好好看看龙村的织品倒也不错，可她们光顾着看小型收音机。"龙助轻笑了一下，"买哪个倒是都行。"

"我也是第一次看见收音机摆着出售。"

"小型收音机也好，丝绸也好，一美元就是一美元，没有区别。刚才去庭院，池塘里有各种颜色的鲤鱼。我还想如果她们问得很详细，我该怎么解释。还好她们只说了几句好看就过去了，帮了我的大忙。鲤鱼的事我可一点都不了解，也不知道鲤鱼的各种颜色用英语怎么说才准确，有花纹的鲤鱼颜色就更……"

"……"

"千重子小姐，出去看看鲤鱼吧。"

"那些太太怎么办？"

"交给这里的店员招待就好，也快到她们回宾馆喝茶的时间了。说是跟她们的先生约好了，要去奈良。"

"我去跟父母说一声。"

"啊,我也得跟客人们打个招呼。"龙助回到那群妇女身边说了什么。那些妇女一起看向千重子,千重子的脸红了。

龙助立刻回来,约千重子去了庭院。

二人在池塘边坐下,看色彩鲜艳的鲤鱼游来游去,一时间没有说话。

"千重子小姐,对你们店里的掌柜——现在变成公司了,叫专务还是常务之类的吧,给他点厉害看看。千重子小姐应该做得到吧?如果需要的话,我可以到场帮你。"

千重子完全没有想到,心中颇为惶恐。

从龙村回来的当天晚上,千重子做了一个梦。梦到她蹲在池塘边,成群的各色鲤鱼游过来,聚集在她脚下。鲤鱼挤挤挨挨的,还有些跃动着,将头探出水面。

就只是这样的一个梦,而且梦到的都是白天发生的事。千重子将手伸进水里轻轻晃了晃,鲤鱼就这样聚集过来了。千重子很是惊讶,对鲤鱼产生了不可名状的怜爱之意。

一旁的龙助似乎比千重子更为惊讶。

"千重子小姐的手上有什么香气——或者是灵气吧。"龙助说。

这句话让千重子觉得很不好意思,她站起身:"是鲤鱼很亲近人吧。"

不过,龙助一直盯着千重子的侧脸。

"东山就在近旁。"千重子避开了龙助的目光。

"嗯,你不觉得山色跟平时不一样吗?很有秋天的感觉。"龙助回答。

在这个鲤鱼梦里,龙助是在自己身边还是不在呢?醒来以后,千重子也不知道了,只是久久难以再次入睡。

龙助建议千重子给店里的掌柜"一点厉害看看",但是第二天，千重子觉得没法开口。

直到店铺快要关门，千重子才来到账房前坐下。账房的风格颇为古旧，四周用低矮的格栅围着，掌柜植村感受到千重子不同寻常的样子，问道："小姐，有什么事吗？"

"请给我看看我的布料。"

"小姐的吗？"植村好像松了一口气，"您要穿咱们家店的料子吗？现在看的话，是要在正月穿吗？是做会客穿的还是振袖和服呢？小姐的衣服一般不都是从冈崎那样的织染店，或者雕万那样的和服店买吗？"

"我想看看咱们家的友禅绸，不是过年穿的。"

"嗯，那倒是有不少，不过话虽如此，却不知道现在有的这些您是不是喜欢，能不能合您的意呢？"植村站起来，叫来两个店员耳语了几句，三人一起搬出十几匹布料，熟练地在店里展开摆好让千重子看。

"这个不错，"千重子很快做出决定，"五天或者一周之内能做好吗？连着下摆里子一起。"

植村倒吸了一口气："这个也太急了，咱们家是批发商，一般不怎么做衣服，不过也可以。"

两个店员灵巧地把布料卷好。

"这是尺寸。"千重子把纸条放到植村桌上，但没有立即离开。

"植村掌柜，我也想逐渐学习、了解家里的生意，就拜托你了。"千重子语气温柔，还轻轻低头行了一礼。

"嗯。"植村的表情变得僵硬了。

千重子平静地说："请把账本拿给我看看，明天也行。"

"账本？"植村勉强笑道，"小姐，您是要查账吗？"

"不是什么查账，那样大胆的事我可压根儿没想过，只是如果不看账本，就完全不了解家里生意的情况啊。"

"这样啊,虽说都是账本,但也有好几种呢。还有给税务局看的嘛。"

"咱们家弄了两本账?"

"哪儿的话啊,小姐。要是能糊弄税务局,肯定要请小姐来的。咱们是光明正大的。"

"明天拿给我看看吧,植村掌柜。"千重子干脆地说了一句,在植村面前站起身。

"小姐,早在小姐出生之前,这家店就一直是我植村在打理的……"虽然听到植村这句话,千重子却连头都没回。植村用低不可闻的声音说了一句,"这算什么啊。"之后他轻轻咋舌,"哎呀,腰疼。"

母亲正在准备晚餐,千重子走过来,发现母亲简直吓坏了。

"千重子,你说的话可真厉害啊。"

"嗯,真是不容易啊,妈妈。"

"年轻人啊,就算是老实稳重也够吓人的,妈妈吓得都要发抖了。"

"这也是别人给出的主意。"

"哎?是谁啊?"

"真一的哥哥,在龙村的时候说的。真一家里,他父亲的生意做得很好,还有两位得力的掌柜,他说如果植村掌柜不干了,可以派一个掌柜来咱们家,就是他自己过来也没问题。"

"是龙助说的?"

"嗯,他说反正以后也是做生意,大学院也可以随时退学……"

"哎?"阿繁看着千重子容光四射的美丽面庞。

"植村掌柜应该不会不干……"

"真一的哥哥还说,如果那座白花胡枝子房子附近有好房子,也想让他父亲买下来。"

"嗯。"母亲一时间说不出话来了,"你爸爸好像有点厌世呢。"

"别人都说爸爸那样很好啊。"

"这也是龙助说的吗?"

"嗯。"

"……"

"妈妈,你刚才也看到了,我想送给杉村那个姑娘一件咱们家的和服。这是我的请求……"

"当然,当然可以,再加一件短外褂怎么样?"

千重子移开视线,眼里盈满了泪水。

为什么要叫高机呢?当然是因为它是架高的手织机,不过还有另外一种说法——将地面浅浅地挖去一层,手织机安放其上,泥土的湿气对丝线有好处。以前还有让人坐在高高的织机上的,现在则把沉重的石块放在篮子里,吊在织机两侧。

有些纺织作坊同时使用这种手织机和机械织机。

秀男家有三台手织机,兄弟三人一起纺织,父亲宗助有时也会织织,因此在小作坊众多的西阵,他家还算过得去。

千重子委托的腰带快要织好了,秀男的喜悦之情也随之不断增加。这一方面是因为全情投入的工作即将完成,但更主要的是,在机杼的每一次摆动里,在织机的每一个声响里,都有千重子的身影。

不,不是千重子,是苗子。不是千重子的腰带,是苗子的腰带。但是,秀男在纺织的过程中,觉得千重子和苗子变成了一个人。

父亲宗助站在秀男旁边看了一会儿。

"真是一条好腰带,花样很少见啊。"他歪着脑袋问道,"是哪位客人的?"

"佐田先生家的千重子小姐的。"

"这花样……"

"是千重子小姐想的。"

"哎？是千重子小姐，真的吗？"父亲吸了一口气，看看腰带，又伸出手指，摸了摸还在织机上的腰带，"秀男，你织得很结实啊，这样就可以了。"

"……"

"秀男，我以前应该跟你说过，佐田先生对咱们家有恩。"

"听你说过，父亲。"

"嗯，我说过。"宗助还是重复了一次，"我从织工干起，独立出来以后好不容易才能买下来一台高机，其中一半的钱还是借来的。每织出一条腰带，就送到佐田先生那儿去。只拿一条腰带实在太难堪，所以我总是晚上悄悄过去……"

"……"

"佐田先生从来没对我摆过不耐烦的脸色。后来，咱家有了三台织机以后，才总算是，啊……"

"……"

"即便如此，秀男，身份还是不一样的……"

"我知道，但是为什么跟我说这些？"

"因为我觉得你好像很喜欢佐田先生家的千重子小姐。"

"因为这个啊？"秀男动起方才停下的手脚，继续纺织。

腰带一织好，秀男就立刻动身，送去苗子所在的杉村。

那个下午，北山的天际出现了好几次彩虹。

秀男抱着苗子的腰带，一走到路上就看见了彩虹。彩虹虽然很宽，颜色却很淡，上方没有形成弓形。秀男停下看了一会儿，彩虹的颜色愈发变淡，好像马上就要消失了。

不过，在公共汽车进入山区之前，类似的彩虹秀男又看到两次。三次彩虹的上方都没有形成完整的弓形，总有些地方比较单薄。虽然彩虹颇为常见，但今天秀男多少有些在意："这彩虹是吉兆还是凶兆呢？"

天空没有阴下来，进入山区以后，类似淡淡的彩虹好像再次出现了，不过被清泷川岸边的山挡着，没法看清。

秀男在北山杉村下车，很快，穿着劳动服、系着围裙的苗子就一边擦着湿漉漉的双手一边跑了过来。

苗子刚才在用菩提沙（不如说更像是红褐色的黏土）仔细地擦洗杉木圆木。

虽然只是十月，但山里的水已经很凉了。杉木圆木浮在挖好的水沟里，水沟一头有一个简单的炉灶，热水应该是从那里流出来的，冒着腾腾的热气。

"难为你到这样的深山里来。"苗子躬身行礼。

"苗子小姐，这是约好给你的腰带，我终于织好了，给你送过来。"

"这是代替千重子小姐接受的吧。我并不想做替身，咱们只是碰个面就可以了。"苗子说。

"这条腰带是答应给你织的，而且还是千重子小姐要求的图案。"

苗子低下头："实话跟你说，秀男先生，前天千重子小姐店里的人把整套和服连同鞋子都一起送来了。可是这些东西，我什么时候才穿得着呢？"

"二十二号的时代祭啊，你不能出去吗？"

"不，我可以出去。"苗子毫不犹豫地说，"现在在这个地方会被人看到。"她好像想了一下，接着说："可以去河边的小石滩吗？"

当然不能像千重子来的那次一样，两个人一起躲到杉山里。

"我会把秀男先生织的腰带当作一生的珍宝。"

"哪里，我会再为你织的。"

苗子连话都说不出来了。

千重子送了和服过来，这件事苗子寄宿的人家当然是知道的，把秀男带到那家去自然也可以。但是，苗子已经大致知道了千重子现在的身份和家里店铺的情况，只此一点，她自儿时起寻找姐妹的心愿便已得到满足，不想再因为小事给千重子带来麻烦。

其实，抚养苗子的村濑家是此地一户为人不错的山林主，苗子又向来不惜力气，辛苦干活，就算让千重子家知道自己的情况，也不会给他们添什么麻烦。说不定比起中等规模的和服批发商，杉山林主的家境反而要更好些。

不过，对与千重子加深来往和接触这件事，苗子抱着慎重、克制的想法，因为对千重子的爱正深切地影响着她。

所以她才把秀男带到河边的小石滩上。清泷川岸边的小石滩上，能种的地方都已经种了北山杉。

"这地方太不像样了，请你原谅。"苗子说道。到底是女孩子，她想尽快看看腰带。

"杉山真漂亮啊。"秀男抬头看看群山，同时打开手上的棉布包袱皮，又解开里面和纸包①上的细绳。

"这是打太鼓结②的地方，这一段要放在前面……"

"哎呀，"苗子捋着腰带，边看边说，"给我这么好的腰带，真是不敢当。"苗子的眼里闪着光彩。

"工艺粗疏的小年轻人织的腰带而已，有什么不敢当的。离正月也不远了，赤松和杉树纹样也很合适，我一直想把松树放在太鼓结的地方，千重子小姐却说应该用杉树。到这里一看，我才终于明白了。之前一听杉树，我想的都是一棵棵大树、老树，不过我画得比较优雅柔和，也算是一个特点吧。赤松的树干也稍微画上了一些，是为了增添色彩。"

---

① 和纸包，用涂有柿核液、漆等带折线的日本厚纸包装用品或衣物。
② 太鼓结，和服腰带的典型系法。先让腰带一头胀成鼓筒装，将另一端藏入其中，再用细带绑好固定。

当然，虽说是杉树树干，也不是按原色画的，形状和色彩都颇下了一番功夫。

"真是一条好腰带，谢谢。不过像我这样的人，恐怕系不了这么华丽的腰带。"

"跟千重子小姐送来的和服搭配吗？"

"非常搭配。"

"千重子小姐从小就很会挑选有京都风格的和服衣料……这条腰带还没给她看过，不知道为什么，总觉得有点不好意思。"

"不是千重子小姐提出的图案吗？你不用不好意思，我也应该让千重子小姐看看。"

"时代祭上穿吧。"秀男说完，把腰带叠好，放进和纸包里。

秀男系好和纸包的绳结。

"你就轻松愉快地收下吧。咱们之前约好了，而且这也是千重子小姐委托的腰带，你就把我当成一个普普通通的织工吧。"他对苗子说，"只不过，我确实是诚心诚意为你织的。"

苗子接过秀男递来的包袱放在膝头，没有说话。

"千重子小姐从小见惯了和服嘛，她送给你的和服跟这条腰带肯定搭配。我刚才好像说过了。"

"……"

二人身前，清泷川浅浅流过，水流声隐约可闻。秀男环顾两岸的杉山，说："杉树树干真像工艺品，立得整整齐齐，但最上方的枝叶却像朴素的花，真让人意外。"

苗子的脸上带着忧愁。父亲在给杉树剪枝时，想起那个被自己抛弃的婴儿，心里感到难过了吧？所以才在从一棵树荡到另一棵树时不慎掉了下来。那时，苗子也和千重子一样，只是个婴儿，当然什么都不知道。直到长大以后，才从村里人那里听说的。

另外，千重子——实际上也包括千重子这个名字——是生是死,是双胞胎里的姐姐还是妹妹,苗子全都不知道。她只想能见上一面就好,只想在旁边看上一眼。

苗子那简陋的、小仓房似的家,现在也在杉村里荒废着,因为一个姑娘没法在那儿生活。很长时间以来,都是一对在杉山劳动的中年夫妇和他们上小学的女儿住着。当然,那个房子也谈不上去收什么房租。

不过,那个上小学的女孩竟然特别喜欢花,而那房子旁边又有一棵十分漂亮的金桂。

"苗子姐姐。"那女孩经常来找苗子询问怎么打理金桂。

"放着不管就行。"苗子回答。不过,每次从那座小房子前经过,苗子总觉得自己能比别人更早就闻到桂花的香气,这更让她觉得悲伤。

放上秀男织的腰带,苗子顿时觉得膝头变得沉甸甸的,而这沉重的原因实在太多了……

"秀男先生,知道千重子小姐的下落,对我已经足够了,今后不打算再来往了。和服与腰带我只会穿一次,你能理解吧?"苗子真诚地问。

"嗯,"秀男说,"时代祭你会去吧?我想看看苗子你系这条腰带的样子,不邀请千重子小姐来。祭典队伍从御所[①]出发,我在西边的蛤御门[②]那儿等你,这样可以吧?"

苗子脸颊微红,过了一会儿才深深地点了点头。

河对岸边长着一棵小树,叶子已经染红,倒影落在潺潺的水流中。

秀男抬起头,问:"那棵长着鲜艳红叶的是什么树?"

---

① 御所,指京都御所,即京都的皇宫。祭典队伍在上午从平安神宫前往京都御所,正午时分从御所出发,按既定线路于京都市内行进,最后回到平安神宫。

② 蛤御门,京都御所外郭门之一,位于西侧的下立卖御门之北,中立卖御门之南。

"是漆树。"苗子答道。说完,她用颤抖的手整理了一下头发,可不知怎么,满头黑发竟散落下来,铺满了后背。

"哎呀。"

苗子满脸通红,把头发拢到一起卷着梳上去,她想用衔在嘴里的发夹别好,可发夹零落地掉在地上,不够用了。

秀男看着她的姿态和动作,觉得美极了。

"你要留长头发吗?"秀男说。

"是啊,千重子小姐不是也没剪嘛。她梳得好,所以男人家都看不出来……"苗子慌乱地把手巾戴到头上,"对不起。"

"……"

"在这儿我只给杉树化妆,我自己是不化的。"

虽然这么说,但她好像还是淡淡地涂了口红。秀男很希望苗子能再次摘下头上的手巾,让长长的黑发垂下来,散在背上,让自己看一看。从苗子慌张戴上手巾时,他心里就产生了这样的想法,不过没法说出口。

狭窄的山谷西侧,群山微微变暗了。

"苗子小姐,你该回去了吧?"秀男站了起来。

"已经到今天收工的时候了,白天变得短啦。"

山谷东边山顶上,杉树笔直地站立着。秀男抬起头,透过杉树树干看着金色霞光。

"秀男先生,谢谢你,真的非常感谢。"苗子似乎放心地接受了腰带,也站起身。

"要感谢的话,还是向千重子小姐道谢吧。"秀男虽然这样说,但为这位杉村姑娘织了腰带的喜悦,在他心里温暖地蔓延开来。

"别怪我啰唆,时代祭你一定要来啊。御所的西门,蛤御门见。"

"好。"苗子深深点头,"我以前从没穿过和服,也没系过腰带,想想就觉得不好意思……"

十月二十二日举行的时代祭，与上贺茂神社、下贺茂神社的葵祭和祇园祭一样，即便在祭典众多的京都，也被称为三大祭礼之一。虽然是平安神宫的祭典，其游行队列却从京都御所出发。

苗子从早上开始就平静不下来，她比约定时间提前半小时到了御所西边，在蛤御门的阴影里等秀男，这也是苗子第一次等待一名男子。

幸好，那天晴朗无云，碧空万里。

平安神宫是为了纪念迁都京都一千一百年而在明治二十八年建成的，所以无须多言，时代祭是京都三大祭礼中最新的一个。不过，因为这是庆祝京都成为都城的祭礼，所以会用游行队列展现出千年古都的风俗变迁，还会用众多耳熟能详的历史人物来展示不同时代的衣着装饰。

比如和宫[①]、莲月尼[②]、吉野太夫[③]、出云阿国[④]、淀君[⑤]、常盘御前[⑥]、横笛[⑦]、巴御前[⑧]、静御前[⑨]、小野小町[⑩]、紫式部[⑪]、清

[①] 和宫（1846—1877），仁孝天皇第八皇女，名亲子。1862年下嫁德川家茂，为江户和平开城尽力。
[②] 莲月尼（1791—1875），即大田垣莲月，江户后期女歌人，京都人，丈夫死后出家。
[③] 吉野太夫，京都游郭中最高级别的游女。
[④] 出云阿国，阿国歌舞伎的创始人，被视为歌舞伎的始祖。据说曾是出云大社的巫女。
[⑤] 淀君（1567—1615），丰臣秀吉侧室。
[⑥] 常盘御前，源义朝之妾，源义经生母。
[⑦] 横笛，《平家物语》中的女性角色，建礼门院（高仓天皇中宫、平清盛次女）的侍女。
[⑧] 巴御前，平安末期武将木曾义仲侧室。
[⑨] 静御前，源义经爱妾，原为京都的白拍子舞伎。
[⑩] 小野小町，平安前期女歌人，六歌仙、三十六歌仙之一，据传是绝代佳人，其名"小町"是美人的代称。
[⑪] 紫式部，平安中期女作家、歌人，著有《源氏物语》。

少纳言①,还有大原女、桂女②。

  队列中还有游女、女演员和女商贩。除了先列举的女性角色,队列里还有楠正成③、织田信长④、丰臣秀吉⑤和众多王朝公卿、武将。

  游行队列宛如一幅超长的京都风俗画卷。

  女性加入游行队列,好像是从昭和二十五年才开始的,这为祭典增添了优雅与华丽之美。

  队列中打头的是明治维新时期的勤王队和丹波北桑田的山国队,队尾则是延历时代的文官上朝队列。队列一返回平安神宫,就在凤辇⑥前致祝词。

  队列从御所出发,可以在御所前面的广场上看。秀男之所以约苗子到御所来,正是因为这个。

  苗子在御所西门的阴影里等秀男,进进出出的人群很多,没有人注意她。不过,一位貌似商家老板娘的中年女子毫不客气地走到近前,说:"小姐,你的腰带真好看,在哪儿买的?跟你的和服也特别搭配……让我摸一下。"她说着就上手摸了摸,"能让我看看背后的太鼓结吗?"

  苗子转过身。

  听见那女子"啊!"的一声赞叹,苗子心里反而觉得踏实了一点。穿这样的和服,系这样的腰带,这还是苗子生平的第一次。

---

① 清少纳言,平安中期女文学家,著有《枕草子》。
② 桂女,住在京都郊外地区"桂"的女子。原指御香宫、石清水八幡宫的巫女,后成为从桂到京都市内卖香鱼和麦芽糖的女子。以白布裹头的"桂包"闻名。
③ 楠正成,即楠木正成,日本南北朝时期武将。
④ 织田信长,日本战国武将。
⑤ 丰臣秀吉,安土桃山时代武将,1590年统一日本。
⑥ 凤辇,顶上装饰有金色凤凰的轿子,在日本是天皇专用的乘坐物。

"让你久等了。"秀男来了。

离御所最近的座位都被讲经团体和观光协会占了,苗子和秀男站在挨着他们的观礼席后面。

苗子第一次在这么好的位置上观看祭典,她只顾着看队列,差点把秀男和身上的新衣服都忘了。

但她突然发现秀男的目光不在祭典上,问道:"秀男先生,你看什么呢?"

"我在看松树的翠绿。喏,你看队列,有松树的翠绿做背景,队列也变得更加醒目了。御所宽阔的庭院里都是黑松,我特别喜欢。"

"……"

"我也在悄悄看着苗子小姐呢,你没发现吗?"

"真讨厌啊。"苗子低下头。

深秋的姐妹

在祭典众多的京都，比起大文字篝火，千重子其实更喜欢鞍马的火祭。因为没有那么远，苗子以前也去看过。不过以前在火祭上，即使两人有过擦肩，可能也都没有在意。

从鞍马道到神社参拜道，路边的每户人家都绑好树枝，用水打湿屋顶。从半夜开始，就装点上大大小小的火把，火焰熊熊燃烧，人们嘴里喊着号子前往神社。两架神轿一出现，村子（现在是街区）里所有的妇女都出来一起去拉神轿上的绳子，最后再献上大火把。整个祭典会一直持续到天快亮的时候。

但是今年这场著名的火祭停办了，据说是为了节俭。伐竹会倒是照常举办了，可火祭不行。

北野天满宫的"芋茎祭"[1]今年也不举办了。据说是因为今

---

[1] 芋茎祭，也称瑞馈祭（二者在日语中发音相同），是京都的北野神社于10月1日至4日举行的祭礼。以芋茎装饰神轿顶，以米、麦、豆、野菜、花等装饰神轿柱。

年芋茎歉收，没法用芋茎装饰神轿。

在京都，譬如鹿谷安乐寺的"南瓜供养"、莲花寺的"黄瓜封印"一类的活动也不在少数，既展现了古都风貌，也展示出京都人的另外一面。

最近几年恢复的活动还有迦陵频伽[①]在岚山河上乘龙头船，以及上贺茂神社庭院小溪上的曲水宴。

所谓曲水宴，是身着古装的人坐在岸边，酒杯顺水流过来的时候，或作和歌、或绘画、或写些什么，等酒杯漂到自己面前就拿起来一饮而尽，之后再让酒杯漂向下一个人，这些活动都有童子服侍。

这是去年开始的活动，千重子也去看了。排在王朝公卿前面的是歌人吉井勇[②]（这位吉井勇现在已经去世了）。

因为这些活动是重新恢复的，还比较新吧，总是缺少一些亲切感。

千重子今年也没去看岚山的迦陵频伽。她还是觉得这个活动少了点古韵趣味。毕竟在京都，充满古韵的活动多到看不过来。

不知是因为被勤劳能干的母亲培养长大，还是本身就是这样的人，千重子早早起来仔细擦拭格栅门。

"千重子，时代祭那天两个人很开心啊。"收拾好早饭餐桌以后，真一打来电话。看来真一好像把千重子和苗子弄混了。

"你去了？喊我一声就好了。"千重子耸耸肩。

"我想叫你来着，我哥没让。"真一毫不拘束地说。

千重子有些犹豫，没告诉真一他认错了人。但是从真一的电话可以知道，苗子一定穿着千重子送的和服，系着秀男织的腰带

[①] 迦陵频伽，梵语音译，意为妙音鸟，是一种想象中的鸟，上半身为美女，下半身为鸟，在雪山或极乐世界鸣唱。

[②] 吉井勇（1886—1960），歌人、剧作家、小说家，生于东京，他创作的以祇园为主题的和歌具有独特的唯美风格，极为有名。

去了时代祭。

苗子的同伴肯定是秀男。千重子一时有些意外，但心里很快变得暖暖的，脸上也浮现出微笑。

"千重子，千重子，"真一在电话里喊，"怎么不说话？"

"真一，不是你给我打电话的吗？"

"没错，没错。"真一笑出声了，"现在你家掌柜在吗？"

"不，还没……"

"千重子，你感冒了吧？"

"听着像感冒吗？我正在外面擦格栅门呢。"

"这样啊。"真一好像晃了晃电话听筒。

这次是千重子开朗地笑了。

真一压低了声音："这个电话是替我哥打的，现在让他跟你说……"

对真一的哥哥龙助，千重子说话就没法像对真一那样随便。

"千重子小姐，你对掌柜厉害了吗？"龙助突然说。

"嗯。"

"那可真不错。"龙助用坚定的声音说，之后他又重复了一次，"真不错。"

"我妈妈也在一旁听到了，好像提心吊胆的。"

"肯定会这样。"

"我也说了，我想多少学着点家里的生意，把账本都拿给我看看。"

"嗯，这话说得好。只是说一说就会不一样。"

"然后我还让他把保险柜里的存折、股票、债券一类的，全都拿出来给我看了。"

"了不起，千重子小姐，真的很了不起。"龙助大为震撼，"千重子小姐看着是个温温柔柔的姑娘……"

"都是借了龙助先生的好主意。"

"不是我的好主意,是因为附近的批发商里有些奇怪的传言。我都想好了,如果千重子小姐没法说,就由我父亲或者我来开口,不过店主家的小姐来说是最好的。掌柜的态度变了吧?"

"嗯,多少变了些。"

"肯定会的,"龙助在电话里沉默了很久,"真不错。"

千重子感到,电话那头的龙助好像在犹豫着什么。

"千重子小姐,今天下午我去你家店里拜访,不碍事吧?"龙助说,"真一也一起过去。"

"碍什么事,对我不用这么夸张啊。"

"毕竟是年轻姑娘嘛。"

"真是的。"

"是吗?"龙助笑了起来,"我想趁掌柜还在店里的时候过去,我也稍微震慑他一下。千重子小姐什么都不用在意,我会注意看掌柜脸色的。"

"啊?"接下来的话千重子说不出口了。

龙助家的店铺是室町①一带的大批发商,伙伴中也有各种各样财雄势大的人。龙助虽然还在读大学,但店里的责任早晚会自然而然地落到他的身上。

"快到吃甲鱼的时候了。我在北野大市订了位子,请一定要来。我去邀请令尊令堂就有点太冒失了,所以只对千重子小姐……我也带着我家'童子'。"

千重子倒吸了一口气,只能回答一声"好"。

真一扮成童子坐上祇园祭的长刀彩车已经是十多年前的事了,但哥哥龙助现在还会半带调侃地叫真一"童子"。也许是因为直到现在,真一身上还保留着"童子"一样的可爱与温柔吧。

---

① 室町,位于京都中央区西北部,是京都的商业区域,也是批发商店街。

千重子对母亲说了："龙助和真一打电话了，说下午到咱们家来。"

"哎？"母亲阿繁好像有些意外。

下午，千重子上到里面二楼，化了一个虽不显眼却很精心的妆。长发梳得很仔细，却总也梳不出自己最喜欢的发型。要穿的衣服也是，挑来挑去，总是决定不下来。

终于下楼来，发现父亲已经出门了。

千重子给里面的客厅备好炭火，看看四周和狭小的庭院。粗大枫树上的苔藓还绿油油的，但寄生在树干上的那两株紫花地丁的叶子已经泛黄了。

基督像灯笼下方，一株小小的山茶正开着红色的花。那红色看上去极为鲜艳美丽，比红玫瑰更加打动千重子的心。

龙助和真一来了，礼貌地跟千重子的母亲打了招呼。之后，龙助一个人来到账房，在掌柜面前端端正正地坐了下来。

植村掌柜慌忙从账房格栅门里出来，认真地跟龙助打了招呼。寒暄的时间相当长，龙助虽然应答了，但脸一直板着，没有缓和下来。他的这份冷淡，植村当然有所察觉。

一个年轻学生，想干什么？植村心想，可又被龙助的气势压制住了，没有任何办法。

等植村话音一落，龙助就平静地说道："贵店生意兴隆，实在太好了。"

"多谢，托您的福。"

"我父亲他们也经常说，佐田先生这儿多亏了植村掌柜帮衬。多年的经验果然不一般……"

"哪儿的话，跟水木先生家那样的大店比起来，敝店不值一提啊。"

"哪里哪里，我们家只顾着扩大营业，说是京都和服料批发商，还是什么别的店……其实就是个杂货铺，我倒是不太喜欢。

如果能容纳植村掌柜这样踏实可靠的人工作的店铺没有了……"

植村正要回答，龙助却站起身来，向千重子和真一所在的里面客厅走去。看着龙助的背影，植村掌柜一脸苦涩。他明白过来，要看账本的千重子跟刚才的龙助，两人私下肯定有什么联系。

来到里面客厅，千重子抬起头，询问地看向龙助。

"千重子小姐，掌柜那边我又稍微敲打了一下。是我给你提的建议，我得负起责任来。"

"……"

千重子低下头，开始为龙助点一杯淡茶。

"哥，你看枫树树干上的紫花地丁。"真一伸手指着说，"有两株吧？从好几年前开始，千重子就把那两株紫花地丁看作一对可爱的恋人，距离虽然很近，却完全没法走到一起……"

"嗯。"

"女孩子的想法真可爱啊。"

"真是的，多让人不好意思啊，真一。"

千重子把点好的茶杯放到龙助面前，她伸出的手在微微颤抖。

三人坐上龙助店里的车，前往北野六番町的甲鱼铺所在地大市。大市店面古朴，是一家老店，在游客中也很有名。店里的房间很老旧，天花板很低。

甲鱼煮上了，就是炖煮整只甲鱼，吃到最后还可以做成杂烩粥。

千重子觉得暖意由内而外涌上来，好像有些醉了。

千重子连脖子都变成了淡淡的粉色。她年轻的脖颈极为白皙，肌肤细腻，好像闪着柔和的光泽，现在带上了颜色，实在美得不可方物。她眼里流露出娇艳的神采，不时地用手抚摸脸颊。

千重子此前连一滴酒都没喝过，可这甲鱼锅的汤汁几乎一半都是酒。

虽然车子等在外面，但千重子担心自己脚步不稳。不过她心里很高兴，话也多了起来。

"真一，"千重子对比较好说话的弟弟说，"时代祭的时候，你在御所庭院里看到的那个人不是我，你看错人了。你是从远处看到的吧？"

"不用掩饰啊。"真一笑了。

"我没掩饰。"千重子不知道该怎么说，"其实，那个姑娘是我的姐妹。"

"哎？"真一十分惊讶。

在繁花盛开的清水寺，千重子曾跟真一说过自己是个弃儿。这事真一的哥哥龙助应该也听说过。就算真一没对哥哥说，两家店离得这么近，也肯定会有所耳闻，这么想应该是没问题的。

"真一，你在御所庭院看见的是……"千重子稍微犹豫了一下，"我是双胞胎，你看见的是我的孪生姐妹。"

这事真一还是第一次听到。

"……"

三人都沉默了。

"我是被抛弃的。"

"……"

"如果是真的，扔到我们家店门口就好了……真的，扔到我们家店门口就好了。"龙助说了两次，重复得十分真诚。

"哥，"真一笑着说，"那时千重子还是个刚出生的婴儿呢，跟现在可不一样啊。"

"婴儿也很好啊。"龙助说。

"哎呀，哥，你是看到现在的千重子才这么说的吧？"

"不是。"

"佐田先生无比重视，珍爱着抚养长大，才有了现在的千重子啊。"真一说，"再说那时候哥你自己还是个小孩子呢，小孩子能抚养婴儿吗？"

"能啊。"龙助坚定地回答。

"哼，哥你总是这么过于自信，你这是逞强。"

"可能是吧。不过我真想抚养还是婴儿的千重子，我想妈妈也会帮我吧。"

千重子醉意退去，额头变得苍白了。

秋天的北野舞蹈会将持续半个月。活动结束的前一天，佐田太吉郎一个人出门了。茶馆送来的入场券当然不是只有一张，但太吉郎谁都没想邀请。跳舞回来的路上跟几个同伴一起去茶屋玩乐，也让他觉得麻烦。

跳舞之前，太吉郎就闷闷不乐地去了茶席。今天当班的艺伎正坐在前面按茶道规矩点茶，里面没有太吉郎认识的。

在艺伎旁边，七八个少女站成一排，应该是帮忙端茶的，都穿着一样的浅粉色振袖和服。

但只有站在正中间的少女穿着蓝色和服。

"哎呀！"太吉郎差点叫出声。虽然化着漂亮的妆容，但那不就是"当当电车"上，被这烟花巷老板娘领着跟太吉郎一起坐了一段车的姑娘吗？——只有她穿着蓝色和服，可能会负责什么工作吧。

这蓝衣少女把淡茶端到太吉郎面前，当然，她是板着脸的，连一丝笑意也没有，这是茶道的规矩。

不过，太吉郎的心情似乎变得轻松了。

这是一出八幕舞剧，名为《虞美人草图》，其内容广为人知，是中国的项羽和虞姬之间的悲剧。虞姬拔剑刺进胸膛，被项羽抱在怀中，听着思乡的楚歌死去，项羽也随后战死，随后的一场就转回了日本，演起了熊谷直实、平敦盛和玉织姬的故事。征讨了敦盛的熊谷感叹人世无常，出家之后去古战场凭吊，看到敦盛坟墓周围盛开着虞美人草。笛声响起，敦盛的鬼魂出现了，要求将青叶笛收藏到黑谷的寺庙里，玉织姬的鬼魂则希望能把墓旁虞美人草的红色花朵供奉到佛前。

这出舞剧之后还有一出热闹的新舞蹈《北野风流》。

上七轩的舞蹈属于花柳流，跟祇园的井上流不同。

太吉郎离开北野会馆，顺路走进一家古色古香的茶屋。见他一个人呆坐着，老板娘便来招呼："叫哪个姑娘来？"

"嗯，就那个咬人舌头的艺伎吧——还有，那个穿蓝色和服、负责端茶的女孩呢？"

"当当电车那个……哎呀，真是，叫她过来打个招呼可以了吧？"

艺伎过来之前，太吉郎一个人喝着酒，等艺伎过来了，他故意站起来出去，艺伎跟了上去。

"现在也咬人吗？"

"您还记得啊。不咬了，您可以伸出舌头试试。"

"有点吓人。"

"真的，不咬了。"

太吉郎伸出舌头，被一个温暖柔软的东西吸住了。

太吉郎轻轻拍了拍艺伎的后背。

"你堕落了啊。"

"这是堕落吗？"

太吉郎很想漱口。但是艺伎就站在旁边，没法这么做。

艺伎开这样的玩笑，也是很豁得出去了。对艺伎来说，也许只是一个突然的举动，并没有什么含义。太吉郎并不讨厌这位年轻的艺伎，也不觉得这行为肮脏。

太吉郎正准备返回客厅,艺伎一把拉住他:"您稍等。"

艺伎拿出手绢,擦了擦太吉郎的嘴唇,手绢沾上了口红,艺伎把脸凑到太吉郎跟前,边看边说:"好,这样就没问题了。"

"谢谢。"太吉郎轻轻地把手搭上艺伎的双肩。

艺伎留在卫生间的镜子前,重新给自己涂上口红。

太吉郎回到客厅,那里没有任何人。他像漱口似的一连喝了两三杯冷酒。

即便如此,艺伎的香气,或者说艺伎的香水味道好像依然留在他身上。太吉郎觉得自己好像变年轻了。

太吉郎觉得虽说艺伎突然开了个玩笑,但自己也未免太冷漠了。也许是因为自己已经很久没跟年轻姑娘玩乐了吧。

也许,这个二十岁上下的艺伎是一个非常有趣的女人。

这时,老板娘带着少女走进房间,姑娘还穿着之前那件蓝色和服。

"应您的要求来了,她说只是打个招呼,拜托您啦,您也看到了,她年纪还小呢。"

太吉郎看看少女:"刚才端茶的……"

"嗯,"到底是茶屋的姑娘,没有半分羞涩,"我想着是那时的伯伯,才给您端的茶。"

"哦,谢谢你啦。你记得我吗?"

"记得。"

艺伎也回到房间来了,老板娘对她说:"哎?"

艺伎看着太吉郎的脸说:"您真有眼光啊,不过还得等上三年。而且,小千明年春天开始就要去先斗町①了。"

"去先斗町,为什么?"

---

① 先斗町,位于京都中京区,是沿鸭川西岸的游乐街。1813年成为政府确认的花柳街,之后集中了很多茶屋和餐厅。

"说是想当舞女,还说很向往舞女的风姿。"

"嗯?当舞女的话,祇园不是就很好吗?"

"说是因为小千的伯母在先斗町,好像是这样吧。"

这个少女无论去哪里都会成为一流的舞女吧,太吉郎看着她,想道。

西阵的布料织物工业协会断然做出了一个前所未有的决定,从十一月十二日开始到十九日结束的八天时间里,所有的织机都要停止工作。因为十二日和十九日是星期日,所以实际上一共停工六天。

停工的原因众多,用一句话概括的话当然是经济原因。换句话说,生产过剩了,库存量甚至已经达到了三十万匹之多。停工是为了处理库存,也是希望可以改善交易状况,可能也有近来资金周转越发困难的原因。

从去年秋天开始到今年春天,收购西阵布料的公司陆陆续续地倒闭了。

停工八天,减产大约为八九万匹布料。不过结果还算不错,总之算是成功了。

即便如此,只要到西阵的纺织作坊街,特别是小巷子里一看就会明白,以单个家庭手工纺织为主的作坊都支持了这次的统一行动。

那些狭小的房子瓦顶老旧,屋檐深深,连成一片。虽然也有二层,但整体很是低矮。小巷本就与空地无异,缺乏管理,如今更是杂乱无章,连昏暗处都会传出织机声,还有一些作坊连织机都是租来的。

申请了"免于停机"的好像只有三十来家。

秀男家不织和服布料,而是织腰带,家里有三台高机,当然,白天也得开着电灯。放织机的地方还算亮堂,后面也有空地。不过也会让人疑惑：粗糙且不多的厨具放在哪儿，家里的人在哪儿休息，在哪儿睡觉？

秀男意志坚定，在纺织方面不仅颇有才能也充满热情。不过，长期坐在高机细细的木板上纺织，屁股上可能都长了老茧。

约苗子一起去看时代祭的时候，比起展示各个时代装扮的游行队列，秀男更喜欢队列的背景，也就是御所那一大片青翠的松林。大概是因为那景色能让他从日常生活中解放出来吧。苗子劳动的地方虽然只是狭窄的山谷，但毕竟也是在山里，所以没法体会到。

更重要的是，自从苗子系了自己织的腰带参加时代祭以后，秀男对工作的热情越发高涨了。

跟龙助、真一两兄弟一起去过大市以后，千重子心里虽然到不了极度痛苦的程度，却也不时地感到恍惚，回过神来她才意识到，果然还是因为心中有诸多烦恼。

在京都，十二月十三日的"年事开始"①过去以后，天气开始变化莫测，很有冬天的感觉了。有时明明是晴天，却在阳光里下起了阵雨，甚至还会下雨夹雪。天晴得极快，阴得也极快。

十二月十三日，"年事开始"。按京都的习俗，从这天起就要开始为正月做准备，也要开始赠送年末礼物了。

现在依然严守这一规矩的，果然还要数祇园等花柳之地。

艺伎、舞女等人会挨个去平时照顾自己的茶屋、歌舞乐曲师傅家和前辈艺人家里赠送镜饼②。

之后，舞女们会各处道贺"恭贺新年"。这句话的含义也是：这一年已经平安度过，来年还请您多多关照。

---

① 年事开始，江户时代的习俗，在12月13日这天打扫家中，开始为正月做准备。
② 镜饼，扁圆形年糕，大小两块叠在一起，用于正月供奉神佛或喜庆日子。

那一天里，艺伎、舞女们打扮得比平时还要漂亮，她们来来往往，为年末的祇园一带增添了华丽的色彩。

像千重子家这样的店铺则要平淡许多。

吃完早饭，千重子一个人上了里面二楼。本是要简单化个妆的，可她却心不在焉，手上也停了下来。

龙助在北野甲鱼店里说的那番激动的话，一直在千重子心里激荡。如果还是婴儿的千重子被扔到龙助家门前就好了，这句话难道不是相当有分量吗？

龙助的弟弟真一与千重子是青梅竹马，到高中都一直是朋友。他性格温和，虽然喜欢千重子，却不会像龙助那样说出让千重子无法呼吸的话来，所以他们可以轻松地来往。

千重子细细梳好长发，让头发垂在脑后，下了楼。

早饭快吃完的时候，北山杉村的苗子给千重子打来了电话。

"是小姐吗？"苗子确认地问了一句，"我想跟你见一面，实际上，我有件事想跟你说。"

"苗子，我很想你，明天可以吗？"千重子回答。

"我是什么时候都可以……"

"你到店里来吧。"

"还是别让我去店里了。"

"你的事我已经跟母亲说了，父亲也知道了。"

"不是还有店员吗？"

千重子沉思片刻，说："那我去你们村子吧。"

"这边挺冷的，不过你能来我很高兴。"

"我也想看看杉树。"

"是吗？这边不仅冷，有时还会有阵雨，所以你得做好准备。篝火可以随便点，要多少都行。我就在路边干活，你一到我马上就能知道。"苗子开朗地回答。

冬之花

千重子穿了长裤和厚毛衣，脚上的厚袜子也颜色鲜艳，以前她从没这样穿过。

太吉郎在家，千重子坐到父亲面前，跟他交代去向。看到千重子这少有的装扮，太吉郎不禁瞪大了眼睛。

"要去山里吗？"

"嗯……北山杉那个姑娘说有什么事要跟我说，想见一面。"

"这样啊，"太吉郎没有半点犹豫，"千重子。"

"嗯。"

"如果那个姑娘有什么苦恼或麻烦的事，你就把她带回家里，我们收养她。"

千重子低下头。

"挺好啊，有两个女儿，我和你妈妈也高兴。"

"爸爸，谢谢您。爸爸，谢谢您。"千重子深深行礼，灼热的泪落到腿上。

"千重子，你是我们从吃奶的婴儿一点点养大的，一直把你放在手心里疼爱，不过对那个姑娘，我们也会尽量做到一视同仁。既然她像你，那肯定也是个好姑娘。把她带回来吧。二十年前，人们确实觉得双胞胎不吉利，但现在已经无所谓了。"父亲说。

"阿繁，阿繁！"他又喊妻子。

"爸爸，我真的无比感谢您。但是那个姑娘，苗子，是绝对不会到咱们家来的。"千重子说。

"这是为什么呢？"

"她说哪怕只有一点儿，也绝对不想妨碍到我的幸福。"

"怎么会有妨碍呢？"

"……"

"怎么会有妨碍呢？"父亲重复了一次，微微歪着头，十分不解。

"就说今天吧，我跟她说爸爸妈妈都知道了，你到店里来吧。"千重子的话里带了些哭音，"可她却顾虑店员和周围的邻居……"

"店员算什么？"太吉郎不觉提高了音量。

"爸爸说的话我都明白了，但今天还是我过去找她吧。"

"好吧，"父亲点点头，"路上小心。另外，你也可以把爸爸刚才的话转告苗子。"

"好。"

千重子给雨衣系上兜帽，鞋子也换成了橡胶雨鞋。

早上，中京上空经常一片晴朗，但不知何时就会阴天，北山那边还会下起阵雨，在市中心都能看见那边的天色。如果没有京都那些线条优雅的小山遮挡，说不定还能看见下雪。

千重子坐上国铁的公共汽车。

北山杉所在的中川北山町里有国铁和市营两种公共汽车。市营公共汽车一直开到京都（已经外扩的）北端的山口再折返；国铁公共汽车则会再延长许多，最远直到福井县的小滨。

小滨位于小滨湾岸边，又从若狭湾向日本海方向延展。

也许是冬天的缘故，公共汽车上乘客不多。

两人同行的年轻男子使劲盯着千重子看。千重子觉得有些不快，便戴上了兜帽。

"小姐，拜托啦，别用那种东西把脸遮起来啊。"那男子的声音与年龄并不相称，十分沙哑。

"喂，闭嘴！"旁边的男人说。

对千重子提要求的那个男子戴着手铐，是个不知犯了什么罪的犯人。旁边的男子应该就是警察了，要把犯人押送到山那边的什么地方吧。

千重子不可能摘下兜帽让那人看自己的脸。

公共汽车到了高雄。

"高雄怎么变成这样了？"有乘客这样说道。这说法倒也可以理解，红叶全部掉落了，树梢的细小枯枝上已是一派冬日景象。

栂尾下面的停车场也同样肃杀，连一辆车都没有。

苗子穿着劳动服来到菩提瀑布车站，等着迎接千重子。

千重子的这身装扮让苗子差点没认出来："小姐，你过来辛苦了，到这样的深山里来，真是难为你了。"

"并不是什么深山啊。"千重子戴着手套就握住了苗子的双手，"我真高兴，咱们夏天以后就没见过面了。夏天时在杉山里多谢你了。"

"那不算什么。"苗子说，"不过，如果那时雷打到咱们身上了，真不知道会怎么样。就算那样，我也很开心……"

"苗子，"千重子边走边说，"你给我打电话是有重要的事吧？快告诉我吧，不然都没法好好聊天了。"

苗子还是穿着劳动服，头上包着手巾，没有说话。

"怎么了？"千重子又问了一次。

"其实是，秀男说想跟我结婚，所以……"也许是脚下踉跄了，苗子抓住了千重子。

千重子抱住了脚步不稳的苗子。

苗子每天劳作，身体很结实，但夏天打雷那次，千重子因为太过害怕并没有注意到。

苗子很快就站稳了，但可能是被千重子抱着很高兴吧，她没有说已经可以了，甚至靠在千重子身上走了起来。

抱着苗子的千重子也不知不觉地靠在苗子的身上，但两个姑娘都没注意到这点。

千重子在兜帽下问道："苗子，那你是怎么回答秀男的？"

"回答？我实在没法当时就回答他啊。"

"……"

"最开始他把我错认成了你——现在虽然不是认错人，但是刻在秀男心底深处的，还是千重子小姐吧。"

"没有这样的事。"

"不，我知道得很清楚。就算不是认错人，也是作为千重子小姐的替身去结婚。秀男应该是把我当成了千重子小姐的幻影。这是第一点……"苗子说。

千重子突然想起，春天郁金香盛开的时候，从植物园回家的路上，在加贺川河堤上父亲曾问过母亲让秀男做女婿怎么样。

"第二点，秀男家是织腰带的吧？"苗子语气很坚决，"如果因为这件事让千重子小姐家的店跟我扯上了联系，给千重子小姐添了麻烦，惹来周围人奇怪的目光，那我哪怕是以死道歉都还不够的。我真想躲到深山老林里去……"

"你是这样想的吗？"千重子摇晃着苗子的肩膀，"今天我是跟父亲说了要过来找你才出来的，我母亲也知道你。"

"……"

"你知道我父亲是怎么说的吗？"千重子又更用力地晃晃苗子的肩膀，"他说如果苗子有什么苦恼或困难的事，你就把她带回家里来。千重子是作为亲生女儿登记在户籍上的，但是也会尽可能对那个姑娘一视同仁。苗子一个人太寂寞了吧？"

"……"

苗子摘下头巾，说了声"谢谢"，说完就捂住了脸。"我发自内心的感谢。"她好一会儿说不出话来，"我的确是个没有亲人、无依无靠的人，虽然很孤单，但我拼命干活，早就把这些都忘了。"

为了缓和苗子的情绪，千重子说："关键是秀男的事……"

"我没办法很快做出回答。"苗子看着千重子，带着哭音说。

"用一下这个。"千重子拿过苗子的手巾，给她擦眼睛和脸，"一看就是哭过了，进村子的话……"

"没事，我这人好强，干活比谁都厉害，可就是爱哭。"

千重子给苗子擦脸时，苗子把脸埋在千重子胸前，抽泣了起来。

"很难受吧，苗子，是寂寞了吧？别哭了。"千重子轻轻拍了拍苗子的后背，"你再这样哭的话，我就回去了。"

"别回去，别回去。"苗子慌乱起来，从千重子手里拿过自己的手巾，使劲儿擦了擦脸。

因为是冬天，看不出来苗子哭过，只是觉得她的眼白有点红而已。苗子把头巾戴到头上，拉得很低。

两人好一会儿都没说话，沉默地走着。

给北山杉剪枝会一直修剪到树梢相当高的地方，在千重子看来，树梢上残留的一簇圆形的枝叶很像一朵青翠而朴素的冬日之花。

感觉苗子的情绪平复得差不多了，千重子说："秀男自己就可以画画，腰带图案画得好，织功相当不错，人也很认真。"

"嗯，我很清楚。"苗子回答，"他约我一起去时代祭，那时他说比起各代服饰的队列，他更喜欢作为队列背景的御所的翠绿松林，也喜欢看东山的色彩变化。"

"对秀男来说，时代祭的游行队列一点都不稀奇嘛……"

"不，跟这个好像不是一回事。"苗子说得很坚决。

"……"

"他说游行队伍过去以后，请一定到家里去看看。"

"家，指的是秀男家吗？"

"对。"

千重子有些惊讶了。

"他有两个弟弟，他领我看了他家后面的空地，说如果我们两个在一起了，可以在那儿盖一座小屋，还说想尽量织点他喜欢的东西。"

"这不是很好吗？"

"好？秀男是把我当成小姐你的幻影才想跟我结婚的。我也是女孩子，我心里清楚得很。"苗子重复了之前的话。

千重子不知道该说什么才好，困惑地向前走。

在狭窄山谷旁边的一个小山谷里，刷洗杉木圆木的女人们正围成一圈坐着休息，她们为了暖和手脚点了篝火，烟雾缓缓升起。

苗子来到自己家前面。说是家，其实更像一个小棚子。因为缺乏修理维护，茅草屋顶已经倾斜了，变得起伏不平。但因为是山里的人家，总还是有个小院子，自行生长的南天竹十分高大，结着红色的果实。这七八棵南天竹也长得十分杂乱。

不过，这惨不忍睹的房子可能也是千重子的家。

从房子旁边走过时，苗子脸上残留的泪水已经干了。该告诉千重子这就是我们的家吗？还是不说比较好呢？千重子是在母亲的家乡出生的，所以可能根本没在这个家里待过。就连苗子也一样，还是婴儿时就先后失去了父母，完全不知道自己究竟有没有在这个家里住过。

幸好，千重子完全没注意到这样一座房子，她一直抬头看着杉山，看着并排直立的杉木圆木，就这么从那房子旁边走过去了。所以苗子没提房子的事。

千重子觉得残留在笔直树干尽头的那一簇圆形杉叶是"冬日之花"，其实那还真的是冬天的花。

几乎每家的屋檐下和二楼都有一排剥去了树皮、洗刷干净的杉木圆木，立在那里晾晒着。洁白的圆木整齐地排成一排，笔直地立着，单是这番景象就已经很美了，也许比世上任何一种墙壁都要美得多。

杉山上也是如此美，树根下的草都已经枯萎了，杉树的树干笔直而又粗细均匀，非常好看。从带着少许斑点的树干中间，能看到天空。

"还是冬天好看啊。"千重子说。

"可能是吧，我已经看惯了，没什么感觉。不过到了冬天，杉树叶子就有点变成了淡淡的芒草色。"

"像花一样。"

"花，像花吗？"苗子很是意外，抬头看看杉山。

又走了一会儿，前面出现一户人家，应该是这里比较大的山林主的家吧。房子颇为古雅，围墙略低，下半部分铺贴了木板，漆成红褐色，上半部分是白墙，还带着铺瓦的小屋顶。

千重子停住脚步:"这房子真漂亮啊。"
"小姐,我就寄居在这家,你要不要进去看看?"
"……"
"不要紧的,我已经在这儿住了快十年了。"苗子说。

千重子已经听苗子说过两三次了,秀男想跟苗子结婚,并不是把苗子当成了千重子的替身,更像是把苗子当成了千重子的幻影。

如果说是"替身",当然很容易明白。可"幻影"究竟是什么呢?——特别是作为结婚的对象……

"苗子,你总说幻影、幻影的,究竟幻影是什么呢?"千重子严肃地问道。

"……"

"幻影不是无法用手触碰,也没有形状的吗?"千重子继续说着,脸却突然红了。苗子不仅容貌与自己一模一样,恐怕身上各处都与自己别无二致。而这样的苗子,就要属于某个男子了。

"尽管如此,无形的幻影也是存在的。"苗子回答,"幻影在男子的心里、脑海里,或者也可能在其他不知道什么的地方。"

"……"

"就算我变成了六十岁的老太婆,作为幻影的千重子小姐也还是跟现在一样年轻。"

这番话完全出乎千重子的意料。

"你连这些都想到了吗?"

"对美丽的幻影,人是不会感到厌倦的吧?"

"这可不一定啊。"千重子好不容易才做出回答。

"幻影是没法踢打、践踏的,那只会让自己变得颠倒混乱。"

"嗯。"千重子发现苗子也有嫉妒心,但她说,"幻影什么的,真的有吗?"

"就在这儿啊……"苗子摇晃着千重子说。

"我不是幻影。我和你是双胞胎。"

"……"

"这么说的话,苗子跟我的幽灵也还会做姐妹吗?"

"看你说的,幽灵不也还是你吗?不过,只是在秀男这件事上……"

"你想得太多了。"千重子说着低下头,又走了一小会儿以后,她说,"不如咱们三个人一起聊一次怎么样?把话都说开。"

"人说的话——有真心的时候,也有违心的时候……"

"苗子,你的疑心这么重吗?"

"不是,只不过,我也有一颗女孩子的心啊。"

"……"

"阵雨从周山那边到北山来了吧?山上的杉树也……"

千重子抬眼望去。

"早点回去吧,好像要下雨夹雪了。"

"就是怕万一下雨,我穿雨衣过来的。"

千重子摘下一只手套,让苗子看自己的手:"这可不是什么小姐的手吧?"

苗子吓了一跳,用自己的双手包住千重子那只手。

在千重子没发现的时候,阵雨就已经下起来了。可能连生长在这个村子里的苗子都没注意到。那既不是小雨,也不是蒙蒙细雨。

在苗子的提醒下,千重子抬头环顾四周的群山,山色一片清冷朦胧,但山脚下林立的杉树树干反而更加清晰了。

这时,群山仿佛被雾霭笼罩,渐渐地消失了轮廓。这景象跟春天的雾霭是不同的,天空就不一样。也许可以说,眼下的这番景致才更有京都的感觉。

再看看脚下的土地,已经有点湿了。

这时,群山在雾霭笼罩下变成了淡淡的灰色。

而雾霭渐渐浓重,顺着山谷流淌下来,其中还有白色的东西,是夹杂在雨中的雪花。

"早点回去吧。"看到了雨夹雪,苗子对千重子说道。那还不能称为雪,这白色的东西有时消失不见,有时又多了起来。

随着时间的变化,山谷里变得微暗,也突然冷了起来。

千重子也是京都姑娘,对北山的阵雨毫不陌生。

"趁着还没变成冰冷的幻影……"苗子说。

"又是幻影?"千重子笑着说,"我穿着雨衣来的,冬天的京都天气变得快,可能一会儿又停了呢。"

苗子抬头看看天:"今天还是回去吧。"然后她紧紧握住之前千重子摘下手套给她看的那只手。

"苗子,你真的考虑要结婚吗?"千重子说。

"就只有一点点。"苗子回答。接着,她炙热而深情地为千重子戴上了那只手套。

这时千重子说:"到我家店里来一次吧。"

"……"

"来吧。"

"……"

"等店员都回去以后。"

"晚上吗?"苗子吓了一跳。

"住一晚吧,我父亲母亲都知道你的事嘛。"

苗子眼中露出了喜悦的神色,但她犹豫了。

"至少住一晚吧,我很想跟你一起睡。"

为了不让千重子发现，苗子把头扭向路边，落下泪来。但千重子怎么可能发现不了呢？

千重子回到位于室町的店铺，这一带的街市只是阴天而已。

"千重子，你回来得正是时候，赶在下雨之前了。"母亲阿繁说，"你爸爸在里面等你呢。"

没等千重子打完招呼，父亲太吉郎就急匆匆地问道："千重子，那姑娘的事怎么样了？"

"嗯……"

千重子不知道该怎么回答比较好，这件事好像很难用简短明确的话说清楚。

"怎么样了？"父亲又问了一次。

"嗯。"

千重子自己对苗子的话也是似懂非懂。——秀男其实想跟千重子结婚，然而此事无望，便转向与千重子一模一样的苗子，想跟苗子结婚。可苗子的少女之心敏锐地察觉到了，所以对千重子说了一番奇怪的"幻影论"。秀男用苗子来填补他对千重子的爱慕之心吗？如果是那样，是不是太过自负了？千重子心想。

不过事情也可能并非如此。

千重子都没法直接看父亲，害羞得连脖子都红了。

"那个叫苗子的姑娘不是一心想要见你吗？"父亲说。

"对，"千重子果断抬起头，"她说，大友先生家的秀男向她求婚了。"千重子的声音有些颤抖。

"嗯？"

父亲看看千重子，一时没有说话。他好像看穿了什么，却没有说出来。

"是吗，跟秀男？如果是大友先生家的秀男，倒也不错。缘分真是奇妙啊，这件事也跟你有关吧？"

"爸爸，我觉得她不会跟秀男结婚。"

"哎？为什么？"

"……"

"为什么呢？我觉得挺好的……"

"嗯，不是不好，爸爸你还记得吗？在植物园你问过我让秀男做女婿怎么样，那个姑娘对这点是清楚的。"

"她是怎么知道的呢？"

"她好像觉得秀男家是织腰带的，跟咱们家店多少会有些来往。"

父亲心里受到很大的震动，沉默下来。

"爸爸，让她到咱们家来住一下吧，只住一晚就行，请您答应我吧。"

"当然可以，这事有什么……我不是说过，收养她也可以啊。"

"这个她是绝对不会同意的，只是住一个晚上……"

父亲用怜爱的目光看着千重子。

这时传来母亲拉出防雨窗板的声音。

"爸爸，我去帮妈妈。"千重子站起身。

阵雨落在瓦片屋顶上，仿若无声。父亲一动不动地坐在那里。

水木龙助、真一两兄弟的父亲邀请太吉郎到円山公园的左阿弥饭店吃晚饭。因为冬季日短，从位于高处的座位向外俯瞰，街市上已是处处灯火。天上没有晚霞，只是一片灰色。而除了灯火之外，街上也是同样的色调，这就是京都冬日的颜色。

龙助家是室町的大批发商店，他的父亲把家里的生意经营得十分兴旺，作为店主，肯定是能力极强又十分可靠的。可是今天龙助的父亲却好像有什么难以说出口的事，一副很是犹豫的样子，净说些无聊的闲话打发时间。

"实际上……"他总算借着酒劲开始进入正题。然而，平时优柔寡断，甚至可以说越来越厌世的太吉郎，对水木要说的话其实已经猜到了几分。

"实际上……"水木含混不清地说，"我家龙助那莽撞的行事，您听令爱说了吧？"

"是啊，我这个人没什么本事，不过很明白龙助的一番好意。"

"是吗？"水木好像松了一口气，"那小子跟我年轻的时候太像了，只要话说了出去，任谁怎么阻拦也是绝对不会听的，真是让我头疼……"

"我很感谢他。"

"是吗？你这么一说，我也放心了。"水木确实放心了，"请你多多包涵。"说完，他认真地行了一礼。

就算太吉郎店里的生意再怎么不好，由一个同行，特别还是个毛头小子出来帮忙，也实在是脸上无光。如果说是去学习，从两家店的规模来说，也应该是反过来的。

"我倒是很感谢，"太吉郎说，"贵店如果离开了龙助也会发愁吧。"

"哪里哪里。生意上的事，龙助也只是个新手，知道的还远远不够。不过，我这做父亲的说可能像是自夸，但这孩子确实很可靠。"

"是啊，他到我家店里来，一下子就板着脸坐到掌柜跟前了，我们也吓了一跳。"

"这小子就是这么个脾气。"水木说完，默默地继续喝了几口酒，"佐田先生。"

"嗯。"

"如果能让龙助去贵店帮忙，不是每天都去也行，他弟弟真一也能逐渐像点样，那也就帮了我的大忙了。真一这孩子性格温和，直到现在龙助还动不动喊他'童子'捉弄他，这好像也是真一最不喜欢的，因为小时候他坐过祇园祭的彩车。"

"他长得俊俏嘛。跟我家千重子从小就是朋友。"

"正是千重子小姐……"水木又说不下去了。

"正是千重子小姐……"水木重复了一次，又用近乎发怒的语气说，"你到底是怎么养出一个那么漂亮的好姑娘来的？"

"这可不是父母的本事，是那孩子自己长成的。"太吉郎直率地回答。

"我想你肯定已经看出来了，贵店跟我家的生意差不多，龙助说想去帮忙，就是想跟千重子小姐多接触，哪怕只有半个小时、一个小时也好。"

太吉郎点点头。水木擦了擦额头，那额头跟龙助很像。

"这孩子虽然不像样，但确实很能干。我们绝对不会强求，但如果什么时候千重子觉得可以接受龙助这小子了，要是真有那个时候，请恕我冒昧请求，你就把龙助收为养子吧。我们家，就不用他继承了。"说完，水木低头行礼。

"不用他继承？"太吉郎简直惊讶得无以复加，"不让他做大批发商店的继承人……"

"这种东西并不是人的幸福之所在啊，我也是看到龙助最近的样子才有了这样的想法。"

"非常感谢你的这份心意，不过这件事，主要还是得看两个年轻人之间的感情发展。"太吉郎回避了水木的强烈要求，"千重子是个弃儿。"

"弃儿又怎么了？"水木说，"哦，我说的这些，你心里有个数就行。那么，可以让龙助去贵店帮忙吗？"

"可以。"

"谢谢,谢谢。"水木好像浑身都轻松了下来,喝酒的样子都跟之前不同了。

第二天一早,龙助就来到太吉郎的店铺,把掌柜和店员集中到一起,开始查看店里的货品——漆艺布料、白布、绣花绉绸、细绉绸、花缎、御召绉绸、铭仙绸、新娘礼服、振袖和服、中袖和服、留袖和服、织锦缎、缎子、高级印花缎、出访礼服、腰带、里绢、和服配饰等。

龙助只是看着,并没有说什么。但因为之前的事,掌柜在龙助面前很拘谨,连头都抬不起来。

龙助谢绝了挽留,在晚饭前离开回家了。

到了夜里,格栅门上传来笃笃的敲门声,是苗子,敲门声只有千重子听见了。

"啊,苗子。从傍晚就冷起来了,难为你过来。"

"……"

"星星都出来了。"

"那个,千重子小姐,我该怎么跟你父母打招呼呢?"

"我跟他们说过很多次了,说你是苗子就行。"千重子搂着苗子的肩膀往里面走,边走边问,"吃晚饭了吗?"

"我在那边吃完寿司过来的,不用麻烦。"

苗子显得很是拘谨。看到两个如此相像的姑娘,父母二人惊讶得话都说不出来了。

"千重子,去里面二楼吧,你们两个好好说说话。"母亲阿繁想得很是周到。

千重子拉着苗子的手,走过狭窄的缘廊上到里面二楼,打开暖炉。"苗子,你来。"千重子把苗子叫到镜子前,看向镜中二人的脸庞。

"真像啊。"这景象让千重子心头涌上一阵暖意。两人左右交换，再次看向镜中，"真是比照片还像啊。"

"双胞胎嘛。"苗子说。

"如果所有人都生双胞胎，会是什么样呢？"

"那不是净认错人了，多头疼啊。"苗子退后一步，眼睛湿润了，"人的命运，真是谁都说不准呢。"

千重子退到苗子身边，使劲儿晃晃苗子的肩膀："苗子，你真的不能一直留在我家吗？我爸爸妈妈也都这么说了，只有我一个人，太寂寞了。虽然我不知道在杉山生活有多自在……"

苗子好像站不住了似的稍微摇晃了一下，她跪坐下来，摇了摇头。摇头时，似乎有泪落在了膝盖上。

"小姐，咱们两个长到现在，不仅生活方式不一样，教养什么的也不一样，我是没法在室町生活的。我只是想到你家店里来一次，只来一次，想穿上你送我的和服给你看看……再说，小姐还特意去过杉山两次。"

"……"

"小姐，我父母抛弃的婴儿是你，虽然我也不知道为什么。"

"这种事我早就忘掉了。"千重子毫不在意地说，"我现在也不觉得自己有那样的父母。"

"我想父母可能会因为这个受到惩罚吧。我那时也是个婴儿，请你别怪我。"

"在这件事上，苗子你有什么责任和罪过吗？"

"没有是没有，但我之前也说过，哪怕只有一点儿，我也不想影响到小姐你的幸福。"苗子的声音低了下去，"我干脆彻底消失算了。"

"你真是，怎么这么说……"千重子加重了语气，"怎么说这种不公平的话，苗子，你觉得不幸福吗？"

"不，我只是很孤单。"

"幸福是短暂的，但孤单却很长久吧。"千重子说，"咱们躺下，再多聊会儿吧。"她说着从柜子里拿出被褥。

苗子一边帮忙一边说："幸福就是现在这样吧？"

之后，她仔细听着屋顶上的声音。

看到苗子的举动，千重子也停下动作问道："是阵雨、雨夹雪，还是夹杂着雨雪的阵雨呢？"

"不知道啊，可能是薄雪吧。"

"薄雪？"

"没什么声音嘛，也不是那种真正的雪，就只是特别细小的雪。"

"嗯。"

"山村里经常会下这种薄雪，干活的时候我们都没发现，杉树叶子上面就白了，像花似的，冬天的枯树也是，连最细最小的树枝都变白了。"苗子说，"特别好看。"

"……"

"这种雪有时停得特别快，也有的时候会变成雨夹雪或者阵雨……"

"咱们把防雨窗板拉开看看怎么样？一看就能知道是不是了。"千重子想要起身，却被苗子一把抱住，"不用，天那么冷，看了还会幻灭的。"

"又是'幻'，苗子你总是说这个字。"

"'幻'？"

苗子美丽的脸上露出微笑，带有一丝淡淡的哀愁。

千重子开始铺被褥，苗子急忙说："千重子小姐，能让我给你铺被褥吗？一次就行。"

但千重子只是默默地钻进了并排铺好的苗子的床铺里，说："啊，苗子，真暖和啊。"

"果然，干的活儿不一样，住的地方也……"

接着，苗子紧紧抱住千重子。

"这种天气，晚上肯定会冷的。"苗子好像一点都不冷，"细雪纷纷扬扬的，一会儿停，一会儿下，今晚肯定……"

"……"

父亲太吉郎和母亲阿繁也上楼来，到隔壁房间去了。因为年纪大了，要用电热毯去暖床铺。

苗子凑到千重子耳边，轻声说："千重子小姐的床铺已经暖和了，我去旁边的床铺睡。"

母亲拉开隔扇眯着眼看两个姑娘的情况，已是在那之后了。

第二天早上，苗子起得很早。她摇醒千重子，说："小姐，这就是我这一辈子最大的幸福了。趁着没人看见，我回去了。"

就像苗子昨晚说的，夜里细雪下下停停，带来一个银光闪耀的寒冷清晨。

千重子也起来了："苗子，你没带雨具吧？你等一下。"说完她拿出自己最好的天鹅绒大衣，还拿出雨伞和高齿木屐，给苗子配齐了一身。

"这是我送你的，你要再来啊。"

苗子摇摇头。千重子抓着红格栅门目送苗子，她站了很久，但苗子没有回头。几点细小的雪花落在千重子的刘海上，很快就消失了。

整个街市还在沉睡。

名人

一

　　第二十一代本因坊秀哉名人①于昭和十五年一月十八日清晨，在热海的鳞屋旅馆去世，享年六十七岁。

　　忌日是一月十八日，这个日期在热海很好记，因为《金色夜叉》里的贯一在热海海边说出了"今时今夜的月亮"那番话。为了纪念这个日子，一月十七日在热海被定为"红叶节"②。秀哉名人的忌日就是红叶节的第二天。

　　红叶节上每年都会举行文学活动。在名人去世的昭和十五年，举办的红叶节最为盛大。除了尾崎红叶，高山樗牛和坪内逍

---

① 本因坊，江户时代仕于幕府的围棋流派，1939年秀哉隐退以后成为围棋称号之一。名人，江户幕府授予当时将棋、围棋最高段位九段者的称号，现在是将棋、围棋赛冠军的名称。
② 《金色夜叉》是日本作家尾崎红叶的代表作之一，在明治时代影响很大。小说主人公贯一得知未婚妻解除婚约后，赶到热海试图挽回，却未能成功。贯一痛苦的话语中几次提到"一月十七日"这个日期。

遥也都与热海因缘颇深。活动不仅悼念了这三位已故文人,还向前一年在作品里介绍了热海的竹田敏彦、大佛次郎、林房雄等三位作家赠送了感谢状。我当时在热海,也出席了红叶节。

十七日晚上,市长举办的招待宴会就在我所住的聚乐旅馆举行。就在十八日清晨,我被电话叫醒,收到了名人的讣告。我立刻去鳞屋旅馆吊唁,然后回旅馆吃早饭,跟参加红叶节的作家和热海市相关负责人一起去坪内逍遥的墓前供奉鲜花,之后顺路去了梅园。在抚松庵的宴会上待到中途,我再次去了鳞屋,拍下名人遗容的照片,最后目送遗体返回东京。

名人一月十五日到热海,十八日离世,似乎就是特意赶过来辞世的。我十六日去名人所住的旅馆拜访,还跟他下了两局将棋。那天傍晚,我离开后没多久,他的身体状况就突然恶化。名人喜欢将棋,我们下的那两局是他最后的将棋棋局。我撰写了名人最后一场胜负棋(也即引退棋)的观战记,是他最后的将棋对手,也为他最后的容颜拍了照片。

名人和我结下缘分,是从东京日日新闻社[①]选我担任引退棋[②]的观战记者开始。作为报社主办的围棋赛,那次场面规模盛大,空前绝后。棋局于六月二十六日在芝公园的红叶馆棋局开始,十二月四日在伊东的暖香园落下最后一子宣告结束,几乎用了半年时间,断断续续下了十四次,我在报纸上的观战记一共连载了六十四回。棋局过半时,名人病倒了,所以从八月中旬到十一月中旬,共休战了三个月。因为名人的重病,这盘棋也显得愈发悲壮。或许就是这盘棋带走了名人的生命。这盘棋之后,名人的身体状况不复从前,大约一年以后就去世了。

[①] 东京日日新闻社,旗下的《东京日日新闻》于1872年2月21日在东京浅草创刊,是日本全国性大报《每日新闻》的前身之一。

[②] 引退棋,即棋手最终的告别赛。

二

确切地说,名人引退棋结束的时间是昭和十三年十二月四日下午两点四十二分,止于黑237。

名人沉默地提了棋盘上的一个空眼。[①]这时,棋赛见证人小野田六段说:"是五目[②]吗?"

他问得极为谨慎有礼。他知道名人输了五目,此时说出目数,省了之后数目的辛苦,也是对名人的体贴。

"嗯,五目……"名人低声说着,抬起肿胀的眼皮,不打算再落子了。

挤满对局室的工作人员没有一个人能说出话来。好像要打破这沉重气氛似的,名人安静地说:"如果我没住院,八月中旬在箱根就下完了。"

[①] 此句意指名人下了一子,使对方的棋子呈现无气被吃状态,随即把被吃的死棋从棋盘上提取掉。眼,指棋子围的空交叉点。

[②] 目,棋盘上,被一方棋子所围的空白交点。

之后,他询问自己的用时。

"白棋用时十九小时五十七分钟……差三分钟正好是一半时间。"负责记录的少年棋手回答。

"黑棋用时三十四小时十九分钟……"

围棋有规定时限,高段位棋手通常是每方十小时,而这盘棋是四十小时,延长了四倍。即便如此,黑棋的三十四小时用时也未免太长了。在围棋设定时间制度以后,恐怕是仅此一例了。

棋局结束刚好将近三点,旅馆老板娘送来点心。每个人都不说话,只看着盘面。

"怎么样,来点年糕豆沙汤?"名人问自己的对手大竹七段。

年轻的七段在棋局一结束就对名人行礼。

"老师,谢谢您。"他深深低下头,身子一动不动,双手整齐地并扶在膝头,白皙的脸色变得更加苍白。

名人请他一起收棋盘上的棋子,七段也把黑子放进棋盒。名人没有说类似对局感想的话,只是和平时一样若无其事地起身走了。当然,七段也没说感想。如果是七段输了,应该会说点什么吧?

我回到自己的房间,无意间看向外面,发现大竹七段已经迅速地换上了和服棉袍,来到庭院里,独自坐在对面的长椅上。他紧紧抱着胳膊,低垂着苍白的脸。冬日阴沉,时近傍晚,在宽阔而萧索的庭院里,他陷入沉思。

我拉开缘廊上的窗户喊他:"大竹,大竹。"

他只是有些生气地回头看了一眼,也许是流泪了。

我收回视线,缩回房间,这时名人的夫人过来打招呼。

"这么长时间一直承蒙您的关照……"

我和夫人说几句话的工夫,大竹七段的身影就已经不在庭院里了。他同样换上了带家徽的礼服,和妻子一起挨个去名人和工作人员的房间问候,也到我的房间来了。

我也去名人的房间问候。

三

历时半年的棋局终于决出胜负,第二天工作人员就都匆匆离开了。那天正好是伊东线试运行的前一天。

电车在岁末年初的温泉旺季之前开通了,伊东的大街上到处是祝贺的装饰,一派繁荣景象。我之前也跟"闭关"的棋手一样,一直待在自己的房间里,所以坐上返程的公共汽车后,看到街上的装饰,心里产生了一种离开洞穴的解放之感。新车站附近既有新开辟的土色道路,也有急匆匆建起的房屋。我从这片新开发地界的杂乱上,看到这个世间的活力。

公共汽车驶出伊东市区后,我看到海边路上有背柴火的妇女,她们手里拿着里白[①],也有用里白绑柴火的。我突然感到人的可亲,就好像翻过山看到住家的炊烟一样。准备新年,这种平凡生活中的惯例让我感到怀念。妇女们捡柴火是要回家做晚饭吧。

---

① 里白,常绿蕨类植物,叶子背面为白色,用于新年时的装饰。

海上光线暗淡，不知道太阳在哪里，天色突然暗了下来，正是冬日的色调。

即使在公共汽车里，我还是想起了名人。或许是因为对老名人的感情渗透了我的身心，所以我才感到人的可亲。

工作人员全都离开以后，只剩下名人夫妇留在伊东的旅馆。

"不败的名人"在一生中最后一场胜负棋里败了，最不想留在对局之地的应该就是他。如果要消除带病对弈的劳累，就更应该尽快换个地方，可对这些事情，名人总是有点呆呆的，或者说感觉迟钝吧。工作人员和一旁观战的我都觉得待不下去，逃跑似的回家去了，可只有输了的名人留了下来。那份沉闷和乏味，人们可以自行想象。名人大概和平时一样，表情迷茫，默默地坐在那里吧。

对手大竹七段早就回家了。不同于没有孩子的名人，他有一个热闹的家庭。

这盘棋结束两三年以后，我收到大竹七段夫人的信，信中说他们家有十六口人了。从这个十六口人的大家庭里，一定能感受到七段的性格或生活方式，我很想去他家拜访。之后七段的父亲去世，十六口人变成了十五口，我去吊唁了。说是吊唁，其实葬礼已经过去了一个月。我是初次拜访，七段不在家，夫人很是怀念地接待我，把我引进客厅。寒暄过后，夫人站到门口，对什么人说："快，把大家都叫过来。"

脚步声响起，四五个少年走进客厅，孩子们用立正的姿态站成一排。好像都是入室弟子①。他们都是从十一二岁到二十岁左右的青少年，其中一个是红脸颊、胖胖的高个子少女。

夫人向他们介绍我，说："快跟老师打招呼。"弟子们立刻行礼。我感受到这个家庭的温暖。在这个家里，这样的礼仪毫不

---

① 入室弟子，住在师父家里，一边帮忙做家务，一边学习技艺的弟子。

做作，非常自然。少年们离开客厅，我立刻就能听到他们在宽敞的房子四处跑动的声音。按照夫人的建议，我上了二楼，请内弟子跟我下了一盘。夫人不断送来吃的。我在这里待了很长时间。

说家里有十六口人，是把入室弟子也包括在内了。年轻棋手里有四五个入室弟子的就只有大竹七段。虽说与他的名气和收入有关，但也跟他疼爱孩子、喜欢照顾家人的性格脱不了关系。

七段作为名人引退棋的对手，在比赛期间傍晚打挂①回到房间后，他总是立刻给夫人打电话：今天跟老师下到了第几手。

这种简单的告知，不至于不小心泄露棋赛的情况。听到七段房间里传出的通话声，我就不得不对他抱有好感。

---

① 打挂，是指日本旧时代棋规。上手（手合更高者）拥有随时可以暂停棋局的权利，此称为打挂。

四

在芝红叶馆举行的开局仪式上，黑白双方都只下了一手，第二天也只下到第十二手。之后，比赛场地改到箱根。名人、大竹七段和工作人员一起出发，到堂岛对星馆的当天没有下棋，比赛双方之间也没有不快。名人心情愉快，晚上喝了将近一瓶酒，甚至说起了故事。

刚才临时经过的客厅里有张大桌子，好像是津轻漆器，他们由此聊起了漆器，名人说："什么时候来着，我看过一个漆制的棋盘。不是涂漆，是完全用漆做出来的，说是青森的漆器工匠出于个人爱好做的，一共花了二十年。因为要等漆干了之后在上面继续涂。棋盒和箱子也都是漆制的。他拿到博览会上，标价五千元，没卖出去，又拿到日本棋院，让棋院帮帮忙三千元买下来，也是没办法。总之就是重，比我都重，有十三贯[①]。"

[①] 一贯为3.75公斤。

说完,他看着大竹七段说:"大竹又胖了呢。"

"十六贯……"大竹七段回答。

"啊?正好是我的一倍,明明年龄还不到我的一半……"

"我三十了,老师。不开心啊,三十……我去老师家学习的时候还很瘦呢。"大竹七段回忆起少年时。

"在老师家打扰时我还生病了,给师母添了不少麻烦。"

接着他们又从七段夫人的家乡信州的温泉浴场聊到了家庭话题。大竹七段二十三岁结了婚,那时还是五段。现在有三个孩子、三个入室弟子,家里十口人。

他说,六岁的长女看着模仿,也学会下棋了。

"前些时候我跟她下了一盘,让了她星目①,棋谱也留下来了。"

"哦?让星目?这可厉害了。"名人说。

"四岁的老二也明白叫吃②了。只是还不知道有没有这个天分,如果有潜力的话……"

在座的人都不知道该怎么回答。

身为围棋界第一人,七段跟自己六岁和四岁的女儿下棋,还认真地思考如果年幼的女儿有天分,就让她像自己一样做棋手。围棋天分通常会在十岁左右展现,那时如果不学习就无法成才。不过,我从大竹七段的话里听到了不同之处。他为围棋着迷,未曾疲倦。这是一个只有三十岁的年轻人啊。我想他的家庭一定很幸福。

这个时候,名人在世田谷的房子占地二百六十坪,建筑面积八十坪,他说因为庭院有点小,想卖掉房子,搬到一个庭院大点儿的地方。本来想聊聊家庭的话题,可家里现在只有他和夫人两个人,也没有入室弟子了。

---

① 星目,即围棋盘上的九个黑点,对局双方实力差距悬殊时,让弱手先在星目九个点上放子。

② 叫吃,下一个子之后使对方的子只剩下最后一口气,自己的子至少剩下两口气,下的这个子就称为"叫吃"。

五

名人从圣路加医院出院,休战了三个月的棋局在伊东的暖香园重开,但第一天黑棋从101走到105,只下了五手,还因为下次对弈的日期产生了纠纷,迟迟定不下来。因为名人的病,比赛条件需要更改,但大竹七段不愿接受,想放弃这盘棋。跟在箱根时相比,问题更加难以解决。

棋手和工作人员都待在旅馆,白白度过了沉闷的日子。名人曾经去川奈散心。这对于一向不爱出门的名人来说实属少见,名人的弟子村岛五段与负责记录的少女棋手和我一同前往。

走进川奈的观光宾馆,只能坐在大厅时尚的椅子上休息、喝红茶,这跟名人一点都不相称。

这个大厅呈圆形,镶着玻璃,从本馆凸出来伸向庭院,似乎是做瞭望室或阳光室用的。宽阔的草坪庭院左右两侧有两个高尔夫球场:富士球道和大岛球道。庭院和高尔夫球场前面就是大海。

我以前就很喜欢川奈明亮广阔的景色，很希望郁闷的名人能看看，于是转头去看名人。名人只是呆呆的，不像欣赏风景的样子，也不去看周围的游客。他没有任何表情，对景色和宾馆都一句话也没有，照例交由夫人来处理。夫人赞美景色，询问名人的意见，名人既不表示赞同，也不反对。

我想让名人走进户外灿烂的阳光里，就约他去庭院。

"嗯，去吧，挺暖和的，没事儿，肯定会心情愉快的。"夫人也帮我催促名人。

名人并没有嫌麻烦。

那天是小阳春天气，大岛隐约可见，不甚暖和的海面上老鹰在翱翔。庭院的草坪边上有一排松树，描绘出海的边线。在草坪和大海间的连接线上，分散着几对来新婚旅行的新人。也许因为置身于宽阔明朗的景色中，完全看不到新婚旅行的僵硬感，反倒显得温文典雅。新娘的和服上映着海和松树的颜色，从远处看，幸福的新鲜感扑面而来。到这里来的都是富裕人家的新郎新娘。我带着近乎悔恨的羡慕之情对名人说："那些都是来新婚旅行的。"

"没什么意思啊。"名人小声说。

很久以后，我也能回忆起名人面无表情、小声嘟囔的样子。

我在草坪上走了走，坐了一会儿，可名人只是站在一个地方不动，我没办法，只好站回他身边。

回去时，车子绕道一碧湖。在晚秋的午后，这个小小的湖泊显得更加闲寂，格外美丽。名人也下了车，站着欣赏了一会儿。

川奈宾馆实在舒畅愉悦，第二天早上我就去邀请了大竹七段。我也是好心，想着要是能消除七段那股顽固的别扭劲儿就好了，另外还邀请了日本棋院的八幡干事和《东京日日新闻》的砂田记者。我们白天在宾馆庭院的农舍里吃火锅，一直玩到傍晚。

我以前曾受一众舞蹈家和大仓喜七郎①的邀请来过川奈宾馆，也自己来玩过，所以可以做向导。

从川奈回来以后，关于棋局的纠纷仍在继续，最后连只是旁观者的我也不得不去本因坊名人和大竹七段中间斡旋，到棋局终于继续时，已经是十一月二十五日了。

名人旁边放了一个很大的桐木火盆，身后又放了一个长火盆，冒着热气。因为七段请他随意，名人仍旧戴着围巾，裹着防寒服，衣服看上去是毛线里、毛毡面，类似短和服外褂。就是在他自己的房间里，这些也不离身。听说名人那天有些低烧。

"老师的正常体温是？"大竹七段对着棋盘问。

"嗯，通常在三十五度七到三十五度九之间徘徊吧，不到三十六度。"名人好像品味着什么似的小声说。

有一次，名人被人问到身高，他说："征兵体检的时候是四尺九寸九分，后来长了三分，变成五尺二分，年纪大个子缩了，现在正好是五尺②。"

在箱根对弈的过程中，名人病倒了，为他检查的医生说："名人的身体简直是没发育好的小孩子身体，小腿肚上几乎没有肉。这样的身体，恐怕连自己走动的力气都没有。药也不能按成人的剂量，只能用十三四岁小孩的药量……"

---

① 大仓喜七郎，日本知名的财阀二代，有男爵头衔。其因创立了日本棋院而被更广泛的民众熟知。

② 当时1尺约为30.3厘米。

六

坐在棋盘前，名人就显得很高大。当然，这是因为他的棋力、段位，也是他多年磨炼的结果。他身高五尺，上身却很长，脸也很长很大，鼻子、嘴巴、耳朵等五官也都很大，尤其是下颌骨，向前突出。在我拍摄的那张遗容照片里，这些特征也都很明显。

名人的遗容拍得怎么样？在照片冲洗出来之前，我都非常担心。我之前就把冲洗照片这件事交给位于九段的野野宫照相馆了。把胶卷送过去时，我还特意交代这是名人的遗容照片，再三要求精心对待。

红叶节过后，我先回了一趟家，随后又去了热海。我再三叮嘱妻子，如果野野宫把名人的遗容照片送到镰仓家里，一定要立刻送到热海，绝对不能打开看，也绝对不能给别人看。我不是专业的摄影师，如果把名人的遗容拍得比较难看或者很凄惨，让别人看到说出去，就会损害名人的声誉。如果照片拍得不好，我就不打算给名人遗孀和弟子们看了，直接烧掉。我的照相机快门有问题，可能原本就没拍好。

当时，我跟参加红叶节的众人在梅园的抚松庵吃午饭。吃火鸡火锅时，妻子打来电话，转达了名人遗孀的意思，希望我拍一张名人遗容的照片。那天早上我跟去世的名人告别，回到旅馆后，我突然想到，如果遗孀想做逝者面部模型或拍摄遗容照片，我可以帮忙，故此让之后去吊唁的妻子帮我转达。因为遗孀不喜欢面部模型，所以请我帮忙拍摄遗容照片。

可真到要拍的时候，我突然觉得拍摄这张照片责任重大，没有拍好的自信。而且我的照相机按快门时容易卡住，有拍不出来的可能。幸好有一个从东京过来拍摄红叶节景况的摄影师也住在抚松庵，我拜托他拍摄名人遗容，摄影师欣然答应。但如果我贸然带一个与名人毫无关系的摄影师过去，遗孀或许会不高兴，可他确实比我拍得好。然而，红叶节的工作人员有些不满，让拍摄红叶节的摄影师去做别的事，他们觉得很为难。这是合乎道理的。从早上开始，只有我因为名人去世而心神震荡，我的心情与参加红叶节的众人格格不入。我让摄影师帮忙看了快门的问题，摄影师指点我：打开B门，用手掌代替快门就可以。我装上新胶卷，坐车去了鳞屋。

停放名人遗体的房间上着防雨窗板，开着电灯。遗孀和她弟弟跟我一起进去。

"光线有点暗，开窗吧。"弟弟说。

我大概拍了十张照片。拍的时候心里一直希望快门不要卡住。我也按照摄影师教的那样，用手代替快门。我想多改变一些拍摄的方向和角度，但我对名人怀有礼拜之情，不愿意无礼地在遗体旁边走动，所以只坐在一处拍照。

照片从镰仓家中寄了过来，在野野宫照片袋的背面，妻子写道："野野宫刚送来，我没看内容——撒豆驱鬼节定在四日的五点,到时候请到神社办公室去。"

鹤冈八幡宫的撒豆仪式会请镰仓的文人做撒豆人。这个时节也快到了。

我一拿出里面的照片,便"啊"了一声,彻底被遗容吸引了。照片拍得很好,像是生者安然睡去的样子,却又充满死亡的宁静。

名人的遗体是仰卧的,我在他腹部旁边坐着拍摄,所以侧脸有种斜向仰视的感觉。为表明是逝者,枕头被拿走了,所以名人的脸看起来有点上翘,凸出的下颌和微张的大嘴都更加显眼了。挺拔的鼻子看起来大得吓人。从他紧闭的眼皮褶皱到阴影浓重的额头,都显出深深的哀愁。

光线从打开一半的窗户进来,照在衣摆上,天花板上的电灯照着脸部下方,跟头部有些明暗差距,额头是暗的,光线从下巴到脸颊映照着,再到凹陷的眼皮、眉头以及鼻梁上。再仔细看看,名人的下唇在阴影里,上唇被光照着,嘴里是浓重的阴影,上牙只有一颗闪着光,鼻子下方的短胡子里杂着白须。照片上正面右侧的脸颊上有两颗大黑痣,投下了阴影。从鬓角到额头处突起的血管也有影子,暗色的额头上能看到横纹,额头上方的平头头发有一处在光线里。

名人的头发特别粗硬。

七

　　有两颗大黑痣的是右脸颊，而且右边的眉毛显得非常长。眉毛在眼皮上方画出弓形，甚至连到了紧闭的眼睑线上。怎么会拍得这么长呢？这长长的眉毛和大黑痣为遗容增添了慈爱之情。

　　然而，这道长眉让我心中一痛。名人去世前两天，也就是一月十六日，我们夫妇去鳞屋旅馆拜访名人。

　　"对了，见到您就想赶快跟您说，你说吧，眉毛的事……"夫人给了名人一个引导的目光，然后又看向我。但是名人还是没有开口，夫人说："是十二日的事了。那天稍微暖和了一点，因为要去热海，他说想剃剃胡子，整理一下，就叫来熟悉的剃头师傅，在阳光照着的缘廊上刮脸。当时，他像突然想起来似的说：'师傅，我左边眉毛里有一根特别长吧。听说长眉是长寿相，要仔细点，千万别剪了。'剃头师傅'嗯'地答应了，停了手说：'没错，先生，是这根吧？这可是福眉，您一定会长寿，要注意身体啊，我会仔细的。'外子还跟我说，'浦上先生在报纸上的观战记里写到了这根眉毛,浦上先生真是观察细致,连眉毛也看到了,我自己都一直没注意。'他这么说来着,对您特别佩服呢。"

名人照旧沉默,突然露出看到有鸟飞过的表情。我大感意外。

可是,这被剃头师傅留下来的象征长寿的长眉却没有起作用,两天以后名人就去世了。

另外,发现老人有一根长眉毛,还把它写了下来,实在是一件无聊的事。但当时的场面太过悲痛,即使发现一根眉毛,也像得救了一般。在那天的观战记里,我是这样写的:

> 本因坊夫人陪着老名人住在旅馆里。大竹夫人有三个孩子,最大的才六岁,得在平塚和箱根两地来回奔波。两位夫人的辛苦,我从旁看着也觉心酸。八月十日,名人第二次带病对弈,两位夫人都面无血色,骤然消瘦,不似往昔。

对局过程中,名人夫人一般不会待在旁边,可唯有那天,她寸步不离地待在隔壁房间,专心看着名人的情况。夫人看的不是棋局,她的目光一直没有离开过生病的丈夫。

大竹夫人也绝对不在对局室露面,但那天她好像待不住似的,在走廊上来回踱步,可能不知如何是好,就去了工作人员的房间。

"大竹还在思考吗?"

"嗯,好像正是困难的时候。"

"同样是思考,如果他昨晚睡着了,还能轻松一些……"

大竹七段一直非常苦恼到底应不应该与生病的名人继续下棋,从昨天开始就没合过眼,今天早上就来对弈了。约定好的开始时间是十二点半,轮到黑棋已经快一点半了,他还没决定当天的封手①。现在哪里还顾得上午饭呢?夫人在房间里等不下去也是自然的,她昨天也一夜没睡。

唯一一个无忧无虑的就是大竹家的第二代了。这个八个月大的婴儿实在漂亮,如果有人问起大竹七段的精神状态,只要看看这个婴儿就知道了。真是个了不起的孩子,完全是七段精神的象征。这一天我看到哪个成年人都很难受,却被这桃太郎②般的婴儿拯救了。

另外,就是在这一天,我第一次发现本因坊名人的眉毛里有一根一寸左右的白色长眉。名人眼皮肿胀,脸上青筋凸起,他的这根长眉便成了一种安慰。

对局室里可谓鬼气袭人,我站在走廊上,看向夏日阳光灿烂的庭院,一位穿着时尚的小姐正一门心思地给池塘里的鲤鱼投食,我觉得自己好像看到了奇怪的景象,不敢相信这竟是同一个世界里发生的事。

名人夫人和大竹夫人的脸都干燥破皮,十分苍白。对局开始,名人夫人和平时一样离开了房间,但不久就折返,一直待在隔壁房间里看着名人。小野田六段闭着眼睛、垂着脑袋。观战的村松梢风也露出不忍卒视的表情。就连大竹七段也一言不发,不敢直视自己的对手。

封手白90打开,名人频繁地左右侧头,白92扭断。经过一小

---

① 封手,封棋前的最后一手。日本围棋多日制的大赛中,为了体现比赛公平,采取封棋。封棋时,已下过子的一方应立即退场,另一方思考后,把准备下的点写在记录纸上,密封后,交给裁判员。续赛时,裁判员当场启封,按所标记的位置下子,比赛继续进行。

② 桃太郎,日本著名民间故事《桃太郎》的主角。《桃太郎》讲述了从桃子里诞生的桃太郎,用糯米团子收容了小白狗、小猴子和雉鸡后,一起前往鬼岛为民除害的故事。

时零九分的长考①，下了白94。名人时而闭眼，时而看向旁边，偶尔像忍着呕吐似的低头，实在极为难受。他的身姿没有了平时的力量，也许是因为逆光，名人的脸轮廓模糊，好似幽鬼一般。对局室里静得异乎寻常。95、96、97，棋子落在棋盘上的声音好像在空谷中回荡，格外响亮。

白98，名人又用了半个多小时思考。他嘴巴微张，眨着眼睛，扇着扇子，似乎要扇起灵魂深处的火焰。即便这样也要继续吗？

这时，安永四段走进对局室，在门槛前跪坐下来，双手触地，真诚地行了一礼。这是虔诚的礼拜，两位棋手都没注意。而每次名人或七段看向这边时，安永总会恭敬地低下头。这样虔诚恭敬的礼拜是为了这场鬼神惊泣的对局。

白98落子后，负责记录的少年棋手很快报时：十二点二十九分。十二点三十分就是封手的时间。

"老师，您累的话，到那边休息吧……"小野田六段对名人说。

从卫生间回来的大竹七段也说："您休息吧，请您随意……我一个人思考，封起最后一手——绝对不跟别人商量。"听到这话，大家今天第一次笑出声来。

这是众人的体贴，不忍心让名人继续坐在棋盘前了。后面只是大竹七段封黑99，名人不是必须在场。名人歪着头思考：是离开，还是坐在这里呢？

"请稍等……"

他很快去了卫生间，然后到了隔壁房间，跟村松梢风说笑几句。离开棋盘，他好像精神了许多。

---

① 长考，经长时间思索才下一着棋，称为"长考"。大致二三十分钟以上。日本重大比赛双方所限时间较长，偶尔一着棋耗用一二小时，方称"长考"或"大长考"。

独自留下的大竹七段死死盯着右下角的白模样①，思考了一小时十三分钟，一点以后封手，这就是黑99，中腹的刺。

那天早上，工作人员去名人的房间询问：今天的对局室安排在别馆还是本馆二楼，哪里比较好？

"我已经没法走到庭院了，希望能安排在本馆。不过之前大竹说本馆能听到瀑布声，有点吵，你去问问他，按大竹的意思来吧。"

这就是名人的回答。

---

① 模样，在围棋对局中指势力圈。

八

　　我写在观战记里的名人的眉毛，是左边只有一根的白色长眉。可是遗容照片里，右边眉毛整体看起来都很长，总不可能是名人离世之后突然长长的。名人的眉毛有这么长吗？好像是照片夸张了右边眉毛的长度，实际上并不是这样。

　　照片没有照坏，我之前担心的问题没有发生。照相机是康太克斯的，镜头是索纳①1.5，就算我没有摄影技巧和功力，镜头也能发挥自身的性能。生者也好，逝者也好；人也好，物也好，镜头不会感伤，也不会礼拜。看来我的使用方法没有错误，拍出了索纳1.5水平的照片。遗容照片能看起来如此丰盈柔和，应该是镜头的缘故。

　　然而，这张照片的情感渗透到我心里。情感存在于被拍下来的名人遗容上吗？遗容上再怎么呈现情感，逝者也已经没有这种

---

① 索纳，为卡尔·蔡司牌镜头，中望远（135mm）至望远（250mm）的设计，1931年蔡司光学设计家路德维希·雅可布·贝尔特勒发明，其特色是无球面像差，失光极微，变形低。

感情了。这样一想，我觉得这张照片既非生也非死，拍得好像名人陷入长眠，而非死亡。但是，如果不这样想，只把它当作遗容照片来看，也会觉得这是一个既非生也非死之物。也许是因为我原样拍下了名人在世时的表情，看着这张脸，就会想起名人在世时的种种往事。或者是照片的缘故，和遗容相比，遗容照片看起来更为细致，这也是很奇怪的。我甚至觉得，这张照片上是不是隐藏着什么不能被发现的秘密象征呢？

后来我深感后悔，拍摄遗容这种事实在是欠考虑了，遗容照片本不该存在，但我从这张照片上感受到名人不凡的一生，这也是事实。

名人绝不是一位美男子，面相也不高贵，甚至可以说长得粗野穷酸。他五官中的哪一个都称不上好看。拿耳朵来说，耳垂像压扁了似的。嘴巴很大，眼睛却很小。因为长年磨炼棋艺，面向棋盘的身姿让周围都为之一静，遗容照片上也飘着灵魂的香气。他仿佛陷入长眠，紧闭的眼睑线上凝着浓重的哀愁。

视线移到胸口，名人看起来就好像是给粗疏六角纹样的和服安上了一个只有头部的人偶。这件大岛纹样的和服是在去世后换上的，所以并不合身，肩膀处鼓了起来。即便如此，我仍觉得名人的遗体从胸部往下好像已经没有了。——"这样的身体，恐怕连自己走动的力气都没有。"在箱根，医生这样说过名人的腰腿。把名人的遗体从鳞屋搬到车上时，我也觉得名人的身体除头部外都不存在。

作为观战记者，我最初看到的是坐着的名人单薄瘦小的膝盖。遗容照片只拍了脸，好像只有一个头部似的，让人觉得可怕。遗容照片的非现实感，也许正是因为照片中是执着于技艺而在现实中失去良多之人以悲剧告终的脸庞吧。这张注定殉难的脸被我留在了照片上。正如秀哉名人的棋艺随引退棋而结束，名人的生命也结束了。

九

棋局举办开局仪式，除这场引退棋之外，恐怕并无先例。黑白双方只各下一子，之后就是庆祝宴。

昭和十三年六月二十六日，持续不断的梅雨在这一天放晴，天空中飘着淡淡的夏云。芝公园红叶馆的庭院里，绿叶被雨水洗净，斑驳的竹叶上阳光闪耀。

一楼大厅高台正面，是本因坊名人和挑战者大竹七段。前来观战的将棋的十三代关根名人、木村名人和连珠棋的高木名人坐在名人左侧，四位名人并排而坐。因报社的邀请，诸位名人齐聚一堂。坐在高木名人旁边的就是身为观战记者的我。大竹七段右侧是主办这次对局的报社的主笔和主编、日本棋院的理事和监事、三位七段围棋长老，以及见证人小野田六段，还有本因坊门下的棋手们。

在场的身着家徽礼服的众人都已经端正坐好，主笔开始做开局仪式致辞。接着，棋盘被摆放到房间中央，众人都屏气凝神。

名人已经露出了面对棋盘时的习惯，静静地沉下右肩。过于单薄的瘦小的膝盖把扇子都衬得大了。大竹七段闭着眼睛，轻轻地晃着脑袋。

名人站起身，握着扇子的姿态好似古代武士紧握短刀，他走上前，在棋盘前坐下，左手放在裙裤里，右手轻握，抬起头。大竹七段在对面坐下，他对名人行了一礼，将棋盘上的棋盒放到自己右边，再次行礼后，七段闭上眼睛，就这样一动不动了。

"开始吧。"名人催促道。声音虽小，却充满激情，似乎在说"你干什么呢"。这是因为不愿意看七段装模作样，还是名人具有昂扬的战意？七段突然睁开眼睛，可又再次把眼睛闭上了。后来在对局那天早上，大竹七段在伊东旅馆也是这样闭着眼睛平定心神地念诵了什么，那天他念诵的是《法华经》。很快，他响亮地落下一颗棋子。那是上午十一点四十分。

新布局还是旧布局，星目还是小目？大竹七段会采用哪种阵法是所有人关注的焦点。黑棋第一子落在棋盘右上角的四17，这是旧布局的小目。黑棋的第一子解开了这盘棋的一大谜题。

面对这手小目，名人在膝盖上交叉手指，盯着棋盘。报社和新闻影像部门拍了很多照片和影像，在刺眼的灯光下，名人嘴巴紧闭，嘴唇几乎要凸出来了。我观战名人对局，这次是第三局。名人一面对棋盘，似乎就会生出一股习习和风，周围的人似乎都不存在了，氛围变得清凉澄净。

五分钟之后，名人忘了要封手，差点要落下一子。

大竹七段替名人说："封手已经决定了。"

"老师，毕竟隔了一段时间不下棋，不太顺手呀。"

在日本棋院干事的引领下，名人独自退到旁边的房间，拉上中间隔扇，在棋谱上记下第二手，放进信封。除了棋手本人，没有任何一个人能看到封手。

"没有水啊。"名人回到棋盘前，说着用两根手指蘸了点唾液，封上信封。名人在信封封口上签名，七段在下方封口上签名。这个信封被放进一个大信封里，工作人员封好签名后，放进红叶馆的保险柜里。

至此，今天的开局仪式就结束了。

木村伊兵卫表示要拍摄向海外宣传的照片，让两位棋手摆出对弈的姿态。结束后，在场的人都放松下来，长老七段们来到棋盘旁边欣赏棋盘。对白子的厚度，有三分六厘、八厘、九厘好几种说法。

将棋的木村名人在旁边说："这是最高级的棋子吗？让我看看。"说完他抓起一把棋子端详。

能用在这样的比赛里，哪怕只下了一手，棋盘的价值也会提高，所以好几个人送心爱的知名棋盘过来。

短暂的休息过后，庆祝宴开始了。

参加开局仪式的三位名人里，将棋的木村名人三十四岁，十三代关根名人七十一岁，连珠棋的高木名人五十一岁，都是虚岁。

十

本因坊名人出生于明治七年,两三天之前刚过完六十五岁生日,只在家庭内部庆祝。对红叶馆的建成,他这样说:"它跟我哪个出生得早呢?"这个对话发生在对局的第二天续盘之前,还说到明治的村濑秀甫八段和本因坊秀荣名人都曾在这里下过棋。

第二天的对局在带着明治气息的老旧二楼开始,对局室从隔扇到窗楣都装饰着红叶,围在一角的金屏风上是光琳风格的鲜艳红叶,壁龛摆放的插花是八角金盘和大丽花,大丽花稍微有点蔫。房间有十八席大,跟十五叠的隔壁间连通,所以摆放大朵的鲜花也不碍眼。除了梳着稚儿髻戴着花簪的少女会不时前来送茶,没有其他人进出对局室。名人的白扇映在盛着冰水的黑漆盘里静静扇动,观战者只有我。

大竹七段穿着绣有家徽的黑色纺绸单衣和纱罗短外褂。名人今天也有些放松,穿了绣上家徽的短外褂,棋盘也跟昨天的不一样。

昨天黑白棋各下一手后就举行庆祝仪式了,可以说真正的对局是从今天开始。我以为大竹七段要扇扇子，他却将双手在背后交握，随后又把扇子竖放在膝盖上，胳膊肘支于其上，双手托腮，形似扇座，思考着黑3。在此期间，名人的呼吸变得急促了，肩膀不时大幅起落。但他并不慌乱，胸部起伏仍然十分规律。在我看来，好像有什么激烈的情感迫近，又好像有什么东西进入了名人体内。名人自己似乎没有注意到，所以我更感到胸口的压迫感。然而，在短短的时间里，名人的呼吸自然地恢复了平静，恢复到平时的安宁中。我想，这就是名人临战时的决心吧。名人在无意识之间迎来了灵感，这也是他的心性。或者说，他将高昂的气魄和斗志融为一体，进入了澄净无我的三昧境界。"不败的名人"，其缘由就在于此吗？

大竹七段坐在棋盘前，对名人恭敬地行礼。

"老师，我如厕频繁，对局过程中难免失礼。"

"我也一样，一晚上能起来三次。"名人低声说。名人完全不知道七段的体质，我觉得有点好笑。

我也一样，一坐到办公桌前，小便就频繁，要频繁地喝茶，有时还会神经性地闹肚子。大竹七段就更极端了，哪怕在日本棋院春秋两季的升段赛上，七段也要在身边放一个大茶壶，不停地大口喝着粗茶。那时，大竹七段的劲敌吴清源六段也一样，一面对棋盘就小便频繁。我曾经数过，在四五个小时的对局里，他要起身十次以上。吴六段茶喝得明明没那么多，每次起身却都会有动静，我觉得很不可思议。大竹七段还不仅是小便的问题，非常古怪。别说裙裤了，他连腰带都在走廊上一边走路一边解开。

经过六分钟思考，走了黑3以后，七段立刻站起身，说："不好意思。"

之后走完黑5，他又站起来了。

名人从袖子里拿出敷岛香烟，慢悠悠地点上了火。

思考黑5这一手时，大竹七段时而把双手从袖子里抽出来，或是揣在怀里，或是抱着胳膊，也会把双手拄在膝边，有时还去捡棋盘上谁都看不见的灰尘，把对方的白子翻个面——实际上是把正面翻到上面。如果说白子有正反面，那蛤贝内侧没有条纹的那一面就是表面了。这种事没有人会在意，但大竹七段却把名人下的反面朝上的白子拿起来翻面。

对局的态度也是。"老师太安静了，我受到影响，也提不起劲儿来了。"大竹七段半开玩笑地说。

"我觉得热闹一点好，太安静就觉得累。"

七段有个习惯，对弈时总是喜欢说些冷笑话。名人则故作不知，不予回应。七段做独角戏也没意思，所以跟名人对局时，七段会比平时话少一些。

是棋手到中年面对棋盘会自然具有洒脱之态，还是如今不再重视礼仪了呢？年轻棋手对弈时容易晃动身体或有奇怪的举动，每次看到我会产生一种异样的感觉。以前有一次，日本棋院举行升段赛，一个年轻的四段，在比赛中轮到对方时就把《文艺》的同人志摊在膝头，读起小说来。对手落子后，他就抬起头思考，等自己下完、轮到对方思考时，又摆出事不关己的样子看杂志。这种轻视对手的无礼行为差点激怒了对手。后来我听说，这位四段没过多久就疯了，恐怕是他病弱的神经无法承受对手的思考时间吧。

据说大竹七段和吴清源六段曾经去向某位心灵学者请教赢棋该具备什么样的心态，得到的回答是在对手思考时要心无杂念。担任本因坊名人引退棋见证人的小野田六段在他去世前不久，也就是几年后，在日本棋院的升段赛上获得全胜，展示出高超的棋艺。小野田六段对弈的态度也与众不同。轮到对手时，他静静地闭目养神，似乎在说自己已经摆脱了获胜的欲望。大赛结束后，他住进医院，还不知道自己得了胃癌就去世了。大竹七段少年时代的老师久保松六段也是，去世前在升段赛上的成绩大幅提高。

名人和大竹七段，二人在对弈时的紧张气氛，表面看来也正相反，一静一动，一个迟钝一个敏锐。名人一旦埋头下棋，就绝对不去卫生间。一般来说，看看对弈者的穿着和表情，就能大体判断这一局棋的形势，可大家都觉得唯有名人无法捉摸。但七段的棋并没有那么敏锐，反而是强劲有力、思路清晰的棋风。他倾向于长考，规定时间总是不够用。时间快到了，记录员开始读秒，在最后的一分钟里他好像能下一百手或一百五十手。那个时候，他勇猛的气势反而会让对手感到害怕。

　　七段刚坐下没多久就又站起来走了。这似乎是他的战斗准备，就如同名人的呼吸变得急促一样。我看着名人不住起伏的狭窄溜肩，心里受到强烈的震动。这不是痛苦，也不是艰难，是名人自己没有察觉、别人也不知道的灵感降临，而我觉得自己窥见了这个秘密。

　　但后来回想，这不过是我的自鸣得意而已。由于连日对弈，名人的心脏病恶化了，名人也许只是感到胸口憋闷。那时或许就是初次的轻微发病吧。我不知道名人心脏不好，故此产生他灵感降临的错觉，这是对名人尊敬的表现，但也颇为荒诞。不过那时，或许名人自己都没有察觉自己的病，也没有注意到自己的呼吸异常。他的表情里没有任何痛苦和不安，也没有用手去抚按胸口。

　　大竹七段的黑5用了二十分钟，名人的白6用了四十一分钟，是这一局的首次长考。根据事先规定，今天下午四点轮到哪方，就由哪方封棋。七段的黑11在差两分钟四点时落子，如果名人不在两分钟之内走下一步，就封棋了。名人在四点二十二分封了白12。

　　今早放晴的天此时又阴了下来，这是大雨的前兆。这场大雨引发的水灾从关东波及关西。

十一

在红叶馆的第二个对局日，本该从上午十点开始续盘，但是因为发生的一场争执而推迟到了下午两点。作为观战记者，我只是旁观者，没有参与其中，但我看到工作人员都很狼狈，日本棋院的棋手们也赶了过来，在另一个房间开会。

今天早上，我走进红叶馆玄关的时候，刚好大竹七段也走过来，手里拿着一个大箱子。

"大竹，你这行李？"我问。

"嗯，说是今天要从这儿去箱根，然后就出不去了。"七段用对局之前特有的沉闷语气回答。

今天对局双方都不回家，而是从红叶馆一起出发去箱根的旅馆。这件事我之前听说了，可还是觉得七段的大箱子看起来很奇怪。

然而，名人却没有做好去箱根的准备。

"是这么安排的吗？这样的话，我想去剪剪头发。"名人这样说。

到这盘棋下完之前，大约三个月不能回家，大竹七段做了这样的心理准备，兴冲冲地准备好了。现在，他不仅没了劲头，还觉得跟事先说好的不一样。这个规则到底有没有告诉名人？如果不清不楚，肯定会让七段更加气愤。再说，这次对弈已经设置了重重规则，但如果最开始的一步就无法遵守，七段肯定对其他规则感到不安。没有提醒名人，的确是工作人员的疏忽。但在七段看来这件事不公平，因为名人特殊，没人敢向他陈述苦衷，而是反过来劝说年轻的自己，想就此平息事态，因此七段的态度相当强硬。

名人说不知道今天要去箱根，是在此之前的事。其他房间里聚满了人，走廊上慌乱的脚步声来来回回，对手大竹七段却长时间不见人影。在这期间，名人只是一个人坐在之前的位子上静静等待。午饭时间稍微延后了一点，但问题终于解决了：今天两点到四点对弈，中间休息两天再去箱根。

"两个小时也下不了什么，等到了箱根再慢慢下吧。"名人说。

话是没错，但是事情不能这样办。正是名人身上有这样的问题，才会发生今天的事。因为棋手心情而改变对弈日期，这种任性之举是不能被允许的。现在，围棋也要按照规则对弈。名人引退棋之所以要设置重重严格的规则，就是为了防止名人那种老派的任性。引退棋不承认名人之位带来的特权，从根本上让对局在平等条件下进行。

对局采用了"封闭制度"，为了彻底执行这个制度，今天才不让棋手们回家，从红叶馆直接去箱根。所谓"封闭"是指到这局棋结束之前，棋手都不可以离开对局场所，不可以跟其他棋手见面，以防止棋手获得其他帮助。这种做法虽说是为了保证对局的神圣，但也可以说失去了对人格的尊敬。不过这种方法让棋手彼此都觉得堂堂正正。更何况这局棋要每隔五天下一次,一连下上三个月,不管棋手本人是否想得到帮助,都会担心有其他人来出谋划策。一旦起了怀疑,就没有尽头了。当然,棋手之间有棋艺的良心和礼节,对打挂棋自不必说,对自己的对手也不会随意品评。但如果这个共识崩坏,局面也就无法收拾了。

在名人晚年,十年多时间里只下了三盘胜负棋。三次交锋,名人都在棋局过半时病倒了。第一盘之后,名人疾病缠身。第三盘之后就去世了。虽然三盘棋都下完了,但因为中途养病,第一局用时两个月,第二局四个月,第三局引退棋则用了七个月。

第二盘胜负棋在引退棋的五年前,昭和五年,对手是吴清源五段,中盘下到150手左右,白棋看起来处于微弱的劣势,但名人白160下出了妙手,最后赢了两目。然而一直有一个传言,这宛如天授的妙手其实是名人的弟子前田六段想出来的。传言不知真假,这位弟子是否认的。那盘棋下了四个月,其间,名人的弟子们肯定会研究讨论,也许就是这样想到了这160手。正因为是妙手,所以弟子未必不会告诉名人,但也可能是名人自己想出来的。这件事的内情除了名人和那位弟子之外,别人无从得知。

第一盘胜负棋是大正十五年,在日本棋院和棋正社之间的对抗赛上,双方统帅——名人和雁金七段对阵。在两个月的时间里,日本棋院也好,棋正社也好,棋手们肯定彻底研究了这盘棋,至于有没有为己方统帅提供参考,我不得而知,想来应该是没有的。对这种事,名人绝对不会主动要求,更不会接受别人的建议。名人在棋艺上的威严,是让众人无法非议的。

但是,连第三盘引退棋名人都因生病中断了比赛,于是甚至产生了说名人好像有什么图谋的传言。这盘棋我自始至终都在一旁观战，听到这样的谣言，简直不知从何说起。

休战三个月之后，在伊东再度开局的第一天第一手棋，大竹七段做了二百一十一分钟、也就是三个半小时的长考，工作人员都惊呆了。他从上午十点半开始思考，中间还有一个小时左右的午饭和休息时间，直到秋阳西斜，棋盘上方点亮电灯，下午三点二十分之前，他才终于下了黑101。

"跳到这个地方，一分钟就能下出来，真是犯傻了。哎呀，我一直没想好。"七段笑着说，"是跳过去还是钻出来，该怎么走呢，想了三个半小时……"

名人苦笑，没有回答。

正如七段所说，黑101落在一个我们都能看懂的地方。这盘棋已经进入终盘了，右下角的白模样正渐渐被黑棋侵入，黑101是非此处莫属的好点。除了跳到十三18之外，这一手也可以钻到十二18，就算犹豫不决，应该也能看出这种变化来。

大竹七段为什么没迅速走这一步呢？连观战的我都等得厌倦。他是故意不下的吧？是让人难受或者在演戏？虽然这是在恶意揣测，但也是有原因的。这盘棋休战了三个月之久。这期间大竹七段自己没有充分地研究过吗？在100手之前，这盘棋几乎成了细棋，就算预计终盘会变得大开大合，但不到终盘也无法确定，哪怕把几种走法都摆出来也是一样。研究起来，可能没有尽头。但即便如此，这么重要的一盘棋，休战期间七段是不可能不研究的。黑101是有三个月思考时间的。然而现在还要花上三个半小时思考，难道不是为了掩盖自己曾在休战期间研究过吗？不只是我，工作人员也对七段的长考产生了怀疑，好像不太高兴。连名人也在七段站起身时嘟囔了一句："可真有耐心啊。"对局练习的情况我不知道，但在胜负棋对局中，名人还是头一次这样评价对手。

不过，跟名人和大竹七段都很亲近的安永四段说："看起来休战期间,名人和大竹七段都没研究过这盘棋。大竹这人有点奇怪的洁癖,在名人生病期间,他是不愿意自己研究的。"

也许事实正是如此。也许在那三个半小时的时间里,大竹七段不仅思考了黑101,也把心思拉回阔别三个月的棋盘上,更思考了全盘的形势和今后的走法吧。

十二

所谓封手，是名人第一次遇到的规则。第二天续盘时，棋手从红叶馆的保险柜里取出信封，在日本棋院干事的见证下，棋手确认信封上的封印，昨天写下封手的棋手给对手展示棋谱，然后把那一手落到棋盘上。在箱根和伊东的旅馆都用同样的规程。总之，不让对手看到打挂的那一手，就是封手。

没下完的棋在轮黑时打挂是自古以来的传统，这是对高手的礼遇，也对高手有利。所以，近来的棋局为了防止不公平现象发生而改变了规则，比如事先定好下到傍晚五点，到时由轮到的一方打挂。由此更进一步，发展为把打挂的那一手封起来。最初是将棋先采用的，后来围棋也效仿了。这是为了最大限度地防止这种不合理的情况：看过对方走的那一手，自己接下来的一手可以在下次续盘之前慢慢研究，而且不管思考一天还是几天，都不算在规定时间里。

一切都被规则所框定，棋艺的风雅已经消散，对长者不复恭敬，也不再尊重彼此的人格，可以说，名人生涯的最后一盘棋，受到当下的合理主义的折磨。围棋之道、日本，乃至东方自古以来的美好品德已荡然无存，一切都是计算和规则。对棋手生活至关重要的升段，也采用细致入微的分数制度，对弈的前提变成了以获胜为优先，使弈者再没有余力去思考围棋作为一门技艺的品位和意趣。即便对手是名人，也要在公平的条件下对战，这就是当下的做法，并不是大竹七段一个人的问题。另外，围棋也是竞技，既然要分胜负，这么做也是理所当然的。

本因坊秀哉名人至少三十年不曾执黑。他是身后没有"第二人"的第一高手。在名人生前，没有人升至八段。他完全压制了同时代的对手，也在下一个时代一骑绝尘。在名人去世十年后的今天，围棋界还没有建立起继承名人这一称号的方法。原因之一即是秀哉名人太过重要，尊重围棋传统之道的"名人"称号，恐怕就在名人这里结束了。

正如将棋的名人争夺赛，霸权的含义成了重点，名人之位成了类似优胜奖旗的名称，也成了竞技赛事举办者的商品。实际上，就连名人也以前所未有的高额费用把这盘引退棋卖给了报社，不过与其说名人主动出售，不如说名人接受了报社的劝诱。另外，一朝升位至死都是名人的终身制也好，段位制也好，跟日本各种技艺的流派、师门和执照一样，都是封建时代的遗留物。如果围棋像将棋一样每年举办名人赛，秀哉名人可能早就离世了。

过去，棋手成为名人后，会担心有损名人的权威，练习无所谓，但都会避免决胜负。名人以六十五岁的高龄下胜负棋，可以说是前无古人的。但是今后，不决胜负的名人恐怕是不会存在了。从种种意义来看，秀哉名人都站在新旧时代的交界线上，既接受旧时代对名人的精神崇敬，又获得了新时代给名人的物质利益。在礼拜偶像和破坏偶像两种心理交织的时代里，名人作为最后的旧日偶像，来下自己的最后一盘棋。

出生在明治这个迅速发展的时期，名人也算幸运。如今的吴清源就没有经历过秀哉名人学艺时期的那种辛苦，因此就算有哪位的围棋天分超越了名人，也不可能成为历史人物吧。名人在明治、大正、昭和三代的辉煌战绩，造就了今日围棋的繁盛局面，显赫的功绩已使其本身成为围棋的象征。这样的老名人要以这盘棋为自己画下精彩的句点，那么理应让他尽兴地完成完美的作品，这既是后辈的体贴、武士道的修养，也是棋道的优雅。但是，今日，名人就没有被置于平等规则之外。

人们绞尽脑汁制定规则，然而又在钻规则的空子。为了阻止狡猾战术而制定出规则，人们又会琢磨巧妙利用规则的方法，这样的情况在年轻棋手中不是没有发生过。时间限制、打挂、封手，都被费尽心思地当成了武器。因而，作为作品的一盘棋就变得不纯粹了。名人一坐到棋盘前，就成了"过去之人"。他不了解如今这些琐碎的伎俩。他估算着差不多的时间，在对自己有利的时候说"今天就下到这里吧"，下一次对局的日子也由自己决定——把上位者的任意而为当成理所当然的惯例，在此前那么长的时间里，名人一直是这么对局的，也没有什么时间限制。而允许名人任意而为，也是对名人的一种锻炼，跟今天这种琐碎的规则是不能相提并论的。

跟平等的规则相比，名人更习惯过去那种特权。拿他和吴清源五段的对局来说，因为名人的病情，对局进展很不顺利，甚至还传出了一些不好的流言。这次作为引退棋的对手，后辈棋手们似乎都想用严格的对局条件去防止名人任意而为。这盘棋的对局条件不是大竹七段跟名人商定的。为了选择名人的对手，日本棋院的高段位棋手进行了循环赛，在对局之前才选出来。大竹七段作为高段位棋手的代表，争取让名人也遵守事先的约定。

后来因为名人生病，发生了种种纷争，大竹七段几次声称要放弃这盘棋。作为后辈棋手对老名人没有礼让,对病人缺乏人情,这样只讲道理不顾人情的态度没少让工作人员为难。但七段有正当的理由,如果现在让了一步,今后就可能要让一百步;而只要让了一步,气势松懈,就可能导致败局,这不是一决胜负时应有的精神。对这盘棋,七段抱着无论如何都要获胜的决心,而且意志极为坚定,自然不可能听凭对手任意而为。我甚至觉得,因为对手是名人,肯定会像预想的那样任性而为,所以七段才会更加固执强硬地坚持规定。

当然,这种对局条件跟棋盘上的棋是两回事。也有一种棋手,对局的时间和地点等条件都可以考虑对方的情况,接受对方的要求,但在棋盘上则毫不留情地战斗。从这个意义来看,名人也许碰到了一个坏对手。

十三

在胜负的世界里,英雄常被捧到超越其实力的位置,这似乎是观赏的要求。双方势均力敌当然可以招揽人气,但人们更期待"绝对的王者"。"不败的名人",这个巨大身影矗立在所有棋手之上。名人也有好几次以命运为赌注的战斗,但在最重要的围棋上却未曾输过。成为名人之前,其对局是振奋人心的,有其气势;而成为名人之后,特别是晚年的对局上,人们都相信他不会输,他自己也不得不这样坚信着去下棋,这其实是一个悲剧。将棋的关根名人即使输了也心情轻松,相比之下秀哉名人就会很痛苦。人们都说围棋有七成是"先手必胜",那么名人执白输给七段其实相当正常,但普通人是不明白的。

因大报社极力推动,参赛费十分可观。除此之外,名人追求棋道、积极前进的意义也非常重要,下棋这一斗志必定在他内心深处燃烧,如果萌生了失败的念头,恐怕就不是名人了。而不败的桂冠最终坠落,名人的生命也随之消失了。名人一直遵从着自己不同寻常的天命，那么是否可以说，遵从天命意味着违抗天命呢？

时隔五年，"绝对的王者""不败的名人"再次登场，正说明脱离时代的对局条件得到了认可。后来想想，这夸张的对局条件似乎是梦幻，也是死神。

然而，说好的条件在红叶馆的第二天就被名人打破了，到了箱根后又立刻被打破了。

第三天对局，也就是六月三十日，本该从红叶馆去箱根的，但因为大雨造成的水灾，延至七月三日，后来又延到八日。关东被淹，神户地区也受灾严重。到了八日，通往东海道的铁路线也还没彻底恢复。我住在镰仓，在大船车站换乘名人一行乘坐的火车，但原该在三点十五分始发的由东京开往米原的那趟火车迟到了九分钟。

这趟火车在大竹七段所在的平塚不停，所以他在小田原车站与我们会合。七段很快出现，他戴着巴拿马帽，帽檐低压，穿着藏青色的夏装，在山里闭关的行李也带到红叶馆来了，就是那个大箱子。一照面，他先询问水灾情况。

"我家附近的脑科医院现在往来还靠小船呢，最开始用的是木筏。"七段说。

我们在宫下坐上前往堂岛的缆车。下方，早川浊流激荡。对星馆矗立在一个很像川中岛①的地方。到房间安顿下来之后，七段离开座位："老师，您辛苦了，请您多多指教。"他恭敬地行礼。

那天晚上，名人适量小酌，恰好微醺，还讲起故事来，心情十分愉快。大竹七段也说起少年时的回忆和家人的事。名人提出跟我下将棋，见我畏缩不前，便说："那大竹来下。"

---

① 川中岛，长野市南部地名，位于千曲川和犀川汇流点附近。

这盘将棋下了将近三个小时，七段赢了。

第二天早上，名人在浴场旁边的走廊上让人修面，似乎是为明天的比赛做准备。旅馆的椅子没有能支撑头部的地方，是夫人站在身后，撑着名人的脖子。

那天傍晚，见证人小野田六段和八幡干事也到了对星馆，名人提出下将棋和连珠棋，大家玩得很热闹。在连珠棋（又名朝鲜五子棋）上，名人连续输给小野田六段，惊讶地说："小野田很厉害。"

《东京日日新闻》负责报道围棋的记者五井和我下了一盘围棋，小野田六段给我们记录棋谱。由六段棋手来做记录，这可是名人对局都不曾有的豪华阵容。我执黑赢了五目，这盘棋登在日本棋院官方杂志《棋道》上。

到箱根后休息一天，缓解路上的疲劳，终于到了约定的续盘之日，七月十日。当天早上，大竹七段从体态上就很不一样。他嘴巴闭得紧紧的，肩膀的晃动似乎比平时多了些许怒气。他精神振奋地在走廊上走动，一双单眼皮的细眼有些肿胀，闪着无畏的光芒。

可名人那边有了情况。他说自己连着两晚都因为谷川的水流声而没能睡好，听说会把棋盘搬到尽可能远离谷川的地方，只拍照片就好，名人才勉强坐下来，但还是流露出将这家旅馆选为对局场地的不满。

睡眠不足不能成为将续盘日期延后的理由。就算遇上双亲临终无法见面或自己病倒在棋盘上的情况，也要严格遵守对局日期，这是棋手的一贯做法。如今这样的例子也不少见。更何况直到对局当天早上才来抱怨，就算是名人，这种任性行为也不应该出现。这是一场重要的棋局，七段更是格外重视。

在红叶馆如此，到这里又如此，每次一到续盘，现场都会出问题，但没有一个工作人员能拿出裁判的权威，指出是名人违背了约定,对名人下命令、做出裁决,所以七段自然会担心今后的走势。然而,七段很干脆地顺从了名人的要求,也没在脸上表现出来。

"选择这家旅馆的是我,没让老师睡好,真是抱歉。"七段说,"我们换到安静的旅馆,让老师好好休息一晚,明天再下吧。"

七段以前来过堂岛这家旅馆,觉得是个下围棋的好地方,所以才选了这里。但偏偏遇到大雨涨水,河水连大石都能冲走,其声音可想而知。待在位于早川中央的旅馆里,确实很难入睡。七段觉得自己有责任,跟名人道歉了。

我看到七段穿着夏季和服,跟五井记者一起出去寻找安静的旅馆了。

十四

很快，当天上午，住处就换到了奈良屋旅馆。第二天，也就是十一日，时隔十二三天后，这盘棋终于在奈良屋的一号别馆续盘了。从这天开始，名人进入了下棋状态，再也没提任性的要求，好像听凭别人安排似的，特别老实。

引退棋的见证人有两位，小野田六段和岩本六段。十一日下午一点岩本六段从东京赶到，坐在走廊椅子上看外面的山。根据日历，这是梅雨放晴的日子，上午阳光的确久违地出现了，树叶的影子落在湿润的泥土上，池塘里的锦鲤也显得分外明艳。可对局开始后，天又微微阴沉了下来。微风轻轻吹动壁龛里的花枝，除了庭院瀑布和早川的水声，就只有远处石匠敲打石头的声音。庭院里传来阵阵卷丹百合的香气。对局室里太安静了，不知什么鸟在屋檐下飞来飞去。那天从封手的第12手走到黑27封手，共下了十六手。

中间休息四天，七月十六日棋局在箱根第二次续盘。负责记录的少女之前一直穿着藏青碎纹和服，现在也换成适合夏天的白色绢麻和服了。

虽然说是别馆，但只是位于同一个庭院里的单独房间，离本馆也就一百来米。名人沿着那条路回去吃午饭，他的身影意外地映入我的眼帘。从一号别馆出来就是一个小坡，名人稍微弯着腰，独自往上走。他双手在身后轻轻交握，手掌很小，掌纹虽然看不清楚，却能看到细密缭乱的褶皱，手里还拿着一把合上的折扇。他的腰部微微前倾，上半身却是笔直的，反倒显得双腿不稳当。路边的山白竹下传来小溪的水声，这条路很宽。我看到的画面仅此而已——但是，看着名人的背影，我眼眶发热，仿佛深有感触。一离开对弈场地，他就如释重负，行走时的轻松背影，显出这个世间所罕有的平静哀愁。那也许是明治年代的余韵吧。

"燕子，燕子。"名人用嘶哑的声音小声说，停下来抬头仰望天空。他站在一块大石前面，石头上刻着"明治大帝御辇停驻之基石"。基石上方，百日红枝叶伸展，却还没开花。奈良屋以前曾是大名所住的旅馆。

小野田六段追了过去，跟在名人身后照拂。到了房前池塘上的石桥，名人夫人迎了出来。不管上午还是下午，夫人总是送名人到对局室，见名人在棋盘前坐定，就马上离开。午休和打挂时，她也一定出来迎接。

那时，名人的背影似乎失去了平衡。也就是说，他还没有从围棋的三昧境界中苏醒过来，笔直的上半身还保持着对弈的姿态，脚上也站得不稳，他崇高的精神身影似乎浮在空中。名人仍在出神，但上半身依然一动不动，仍保持着面对棋盘时的余韵。

"燕子，燕子。"声音嘶哑沉闷，也许名人这才注意到自己的身体尚未恢复常态。对老名人来说，这种情况经常出现。我常常怀念名人，也许是因为他那时的身影已经深深印在我的心中。

十五

"名人的身体有点不太好。"夫人第一次露出担忧的表情,是在箱根的第三次续盘,七月二十一日。

"他说这里很难受……"说着,夫人按住自己的胸口。据说从那年春天起,这种情况就经常出现。

名人的食欲也减退了,他昨天没吃早饭,午饭只吃了一片薄薄的面包,喝了一点牛奶。

名人凸出的下颌骨和脸颊上的肉都要瘦没了,那天我看见他的脸颊微微抽动,还以为是天气热让他觉得疲惫。

那一年,梅雨季节过后,天气依然潮湿阴沉,雨水不断。夏天来得很晚,但在七月二十日大暑之前,天突然热了起来。二十一日,薄雾笼罩着明星岳,缘廊边的卷丹百合引来了黑凤蝶,闷热难耐。百合的一枝花茎上开了十五六朵花,庭院里群鸟鸣叫,暑热非常,连记录的少女也用起了扇子。这场棋局第一次遇到炎热天气。

"真热啊！"大竹七段用日本手巾擦拭额头，还用手巾擦头发，吸掉头上的汗水，"连棋子都热。我爬山来着，箱根的山……箱根的山真是天下险峰啊！"

加上中午休息时间，七段黑59这一手共用时三小时三十五分钟。

名人的右手轻轻支在身后，搭在扶几上的左手拿着扇子，一门心思地扇着，还不时看向庭院，看上去轻松自在，无比清凉。年轻的七段在眼前运气使劲，连观战的我也专心致志，名人的力道重心却好像在远处，极为安静。

名人的额上也冒出了汗水。他突然将双手放到头上，然后按着脸颊说："东京肯定热得不得了吧？"他久久张着嘴巴，似乎回忆起某个炎热的夏天，就这么回想着过去的炎热发起呆来。

"是啊。去湖水的第二天就开始热了，特别突然……"见证人小野田六段回答。所谓湖水，说的是上次对局日的第二天，名人、大竹七段、小野田六段等人一起去芦之湖钓鱼的事。

大竹七段经过长考下了黑59，后面的三手必然跟随这一手的思路，下得很是迅速，至此棋盘上边告一段落。接下来，黑子手段频出，虽然很困难，但七段转向棋盘下边，只用一分钟就下了黑63，这一手也兼有试探名人的意思。侦查过后，他没管下边的白棋，再次回到棋盘上边。这是大竹七段独有的凌厉攻势，似乎其后的目标已经压抑不住了，落子的声音充满迫不及待的气势。

"稍微凉快些了。"七段说罢，迅速站起身走了出去。他在走廊就把裙裤脱了，从卫生间出来以后竟把裙裤前后穿反了。

"这下可把裙裤变成裤裙了。"七段重新穿好，灵巧地把带子系成十字结。没过多久，他因为小解再次去了厕所。"下棋的时候最容易觉得热。"回到座位后，他用手巾使劲儿地擦眼镜上的雾气。

名人吃了冰糯米圆子。那时是下午三点，名人似乎对黑63感到意外,思考了二十分钟。

对局期间,七段频繁起身去厕所。在芝红叶馆开局时,七段事先对名人说过,但在上一次,也就是七月十六日的对局中,因为去得过于频繁,连名人都惊讶了,问道:"你是不是生病了?"

"肾脏不太好,还神经衰弱……一思考就想去厕所。"

"那就别喝茶了。"

"确实不该喝,可我一思考就想喝茶。"七段说着又站起来了,"非常抱歉。"

七段的这个毛病被围棋杂志当成了趣闻和漫画的好材料,还被写过这样的话:下一盘棋要走这么多路,放到东海道上,都够走到三岛驿站了。

十六

棋局打挂,在离开棋盘之前,棋手要计算当天落子数,核对所用时长。这种时候,名人的理解力实在是差。

七月十六日四点零三分,大竹七段在黑43封手。这天加起来共走了十六手。听到这个数字,名人很是诧异,"十六手……走了这么多步吗?"

负责记录的少女反复告诉名人,从白28到黑43封手为止,一共是十六手。对手七段也说是十六手。这盘棋下了没多久,棋盘上只有四十二颗棋子,一目了然。可听完二人的话,名人似乎难以接受,慢悠悠地用手指一一点过当天下的棋,试着自己来数,可还是没弄明白。

"摆在一起就明白了。"名人说。

于是他跟七段两个人把当天下的棋子全都捡起来。

"一手。"

"两手。"

"三手。"这样重新下回去,一直数到十六手。

"十六手……走了这么多啊。"名人茫然地嘟囔着。

"因为老师下得快嘛。"大竹七段说。

"我下得不快。"

名人依然发呆似的坐在棋盘前,完全没有站起来的意思,其他人也不好先站起来离开。过了一会儿,小野田六段说:"去那边吧?转换一下心情。"

"下盘将棋吧?"名人如梦初醒地说。

名人不是故意发呆,也不是刻意装傻。

那天只下了十五六手,根本用不着一一查对,整个棋盘始终都在棋手脑袋里装着呢,连吃饭睡觉的时候也在琢磨。但这种不自己亲手摆一遍就不能理解的做法,是名人仔细认真、一丝不苟的性格导致的,或者也是他迂腐的一面。这极具名人特色的有趣之处,其实未尝不是一种孤僻性情,让人感觉他并不幸福。

中间休息四天,第五天续盘。在七月二十一日,从白44到黑65封手,共下了二十二手。

打挂时,名人问了负责记录的少女:"我今天用了多长时间?"

"一小时二十九分钟。"

"用了这么久吗?"名人很惊讶,看起来非常意外。名人那天下了十一手,所用时间全部加在一起,比七段走黑59这一手的时间——一小时三十五分钟——还要少六分钟,但名人好像觉得自己下得太快了。

"没用很长时间,也不算下得快。"七段说。

名人又问少女:"镇[①]呢?"

[①] 镇,一方棋子行在另一方向中腹关起的位置,这手棋叫"镇"。

"十六分钟。"少女回答。

"顶①呢？"

"二十分钟。"

七段在一旁插嘴道："是接②时间长了。"

"是白58吧，"少女看着时间记录表回答，"三十五分钟。"

名人看起来还是不太接受，从少女手里拿过时间表，自己看了起来。

我喜欢泡澡，现在又是夏天，每次打挂我总是最先去泡。那天大竹七段很兴奋，几乎跟我同时到了澡堂。

"今天很有进展啊。"我说。

"老师下得快，下得很妙，简直是如虎添翼。看来这盘棋很快要下完了。"七段带着气笑了。

他的体力还很充沛。无论在对局之前或之后，其实都不应该在对局室之外跟棋手见面。但这时七段的气势似乎是要一决胜负了，也许他正在脑海里思考着凌厉狠辣的攻击。

"名人下得真快。"见证人小野田六段也很惊讶。

"按照这种速度，我们在棋院升段赛下的十一个小时就足够下完这盘棋了。有的地方很难啊，白棋的那手镇，不是轻易就能下出来的……"

对比两人所用时间，在七月十六日第四次续盘之前，合计时间分别是：白棋四小时三十八分，黑棋六小时五十二分。到七月二十一日第五次续盘，白棋用时升至五小时五十七分，黑棋为十小时二十八分。只这一天，用时差距就变大了。

七月三十一日的第六次对局，白棋用时升至八小时三十二

---

① 顶，顶撞对方棋子的着法。

② 接，将可能被对方分断的棋子连接在一起的着法。

分，黑棋为十二小时四十三分。到八月五日的第七次对局，白棋用时升至十小时三十一分，黑棋为十五小时四十五分。

不过到八月十四日的第十回对局的时候，用时差距缩小了，白棋用时共计十四小时五十八分，黑棋为十七小时四十七分。那天名人在白100封手后，进了圣路加医院。而在八月五日的对局里，名人忍着病痛，在白90这一手上做了两小时零七分的长考。

到十二月四日，一局终了，秀哉名人全局用时十九小时五十七分钟，大竹七段用时三十四小时零十分钟，用时差距多达十四五个小时，这是令人诧异的巨大差距。

十七

　　十九小时五十七分钟，大约是普通一盘棋的两倍时长，即便如此，按照规定时间，秀哉名人还余下了将近二十小时。大竹七段虽然用了三十四小时十九分钟，但按照四十小时计算，还剩了六小时。

　　这盘棋里，名人的白130是一个大意的错着，也是致命伤。如果名人没有走出这步败着，棋局的形势会依然不明朗，或者继续下细棋，大竹七段也得进一步推敲思考，可能会用尽这四十小时。正是在白130之后，黑棋胜算已定。

　　名人和七段都是耐力很强的长考型棋手。七段下棋，总是会下到用时快结束，剩下的一分钟才以下白手的气势逼将过去，确实迫人。而名人从未在时间限制的束缚下练习棋艺，似乎做不来那般惊人之举，也许他不想让自己一生最后的胜负棋里留下时间紧迫的遗憾，所以才定了四十小时吧。

　　从以前开始，名人在棋赛上的限定时间就特别长。大正十五年与雁金七段的对战是十六小时。但即便黑棋还有时间，名人以五六目获胜的结果也不会有改变。大家都说，如果没有时间限制，雁金七段应该会下得更加猛烈一些。名人跟吴清源五段的对局用了二十四个小时。

跟名人通常的限定时间相比，这盘引退棋的四十小时时长，大约是从前的两倍，是一般棋手时长的四倍。这个时长可以说相当于没有时间限制了。

如果这超常的四十小时是名人提出的，那名人就是自己背上了沉重的负担。也就是说，名人不得不一边忍受病痛，一边忍耐对手的长考。大竹七段将近三十五小时的用时就说明了这一点。

之所以安排五天进行一次对局，是考虑到名人年老体弱的情况，但这种体贴却适得其反。如果双方都把持有时间全部用完，加起来就是八十小时，一次对局是五小时，要下十六次。每五天对局一次，就算进展顺利也要花上约三个月的时间。一盘棋下三个月，要集中战意，保持持续紧张的状态，在决胜气势上也无法做到，这个做法反而削弱了棋手的精神。对局期间无论睡着还是醒着，棋盘都一直在脑海中盘旋，中间的四天说是休息，倒不如说令人更加疲劳了。

名人生病以后，中间休息的四天就更成了一种负担。对名人自不必说，连工作人员也希望这盘棋尽快下完，他们想让名人能轻松一些，也一直担心名人可能随时会倒下。

在箱根，名人觉得身体难受，甚至对夫人透露：胜负无所谓，只想早日下完这盘棋。

"这种话，他以前一次都没说过……"夫人悲切地说。

据说，名人曾对一个工作人员说："只要这盘棋还在下，我的病就不会好。我有时候想，如果把这盘棋扔下不管，我就能放松了。但是这种不忠于棋艺的事，我还是做不到啊……"

说完，他低下头。

"当然了,我没想真这么做。只是难受的时候,脑袋里会出现这个想法而已……"

虽然只是私下谈心,却已经相当坦白了。不管在什么样的场合,名人从未吐过怨言,也没说过泄气话。在五十年的围棋生涯里,有很多次他都是因为比对手更能忍耐而获得了胜利。而且,名人绝对不会夸大自己的悲壮和痛苦,哗众取宠,将这些展露于人前。

十八

伊东续盘没过多久，有一天我问名人："这盘棋下完是再次住院，还是按照往年的惯例去热海避寒呢？"

名人十分坦诚："嗯。实际上……问题在于下完棋以后我会不会倒下。直到今天都没倒下，连我自己都觉得神奇。我倒没有想得多么深刻，也没什么信仰，可是只靠棋手的责任感也走不到现在。嗯，说是一种精神力量吧，也实在是……"他歪了歪脑袋，慢慢地说，"说到底，可能还是我太迟钝。总发呆，是吧？我觉得自己这个发呆反而不错，发呆这个词在大阪和东京的意思不太一样。在东京说发呆，还带了点笨的意思；在大阪呢，用画来比喻，是指这里画得有点模糊的意思。围棋也说这个地方下得模糊、心不在焉，是这个意思吧？"

名人说得饶有兴致，我听来也颇觉有趣。

名人很少说这样的感触。以名人的性格，是不会将感情流露于神色或诉诸言语的。作为观战记者，长久仔细观察名人的我，突然从他那不甚在意的姿态和话语中,感到了某种意趣。

明治四十一年,继秀哉继承本因坊名号以来,遇到任何事都支持他,并担任他的著书助手的广月绝轩这样写道:"在跟随名人的三十余年间,从未听名人说过'拜托了''辛苦了'之类的话。"因此,名人被误认为是个冷漠无情的人。社会上谣传,名人曾在暗地里指使绝轩活动。但名人认为那些与己无关,极为淡然。还有传言说名人在金钱方面非常吝啬,但绝轩表示自己可以提出反证。

在引退棋的对局中,名人也一次都没说过类似应酬的话,这些都由夫人代劳。名人从不以势欺人,他就是这样的人。

围棋界人士过来同他商量,名人只是"哦"地应一声,就默默发呆了,所以很难弄明白他的意见。而由于他的地位超然,别人又没法多问,必然会觉得有些为难。在客人面前,大多是夫人代为招待酬酢。名人发呆时,夫人就会着急地替他敷衍周旋。

名人感觉迟钝、理解力差的这一面,也就是他自己说的"发呆",在他的其他专长或业余爱好需要一决胜负时也有体现。下将棋和连珠棋就不用说了,名人连打台球和麻将都要长考,弄得对手很不耐烦。

在箱根的旅馆里,我和名人、大竹七段一起打过好几次台球。名人轻松得了七十分。"我四十二分,吴清源十四分……"大竹七段极具棋手风格地详细解说分数。名人每次击球都要充分思考,摆好姿势不说,捋球杆的次数都特别多。而且他十分谨慎,每一球的时间都很长。打台球也有状态好坏之说,但名人身上并没有运动的流动感,我一看名人捋球杆就觉得着急。可看着看着,我开始从名人身上感到一种悲伤的怀念之感。

打麻将时,名人将怀纸[①]折成细长条,把牌摆到上面。折纸

[①] 怀纸,正式叠起来放在怀中备用的纸。

的方法和麻将牌的摆放都既整齐又仔细,我以为名人有洁癖,询问他原因。

"嗯,这么做的话,牌放在白纸上会很亮堂,看得清楚,你不妨也试试。"名人说。

大家都觉得打麻将很灵活,肯定会进展很快,迅速决出胜负。可名人要思考很长时间,而后才不慌不忙地出牌,弄得对手烦不胜烦,早就没了精神。名人却毫不关心对手的心情,只顾沉溺在思考中。即使别人不情不愿地跟他玩牌,他也看不出来。

十九

"下围棋或将棋,看不出对手的性格。所谓通过对弈看对手的性格,从棋道精神来说,其实是歪路。"名人曾就业余围棋说过这样的话,对一知半解就喜欢谈论棋风的做法似乎颇为气愤,"拿我来说,比起对手的情况,我更愿意投入到围棋本身的三昧境界中。"

名人在离世半个月之前,也就是正月二日那天,出席了日本棋院的开棋仪式,还参加了联棋活动。活动方式是:那天到日本棋院来的棋手找到对手,各下五手即可,以此作为留下祝贺新年的名片。若是按顺序等待的时间很长,这时就会再开一局。第二局走到20手时,濑尾初段闲得无聊,名人就找他做对手,从21手到30手,每人下五手。轮到名人时,已经可以打挂结束了。可30手这最后一手,名人思考了四十分钟。其实,这不过是祝贺新年的余兴活动,后面也没有人继续下了,轻松下一子就行。

引退棋下到中途,名人住进圣路加医院,我曾去看望他。这家医院病房里的设备是以美国人的体格为标准的，都非常大。小个子名人坐在高高的病床上，总让人觉得有点危险。他的脸浮肿得厉害，脸颊上长了点肉。最主要的是，他卸下了心头的沉重负担，看起来轻松自若，跟对弈时的模样截然不同。

连载引退棋情况的各路报馆人员也过来了，说每周的悬赏问题都十分受欢迎。每到星期六，报纸都会征集读者答案，看下一手会走在哪儿。我也跟着插嘴道："这周的问题是黑91。"

"91？"名人立刻露出面对棋盘时的表情。糟了，我这才意识到，不应该说对局的事。

"白棋一间跳①，黑91要扳②。"

"啊……那个地方，要么扳，要么长③，没有别的办法，猜中的人应该不少。"说着，名人自然地挺直后背，摆正膝盖，抬起头。那是对弈的姿势，带着凛然澄澈的威仪。对着虚空的棋局，名人暂时进入了忘我状态。

此时也好，正月联棋时也好，名人都热心棋艺，一手也不松懈，与其说他重视名人的责任，不如说是一种自发的行为。

如果被叫去跟名人下将棋，年轻人可能会没法冷静。拿我看到的一两个例子来说吧，名人跟大竹七段在箱根以让香车④下了一盘将棋，从上午十点下到晚上六点。这次引退棋之后，《东京日日新闻》又为大竹七段和吴清源六段举行了三番棋，名人担任解说。我撰写第二局的观战纪实时，藤泽库之助五段前来观战，被名人抓住下将棋。从中午之前下到入夜，直到凌晨三点还在继续。第二天早晨，一碰到藤泽五段，名人又立刻把将棋盘拿出来了。

---

① 跳，在与原有棋子隔一路的位置行棋。形状与"关"相同，但常用于逃出己方的棋子或追杀对方的薄弱棋的情形。

② 扳，双方棋子紧靠时，一方从斜线上向对方兜头下一子，以阻止对方棋子出路的着法。

③ 长，紧靠着自己在棋盘上已有棋子继续向前延伸行棋。

④ 香车，将棋中的棋子。让香车，是指在将棋对局中，高手拿掉左香车。

七月十一日在箱根，引退棋续盘以后，兼任照看名人安全、住在奈良屋的《东京日日新闻》记者砂田，在下一次续盘的十六日前夜把我们召集起来。

"我可真是服了名人。那天之后连着四天，每天早上一起来，就过来叫我打台球，一打就是一整天，每次都打到深夜，天天如此。名人何止是天才，简直是超人。"

名人似乎从来没对夫人说过对弈很累、没有劲头之类的话。夫人常说的一件事可以证明名人有多么投入，我在奈良屋旅馆时也曾听过。

"那是我们住在麻布笄町时的事啰……因为家里不怎么宽裕，房间只有十席大小，既用作对局，也用作练习。更糟糕的是，旁边的八席房间被用作客厅，客人到来时会不时高声大笑，颇为扰攘。有一次，正好我先生在旁边的房间对局，我妹妹带着刚出生不久的孩子前来，婴儿嘛，一直哭个不停。我都要有些受不了了，想让妹妹回去。可我们很久没见面，她还特意带孩子来给我看，这种话没法说出口。等妹妹走了，我去跟先生道歉，说刚才太吵了。可先生却说，他压根儿不知道我妹妹来过，连婴儿的哭声都没听见。"

夫人还补充说："去世的小岸总说想早日成为老师那样的人，每天晚上睡觉之前都会静坐。那会儿不是正流行冈田式静坐法嘛。"

小岸，就是小岸壮二六段。他是名人心爱的弟子。名人曾想让小岸继承本因坊名号，也说过"只信赖他一个人"。但是在大正十三年一月，小岸虚岁二十七岁时英年早逝。名人晚年时，经常想起小岸六段。

野泽竹朝还是四段的时候，在名人家跟名人对弈，也发生过类似的事情。几位内门弟子在寄宿生房间里闹得厉害，声音都传到对局室了，野泽过去批评他们，说过后你们会被名人骂的，可是名人根本没听见那个动静。

二十

"连午休的时候,名人也是一边吃饭,一边全神凝视虚空,什么也不说……应该是相当困难的一手吧。"名人夫人所说的是七月二十六日在箱根进行的第四次续盘。

"他好像都不知道自己正在吃饭。'吃饭的时候就专心吃饭,不然不易消化,对身体也不好',我这么一说,他就沉下脸,又继续盯着虚空。"

黑69的凌厉攻击似乎出乎名人的预料,名人用了一小时四十四分钟,苦苦思索应对办法。这是名人在这盘棋中的首次长考。

但大竹似乎在五天前就瞄准了这一手。今天上午续盘,七段压抑着兴奋的心情,重新想了二十分钟左右,这期间他浑身充满力量,一个人摇晃着,往棋盘靠近了一点,继黑67之后,又强硬地落下黑69。

"是雨呢还是暴风雨?"七段说完,高声笑着站起身。

此时，恰好一阵暴风雨袭来，庭院里的草坪瞬间被水淹没，暴雨敲打在慌忙关闭的玻璃窗上。七段脱口而出的一句俏皮话，却也是他心满意足的呼喊。

看到黑69，名人突然露出了看到"飞鸟之影"的神情。他突然出神了，面露爱重之色，这在名人身上是极为少见的。

后来，在伊东续盘时，黑棋走出意外的一步——让人怀疑是为了封手的封手。看到这一手，名人顿时生气了，甚至认为是玷污了这盘棋，好不容易等到休息时，他对我们吐露气愤之意，说恨不得干脆放弃这盘棋。但即便在那时，名人在棋盘前都不露声色，谁都没有察觉名人内心的激荡。

这样看来，黑69好似匕首，闪着冷光，名人立刻陷入沉思。午休时间到了，名人离开了对局室，大竹七段依然站在棋盘旁边。

"到不得了的地方了，这可是个关卡。"说着，大竹七段留恋地看着盘面。

"真激烈啊。"我说。

"我一直陷于被动，苦苦思索啊……"七段爽朗地笑了。

午休之后，名人刚刚坐下，就走了白70。用于吃饭的休息时间是不算在持有时间之内的，可大家都知道，名人在那期间继续思考了。为了不让别人看出来，棋手在午后的第一手通常会做出稍微思考的样子，但名人没用这种小伎俩，他只是在午饭时凝视着虚空。

二十一

　　黑69的进攻被称为"鬼手"。名人后来也讲评道，这是大竹七段独有的凌厉攻势。如果应接失当，白棋就会变得无法收拾，因此名人在白70上用了一小时四十六分钟。十天以后，八月十五日的白90用了两小时零七分，是名人在本次对局中用时最长的思考。白70位居第二。

　　见证人小野田六段无比佩服地说，如果说黑69是进攻的鬼手，那白70就是应对的妙手，名人于此隐忍，应对危机；一步退让，避开危难。这是极为难下的一手。黑棋精准断入，极具气势，而白棋用这一手缓解局面。黑棋用力，有所斩获，但白棋舍下伤口，一身轻松。

　　"是雨呢还是暴风雨？"大竹七段所说的骤雨让天色立刻暗下来，房间开了电灯。棋盘宛如镜面，名人的身影映其上，与白子融为一体。庭院风雨大作，衬得对局室更加安静。

　　骤雨很快过去，雾霭在山腰缭绕，河流下游的小田原开始放晴。阳光照在山谷对面的山上,蝉声阵阵,廊道上的玻璃窗打开了。七段下黑73时,四只漆黑的小狗在草坪上打闹,天又有些阴了。

早上也下了一次阵雨。中午,在对局时间之前,久米正雄坐在走廊的椅子上心平气和地低声说:"坐在这儿心情就会变好,感觉心境都澄澈了。"

久米刚担任《东京日日新闻》的学艺部长没多久,头天过来观战,在这里住了一晚。由小说家来担任报纸的学艺部长,近来并不多见。围棋是学艺部主管范围之内。

久米几乎完全不懂围棋,所以坐在走廊上,一会儿眺望山景,一会儿凝神观察对弈者。不过,棋手的心情也感染了久米。名人露出悲痛的表情陷入思考时,久米那张带着微笑的温和面孔,也同样浮现出悲痛的神情。

说到不懂围棋,我和久米不过是五十步和百步之差,但在近旁观战的过程中,我逐渐感到棋盘上不动的棋子似乎都拥有生命。棋手落子的声音也在广阔的世界里回响。

对局室设在二号别馆。除了十席房间,隔壁还有两个九席的,一共是三个独间。十席房间的壁龛插着合欢花。

"花像要凋谢啦。"大竹七段说。

快到下午四点的封手时间了,负责记录的少女提醒,名人好像没听见。少女稍微往名人那边探着身子,有些犹豫。七段替她说:"老师,要封手吗?"语气像要叫醒孩子似的,名人这才听到,嘴里还嘟囔着什么,但因为嗓子嘶哑没发出声音,可能是说封手已经定好了。日本棋院的八幡干事把准备好的信封拿来,但名人像与己无关一样,呆呆地看了一会儿,方才露出醒过神来的表情说:"我还没决定好。"

之后他又思考了十六分钟。白80用时四十四分钟。

二十二

七月三十一日续盘，对局室换到"新上段间"，这是一个套间，分为八席、八席和六席的三个房间，分别挂着赖山阳①、山冈铁周②、依田学海③书写的匾额。这个对局室在名人房间楼上。

名人房间的廊道边开着很大一丛绣球花，今天黑凤蝶也飞到这片花丛中，在池塘里留下鲜艳的影子。屋檐下，藤萝棚架的枝

---

① 赖山阳（1780—1839），即赖襄，字子成，号山阳、山阳外史，通称久太郎，别号三十六峰外史，书斋名"山紫水明处"，著名汉学家及书法大家。
② 山冈铁舟（1836—1888），原名为小野铁太郎，被后世奉为幕末的剑豪禅师，其曾拜大书法家岩佐一亭门下学习书法。大森曹玄在《山冈铁舟》一书之序中写道："铁舟者，剑道、书道之名人，禅之大家也。"
③ 依田学海（1833-1909），名朝宗，字百川，别号柳荫，赘庵，又号白茅，千叶县人。为日本明治时期著名汉学家之一，喜欢韩非子、苏洵和魏叔子的文章，受到川田甕江的推重，以小说闻名于世。

叶十分繁茂。

名人思考白82时,流水声飘送到对局室来。我往下一看,名人夫人正站在池塘的石桥上,往水里投掷麸饼。那是群鲤聚过来发出的水声。

这天早上,夫人对我说:"家里有客人从京都过来,我要回去了。这个时候东京也凉爽了,总算是忍过去了。"

"可是天气一凉,我又开始担心,他在这里会不会感冒……"

夫人站在石桥上的时候,天空飘起了蒙蒙细雨,最后下大了起来。大竹七段不知道下雨,别人告诉他,他看着庭院说:"大概天老爷也得肾病了吧。"

那个夏季非常多雨。到箱根来以后,对局的日子没有一天是晴朗的。而且天气阴晴不定,说变就变,现在这场雨就是这般突如其来,下下停停,停停下下。七段思考黑83时,阳光照在绣球花上,山上绿意欲滴、光泽闪动,可随即天空又阴沉下来。

黑83用时一小时四十八分,破了白70的一小时四十六分钟的长考纪录。七段撑着双手,连带坐垫一起往后退了一点,他盯着棋盘右侧,后来又把手揣进怀里,挺着肚子。这是七段要长考的前兆。

棋局进行到中盘时,每下一手都很困难。白棋和黑棋的领地已经基本明朗,虽然还无法算目,但也快了。是这样进入终盘,还是杀入敌方领地,又或是在什么地方发起挑战?这时可以看出这一局的大体走势,判断胜负趋势,并据此修改作战计划了。

在日本学习围棋后回到德国、人称"德国本因坊"的菲利茨克斯·德因巴尔博士为名人的引退棋发来贺电。两位棋手阅读博士电报的照片就登在今天的报纸上。

今天是白88封手,之后八幡干事立刻说:"老师,这可是祝贺米寿①啊。"

名人的脸颊和脖子似乎已经瘦无可瘦了,虽然看起来更为瘦削,但比炎热的七月十六日精神许多,既可以说他肉销骨立,也可以说他意气轩昂。

那时谁也没想到,名人会在五天后的对局上病倒。

走完黑83以后,名人好像迫不及待似的突然站起身,仿佛突然之间,疲惫全部涌了上来。已经十二点二十七分了,正是午休时间,但名人如此不顾一切般地起身方式,此前从未有过。

---

① 米寿,是对八十八岁高寿的尊称。

二十三

"我向神明祈求了很久,希望不要发生这样的事,是我没有足够的信心吧。"名人夫人在八月五日早上对我说,"最好不要出这样的事,我一直特别担心。因为太过担心,反而……这么说吧,就只能求神明保佑了。"

作为好奇心强的观战记者,我被名人这位胜负场上的英雄所吸引,可是长年相伴的夫人说的话,好像刺中了我未曾想过的地方,让我一时不知该如何回答。

因为这盘棋,名人的心脏病病情恶化,经常感到胸闷,但他从没对别人说过。

八月二日,名人的面部开始浮肿,胸口也疼了起来。

八月五日是规定好的对局日,他们决定上午先下两个小时。在那之前,名人要接受身体检查。

"医生呢?"名人问罢,听说医生去了仙石原赴急诊,便催促道,"那这就开始吧。"

名人坐到棋盘前，两手静静地捧着茶杯，喝着温茶，然后双手轻轻在膝盖上交握，挺直身体。脸上像是孩子马上就要哭出来的表情，紧闭的嘴唇凸出，脸颊浮肿，眼睑也肿着。

对局基本每次都是上午十点十七分开始。今天的朝雾变成了猛烈的雨。没多久，又从早川下游那边开始渐次放晴。

白88封手开启，大竹七段的黑89是十点四十八分下的。而过了正午，快到一点半时，名人的白90还没有决定。他忍着病痛，做了两小时零七分的大长考。这期间，名人始终保持正襟危坐，脸上的浮肿反而消退了点。最后，终于开始午休。

平时一小时的午休惯例今天改为了两小时，名人也接受了医生的诊视。

大竹七段肚子也不太舒服，据说连吃了三种药，还吃了预防脑贫血的药。七段曾经在对局中昏迷，不省人事过。

"脑贫血一般要有这三个条件：棋下得不好，没有时间，身体不舒服。"

对名人的病，大竹七段这样说："我是不想下的，可老师无论怎样都要下。"

午休后，返回对局室之前，名人白90的封手定了下来。

"老师，您辛苦了。"大竹七段问候道。

"我总是提些任性的要求，很对不起。"名人少见地道歉了，就中途打挂了。

"脸上浮肿我倒无所谓，只是这里总不舒服，让我为难。"名人绕圈抚摸自己的胸口，对久米学艺部长描述自己的病痛。

"有时喘不上气，感觉心律不齐或者特别胸闷……我原以为自己还很年轻呢。五十岁以后就感到上年纪了。"

"大家都说，老当益壮嘛。"久米说。

"老师，三十岁之后，我也感到上年纪了。"大竹七段说。

"你还年轻呢。"名人说。

名人在休息室跟久米部长坐了一会儿,还聊起他少年时期的往事,像是去过神户,在阅舰式的军舰上第一次看到电灯。

"因为生病,医生不让我打台球了,真是难受啊,将棋倒可以下一点,怎么样?"说完,名人笑着站起身。

名人说的"一点"可不是真的一点。面对立刻提出决一胜负的名人,久米说:"还是打麻将吧,不用动脑筋。"

那天的午饭,名人只就着干梅子喝了点粥。

二十四

　　因为名人的病情传到了东京，所以久米学艺部长才会过来。名人的弟子前田陈尔六段也来了。见证人小野田六段、岩本六段八月五日一同赶到。连珠棋的高木名人在旅行途中顺路过来，待在宫下的将棋棋手土居八段也来游学。棋赛场面，热闹非常。

　　名人接受了久米体贴的建议，没下将棋，而是跟久米、岩本六段和砂田记者打起麻将。三人都小心翼翼，处处照顾，名人则彻底投入，独自沉思。

　　"你啊，如果想得太认真，脸又该浮肿了。"夫人很担心地在名人耳边小声说，名人好像没听见。

　　我在一旁向高木乐山名人学习移动连珠棋，或者叫活动五子棋。高木名人对各种游戏都十分精通，也很善于创造新游戏，能让周围的人都感到快活。我今天还听说，他正在思考一个叫"深闺女儿"的游戏。

　　晚饭后，名人又跟八幡干事和五井记者下让两子的联珠棋，一直下到深夜。

中午时,前田六段跟名人夫人说了几句话就匆匆离开了旅馆。对前田六段来说,名人是他的老师,大竹七段是他的姐夫,他应该是怕一不小心引来什么误解和谣言,所以避免跟对局双方见面。也许他也想起了那个谣传:名人跟吴清源五段的那盘棋中白160的那招妙手是他想出来的。

第二天,八月六日早上,在《东京日日新闻》的安排下,川岛博士从东京过来为名人诊视。据他说,病名叫主动脉瓣关闭不全症。

诊视结束,名人坐在病床上又下起将棋来了。对手是小野田六段,用了"不成银"①下法。之后,高木名人和小野田六段还下了朝鲜将棋,名人靠在扶手上观战,但很快就着急地催促:
"哎,打麻将吧。"

因为我不会打麻将,凑不齐人。

"久米呢?"名人说。

"刚才出去送医生了,还没回来。"

"岩本呢?"

"回去了。"

"是吗……回去了啊?"名人无力地说,他的寂寞也深深影响了我。

我也要回轻井泽去了。

---

① 不成银,是将棋的一种让棋下法。银将是日本将棋中的棋子,可走五个方向,在进攻和防守中都很重要。"成子"是日本将棋的独特玩法,已方棋子进入对方阵地后可以升变,银将的成子叫作"成银",走法变得与"金将"相同,可走六个方向。

二十五

经过东京的川岛博士、宫下的冈岛医生、报社和日本棋院相关人员的共同商议，按照名人的意思，引退棋将继续进行。但原本五天一轮、每次五小时的对局改为三天或四天一轮，每次两个半小时，以尽量减少名人的劳累，而且每次对局前后名人都要接受医生的诊视，得到医生同意才可以下棋。

按这个方法，之后每次对局的时长虽然短了，却可以让名人免受病痛，也是为了完成这盘棋的无奈之举。为了一盘棋，棋手两三个月都要待在温泉旅馆里，相当靡费，但正如"封闭"这个词的字面，棋手都被"封闭"在这盘棋里了。中间休息的四天如果能回自己家，离开棋局，想些别的事，肯定能恢复精神，可是待在对局场馆的房间里，根本没法转换心情。两三天或者一周，倒不会有什么问题。但两三个月对六十五岁的老名人来说实在太残忍了。如今的对局，封闭已经成为惯例，但在和老人并且是长时间对局的情况下，我只能说这种惯例无异于不道德。也许，名人自己也把这种过分的对局条件看作是英雄的桂冠吧。

名人不到一个月就病倒了。

事到如今，对局条件更改了。在对手大竹七段看来，这是重大的变化。如果不能按照最初定下的规定下棋，名人就应该放弃这盘棋。但这种话是不能说的。

"中间只休息三天，疲劳恢复不过来。每次只下两个半小时，我也进不了状态。"大竹七段说。

这些还都可以让步，但自己又被放到"与年老的病人对战"这一为难的处境上。

"老师生着病，如果硬让他下棋，肯定是不行的……我是不想下的，但老师说无论如何都要下。可社会上也许并不这么看，而是觉得恰恰相反。另外，如果因为继续下棋，让老师的病情恶化，就是我的责任了，那事情就大了。这盘棋会成为我围棋生涯上的污点，哪怕很久之后我都摆脱不了满身的非难。单从人情来说，也应该让老师好好休养，等到身体好了再下也行啊。"

不管怎么说，对手是这样的重病患者，对局肯定十分艰难。现在胜负尚不明朗，七段不想让别人觉得自己是乘人之危而获胜；而如果输了，结果只会更惨。一面对棋盘，名人就把自己的病忘得一干二净，所以大竹七段也不得不强行忘掉对手的病情，这对七段反而不利。名人会成为悲剧人物，他曾说过："继续下棋，最后倒在棋盘边正是棋手的夙愿。"报纸上也这样报道了，把他描绘为棋艺的殉道者。对于对手的病情，神经质的七段既不能漠不关心也不能表示同情，只能战斗。

报社的围棋记者也表示，让这样的病人下棋是人道问题。可是，想方设法让名人无论如何都要继续下棋的，正是举办这场引退棋的报社。这盘棋正在报纸上连载，特别受欢迎，我的观战记也大获成功，连不谙围棋的人都读了。有人私下问我，名人是不是担心如果这盘棋就此终止的话，面临的高额的对局费用？我觉得这是过于世故的胡乱猜疑。

总之，在八月十日，也就是下一个对局日的前夜，相关人士全体出动，要让大竹七段同意继续下棋。七段找了种种理由，像磨人的孩子一样闹起了别扭。你以为他要同意了，可他并不点头，而且非常倔强。报纸记者和棋院工作人员不善言辞，最后似乎不欢而散。安永一四段是大竹七段的知心好友，又善于处理纠纷，主动承担说服七段的责任，却没有成功。

深夜时分，大竹夫人抱着孩子从平塚过来了。夫人劝说丈夫不成，哭了。夫人一边流泪，一边温柔地说着反对意见。这不是装出贤妻样子的劝谏，看着真心哭诉的夫人，我在一旁也十分感动。

夫人是信州地狱谷一家温泉旅馆家的女儿。大竹七段和吴清源一起在地狱谷闭关研究新布局的事情，在围棋界十分有名[①]。而我早就听闻夫人在姑娘时代就有美貌之名。从志贺高原前往地狱谷的年轻诗人都盛赞夫人姐妹们的美貌，我也从诗人那里听说过。

然而，在箱根旅馆见面时，诗人口中的美丽女子只是一个并不起眼的能干贤妻。我的期待有些落空，却也看出夫人尽管不顾穿着打扮，那因忙于家务而消瘦的身影中，依然留着山村牧歌的痕迹。夫人的温柔、贤明一望即知。夫人怀中抱着的婴儿让我很是惊讶，我从没见过这么出色的婴儿，八个月大的男孩，已经有了凛凛威仪，从他身上能看出大竹七段的雄心，而且皮肤白嫩，十分清爽。

那之后过了十二三年，直到现在，大竹夫人一见到我就会说："被您夸奖的那个孩子……"接着便说起那孩子的事。夫人

[①] 1933年，大竹七段（木谷实）与吴清源在地狱谷温泉共创"新布局"，开创了围棋界的创新之风，二人被称为"棋界双璧"，两人的段位也越升越高。

还会告诉那个孩子:"你还是婴儿的时候,就被浦上先生在报纸上夸奖了呢。"

见夫人怀抱婴儿、流泪劝说,大竹七段似乎妥协了。毕竟是忠实于家庭的七段。

七段虽然同意继续对局,却彻夜未眠,一直烦恼着。到第二天五六点时,还独自一人在旅馆的走廊上大步徘徊。还早早就穿上了带家徽的礼服,闷闷地躺在大厅的长椅上。

二十六

名人的病情在十日早晨没有变化,医生也说可以对局。可他依旧脸颊浮肿,身体明显衰弱。被问到今天的对局地点在本馆还是别馆,名人说"走不了路了"。不过大竹七段之前说过,本馆的房间能听到瀑布声,很吵,所以名人的回答是按大竹七段的意思来。这个瀑布属于人工供水系统,于是决定把瀑布关闭,这样就能在本馆下棋了。听了名人的回答,我的心头涌上一种近似愤懑的悲伤之情。

全神投入这盘棋以后,名人似乎已经忘却了尘世,所有事务基本都交给工作人员处理,没有丝毫任性的迹象。因为名人的病情,这盘棋到后面该如何是好,工作人员为此纷争不休,可最关键的名人好像与己无关一样,默默发呆。

前夜的月亮十分明亮,因而八月十日早晨,灿烂的阳光、鲜明的影子、发光的白云,为这盘棋带来初次的盛夏天气。合欢花的叶子伸展开了。大竹七段短外衣上的白色绳结十分醒目。

"天气稳定下来了，可真是不错啊。"名人夫人说。可夫人的面容突然消瘦了，与之前判若两人。大竹夫人也睡眠不足，面无血色。两位夫人的脸都干皱憔悴了，眼中充满不安。她们担心着自己的丈夫，心慌意乱地转来转去，各自的立场十分明显。

盛夏的阳光十分强烈，在逆光里看到的名人身影，显得格外暗淡凄凉。对局室里所有人都低着头，不去看他。经常讲冷笑话的大竹七段今天也一言不发。

到这种地步也要继续下吗？围棋到底是什么呢？我看着名人，觉得无比心酸。我想起直木三十五①快要离世之时，在他少有的私小说《我》中这样写道，"我真羡慕棋手"，还有对围棋的评价，"如果说没价值，是绝对没价值；如果说有价值，又是绝对有价值"。直木一边逗着猫头鹰，一边说："你寂寞吗？"猫头鹰把桌子上的报纸啄破了。那张报纸上刊登着本因坊名人同吴清源的棋局。因为名人的病情，那盘棋一直打挂。直木尝试通过探讨围棋那不可思议的魅力和胜负的纯粹性，来思考自己所写的大众文学的价值——"最近，我对这种事感到厌烦。今晚九点之前必须写完三十页原稿，但现在已经下午四点多了。可渐渐地，我觉得无关紧要了，跟猫头鹰玩一整天也很好啊。一直以来，我都不是为了自己，而是在为新闻报道和家人工作吧？但那对我来说也太过冷酷了吧？"直木因为写作过劳而死。我第一次结识本因坊名人和吴清源，就是直木三十五从中引见的。

直木离世前的样子似乎被幽灵附身，而现在，我面前的名人也被幽灵附身了。

那天共下了九手。轮到大竹七段走黑99时，到了十二点半——约定的封棋时间。之后留七段一个人思考，名人离开棋

---

① 直木三十五（1891—1934），日本小说家，本名植村宗一。日本重要的文学奖项"直木奖"就是为了纪念他而设立的。

盘,我这才第一次听见谈笑声。

"做寄宿生的时候,卷烟抽完了,就抽烟袋啦……"名人慢悠悠地抽着烟,"我甚至把积存在袖兜里的烟末都凑到一起抽了,即便那样也挺满足的。"

些许凉风吹了进来。因为名人不在面前,七段脱了罗织短外褂继续思考。

打挂以后,名人回到房间就立刻跟小野田六段下起了将棋,这让我十分惊讶。据说下完将棋,还打了麻将。

我觉得憋闷,老待在对局的旅馆感觉吃不消,便逃到塔泽的福住楼,在那里写了一篇观战记,第二天便回到轻井泽的山中小屋去了。

二十七

名人在较量胜负方面简直是个饿鬼,关在房间里,始终陶醉其中肯定对身体不好,而且名人的情绪不是向外发散,而是内敛于心。而对局之外,名人也不出去散步,对他来说,想要脱离围棋休息头脑,可能只有较量胜负的游艺了。

以胜负为职业的人,大多会喜欢其他的胜负游戏,而名人的态度迥然不同。他不是轻松地玩,也从未适可而止。他耐力极强,而且总是没日没夜,毫不休息,全无终止。完全看不出来他是在放松心情、打发无聊,还是被胜负之分迷了心智,总之看着令人生畏。他连搓麻将和打台球也跟下围棋时一样,会进入忘我的境界。对手的为难暂且不论,名人自己总是踏踏实实的,甚至可以说是天真纯粹的。名人的忘我程度跟普通人不一样,让人总觉得他好像将什么东西丢失在远方了。

打挂之后到晚饭之前,这短短的时间里名人也要玩胜负游戏。见证人岩本六段晚上刚小酌完,名人就会迫不及待地过来叫他。

在箱根的第一个对局日,中途打挂以后,大竹七段回到自己的房间就立刻对女仆说:"有围棋盘的话,给我拿一个来。"随后响起了他钻研今后战法的落子声。名人则换上浴衣,放松地出现在工作人员的房间,跟我下让二子连珠棋。轻轻松松赢了我五六回以后,名人说:"让二子有点太简单了,没意思。咱们下将棋吧,浦上先生你的房间里就有。"说完着急地站起来先出去了。之后,他跟岩本六段用"落飞车"①下法一直下到吃晚饭。微醺的六段盘腿而坐,拍着露出来的大腿,输给了名人。

晚饭过后,大竹七段的房间仍然传来落子声。过了一会儿,七段终于过来,跟砂田记者和我下起"落飞车",还故意捉弄我们。

"哎呀,我一下将棋就想唱歌呢,真是不好意思。实际上我很喜欢将棋。我怎么没做将棋棋手,反而成了围棋棋手呢?真是的,直到现在都没想明白。我学将棋的时间可比围棋长多了。应该是在快到四岁的时候学会的,不过学的时间长,不意味着厉害啊……"说完,大竹七段开始唱了,童谣、俗谣,还有他擅长的笑话轮番上阵,唱得十分热闹。

"大竹的将棋在棋院是最厉害的吧?"名人问。

"哪儿啊,老师也很厉害……"七段回答,"日本棋院,连一个将棋初段都没有。下连珠棋老师总让我下先手,我都不知道定子,全靠蛮干……老师是连珠棋三段呢。"

"说是三段,连专业棋手的初段都比不过。专业选手很厉害的。"

"将棋的木村名人也下围棋……"

"他大概是初段,最近应该能厉害一点了吧。"

大竹七段接着跟名人下,嘴里唱着小调伴奏:"锵锵啦,锵

---

① 飞车是将棋中的棋子。落飞车是一种让子下法,对局双方实力差距大时,实力强的一方拿掉飞车。

锵，锵锵锵。"

名人也被传染了，跟着哼了起来："锵锵啦，锵锵，锵锵锵。"

这样的名人十分少见。名人的飞车成子了，看起来有些优势。

那时下将棋虽然很活泼，但随着名人病情加重，连消遣的游戏似乎也有了不祥的预兆。到八月十日对局以后，名人简直像是地狱中人一般，却仍然不得不去参加比赛。

下一个对局日是八月十四日，但名人的身体十分衰弱，病痛愈发严重，医生不让他下棋，工作人员纷纷劝阻，报社也放弃了。十四日，名人只下了一手，就决定休战了。

对局棋手坐下以后，先把棋盘上的棋盒放到膝前。这棋盒在名人手里似乎很重。接着是打挂之前的盘面。两人按顺序依次落子。起初，名人的棋子似乎要从他指尖掉落，但随着棋路进展，名人似乎越下越有力气，落子的声音也变大了。

名人一动不动，坐了三十分钟，思考今天的这一手。本来说好要在白100封手，但名人说："再下会儿吧。"应该是有心情了吧。

工作人员匆忙商议，但最终决定，因为事先已经说好了，所以还是决定只下一手。

"那就……"名人封了白100以后，依旧凝神看着盘面。

"老师，这段时间非常感谢您，您要保重身体……"大竹七段向他致意，名人也只短短回了一声"嗯"，其他是夫人代为回答的。

"正好一百手……是第几次对局？"七段问记录员。

"第十次？东京两次，箱根八次，十次下了一百手，平均一次十手。"

之后，我去名人房间道别，名人正静静地盯着庭院上方的天空。

名人本该直接从箱根的旅馆去筑地圣路加医院，但他没法连着两三天乘坐交通工具。

二十八

　　从七月末开始，我的家人也搬到了轻井泽。为了这次的引退棋，我往返于箱根和轻井泽之间。因为单程需要七小时左右，我必须在对局的前一天离开山中小屋。打挂一般都在傍晚，回程要在箱根或东京住一晚，这样前后就需要三天时间。如果对局每五天一次，我回家待上两天就又要出门，每天都要写观战日记，这个夏天雨水又非常多，白白在路上折腾，其实能一直住在下棋的旅馆会觉得好些，可是打挂以后，我还是随便吃了几口晚饭，就匆忙回去。

　　名人、七段和我若是待在同一家旅馆，我就很难撰写他们的事。就算同在箱根，我也会离开宫下住到塔泽去。我一方面撰写着这些人的事，一方面到下个对局日又会跟他们见面，很是尴尬。因为是报纸主办棋局的观战记，为了吸引读者，多少会有些巧妙修饰之处。外行人不懂高段位围棋，要在报纸上连续六七十天描写一盘棋，棋手的风采样貌和一举一动就成了主要内容。比起这盘棋，我看得更多的是下棋的人。对局的棋手是主人，工作人员和观战记者都是仆从。怀着无上尊重去描写自己并不太懂的围棋，也是对棋手的尊重。因为看到忘我投入的名人，我不仅对胜负感兴趣，也为棋道深受感动。

因为名人的病，引退棋还是中断了。当天我返回轻井泽，心情十分沉重。在上野站，我把行李放到架子上，对面相隔五六排的座位上，一个高大的外国人立刻起身走过来："那是围棋盘吧？"

"对，你能认出来啊？"

"我也有一个，真是了不起的发明啊。"

金属板棋盘和磁性棋子在火车上非常合适。盖上盖子还看不出来是什么。我可以轻松地随身携带。

"下一盘吧？围棋太有意思了，拜托。"外国人用日语说，然后立刻把棋盘放到他的膝盖上。因为他腿长个子高，放在他的膝盖上比放在我的膝盖上更方便下棋。

"我是十三级。"他算得很清楚。他是个美国人。

我先让他下了六个子。他说自己曾在日本棋院接受过教导，还跟著名的日本棋手下过棋。他确实下得有模有样，只不过棋艺还不到家，他下得很快，也不投入，输了也心平气和。这几盘他下得都很随意，似乎觉得在游戏上全力争胜是白费力气。他按照学会的布局大剌剌摆开阵势，起步相当不错，但完全没有战意。我这边稍微一反推，或突然攻其不备，他就直接倒了，而且毫无抵抗，一击即溃，弄得好像是我手段恶劣，把这个软弱的高大男子拎起来扔出去了似的，这让我颇为不快。且不说下得厉害不厉害，而是没有气势，没有较量。如果是日本人，不管棋下得多差，总会韧性极强地追求胜负。这盘棋带给我的感觉非常奇怪，果然是完全不同的民族。

就这样，从上野站到轻井泽附近，我们下了大概四个多小时的围棋。他输多少次也不低落，是开朗的不死之身，反而是我要甘拜下风。面对这样天真直率的弱小对手，我都觉得自己坏心眼了。

也许是觉得西洋人下围棋很稀奇，四五个乘客围过来旁观。虽然我非常担心，但这个输得很惨的美国人并没有在意自己成了西洋景儿。

对这个美国人来说，他是在用从语法学起的外语进行口头讨论，而不是在认真地下棋。总而言之，这跟和日本人下棋的体验确实完全不同。我想了想，西洋人也许下不了围棋。在德因巴尔博士的家乡德国，喜好围棋的有五千人，美国也是刚刚引进围棋，在箱根大家常常聊到这些。把一个美国初学者当作例子或许有些草率，但一般来说，西洋人的围棋缺乏气势。在日本，围棋已经超越了玩耍或游戏的概念，成了一种艺道，流淌着东洋自古以来的神秘和高尚。本因坊秀哉名人的本因坊，也是京都寂光寺塔头①的名字。秀哉名人也开悟了，在初代本因坊算砂，也就是僧人日海的三百年忌典那天，领受了日温这个法号。我在跟美国人的对局过程中，能感觉到在这个人的国家里没有围棋的传统。

一盘围棋的思考限定时间是八十小时，一场历时三个月的胜负活动，在其他国家可能是没有的。围棋和能乐②、茶一样，早已根植于日本不可思议的传统当中。

我在箱根曾听过秀哉名人谈论过他的中国之行，主要是说在哪里跟谁下了几手，我觉得中国围棋也相当厉害，便问道：

"那么中国厉害的棋手和日本厉害的业余棋手，大概是一个水

---

① 塔头，僧职名，佛塔管理者。"本因坊"之名是来自算砂担任住持的京都寂光寺的塔头，共世袭了二十一世。
② 能乐，即"有情节的艺能"，是最具有代表性的日本传统艺术形式之一。就其广义而言，能乐包括"能"与"狂言"两项，两者每每在同时同台演出，乃是一道发展起来并且密不可分的。

平吗?"

"嗯,是这样吧。那边可能稍微弱一点,但业余棋手都差不多。中国没有专业棋手……"

"这么说,日本和中国的业余棋手水平一致,也就是说,如果中国像日本这样培养专业棋手,也是有这个潜力的?"

"是这样啊。"

"看来很有前途啊。"

"有发展,不过不会很快……他们有相当厉害的棋手。不过赌棋好像很多……"

"但围棋的潜力还是有的。"

"有啊,都有吴清源这样的棋手了……"

我打算近期去拜访那位吴清源六段。不仅要给他看引退棋的详细情况,我更想看看吴六段解说这盘棋的情况,想把这些也补充到观战记里。

这位天才生在中国,长期旅居日本,仿佛得到上天的恩惠。吴六段展露他的天才,还是在来到日本以后。邻国之人以"一艺之长"而广受尊敬,从古至今,这样的例子在日本并不少见。眼前最典型的例子就是吴六段了。发现这位少年天才的,是去中国游历的日本棋手。在中国时,少年就学习日本棋书。我感到,比日本更为古老的中国围棋智慧,在这位少年身上迸发出一道光芒,只是这巨大的光源沉入深深的泥土之中。吴六段有与生俱来的才能,但倘若年幼时没有机会进行磨炼,才能不得伸展,终将会埋没。即便在现如今的日本,不得发展的围棋人才恐怕也不少。个人也好,民族也好,人的能力经常会遭遇这样的命运。

二十九

吴清源六段住在富士见的高原疗养院。每次在箱根对局，砂田记者都会去富士见，记录下他对棋赛的解说，我也会将这些解说适当地添加进观战记里。报社之所以选他为解说员，是因为大竹七段和吴六段是现役年轻棋手中的双璧，实力和名望都旗鼓相当，出类拔萃。

吴六段因为频繁对弈，身体情况变得不好，而且又因为中日之间的战争心痛不已。他在随笔中写道：希望尽快迎来和平的日子，能与中日雅客一道在风光明媚的太湖上泛舟。他在高原的病床上还在阅读《书经》《神仙通鉴》《吕祖全书》等典籍。昭和十一年他正式归化，用了"吴泉"这个日本名字。

我从箱根回到轻井泽，学校已经放暑假了，可这个国际避暑胜地里全是军事训练的学生队，不时地还会听到枪声。文坛也一样，我的熟人和朋友里有二十多人参加了陆海军进攻汉口的战争。我不在当选之列。我虽没有参军，但以前就曾说过，战争期间围棋会很流行,武将在对阵时下围棋的逸事并不少见。日本武道和棋道的精神合流,也与宗教性质的人格相通,围棋正是其绝佳象征。我在观战记里也这样写了。

八月十八日,砂田记者应邀来到轻井泽,在小诸坐上了小海线。一个乘客说,在八岳山脚的高原,到了晚上,大量很像蜈蚣的昆虫跑到铁轨上乘凉,火车的车轮开过,虫子被压为齑粉,轮子都被油脂润滑了。那天晚上,我们住在上谏访温泉的鹭汤,次日清晨去了富士见疗养院。

吴清源的病房在二楼,位于玄关上方,房间一角铺了两块榻榻米,小木板棋盘摆在组合好的木腿上,铺了两个小坐垫,吴六段坐在上面,一边摆小棋子,一边解说。

我和直木三十五在伊东的暖香园见到以两目负于名人的吴清源,正是在昭和七年。六年前的那个时候,他穿着藏青碎纹的筒袖和服,手指修长、肌肤白润、脖颈修长,让人感到一种高贵少女般的睿智和哀怜,但现在,他身上又增添了属于高贵年轻僧侣的品格。他从耳朵到头形都是贵人之相,从没有人像他这样具有如此鲜明的天才形象。

吴清源让我记录他流畅的解说,不时地以手托腮,陷入思考。雨打湿了窗外的栗树树叶。我对他提问:这是一盘怎样的棋?

"嗯,细致。非常细致吧。"

棋局在中盘打挂,更何况是同名人对弈,其他棋手不可能对胜负妄加推测。所以我更想听的是名人和大竹七段的下法,也就是从鉴赏棋风的角度出发,将这盘棋视为艺术作品加以批评。

"非常出色的棋艺。"吴清源回答,"嗯,用一句话来说,两位棋手都非常重视,十分谨慎,下得非常扎实。双方都没有一手走错或看错,这种情况是非常少见的。我觉得是一盘精彩的棋。"

"啊？"我还不太满足，又问道，"我能看出来黑棋走得非常踏实，很稳重，白棋怎么样呢？"

"名人也下得很稳健。一方稳扎稳打，对手要是下得不稳健，到后面就有崩盘的可能。时间非常充足，又是这么重要的棋……"

只是不痛不痒的表面意见，看来我期待的批评是不会出现了。不过敢于回答我的提问，直接点出细棋形势，已经是大胆的回答了。

但从开始一直看到名人因病倒下，我对这盘棋的感动之情正是高涨之时，所以希望听到触动精神的解说。

《文艺春秋》杂志社的斋藤龙太郎正在附近的旅馆疗养，我们在归途中顺便去探望了他。他说自己之前还住在吴清源的隔壁房间。

"经常在安静的半夜听到'啪啪'的棋子声，真厉害啊。"

斋藤还说，能看到吴清源到玄关送慰问他的客人，言谈举止真是出众。

名人引退棋结束没多久，我和吴六段受邀前往南伊豆的下贺茂温泉。我问他梦到围棋的事，听说他在梦中想到妙手，醒来以后还能记住其中的一部分。

"我总会有那种感觉，自己下的这盘棋好像在哪儿看见过。可能是在梦里看到的围棋吧。"吴六段说。

据说他梦中下棋的对手，大竹七段是出现次数最多的。

三十

我听说，住进圣路加医院之前，名人说："因为我的病，这盘棋要休战一段时间，但如果别人揪着未完成的棋，随便评价孰优孰劣，我觉得不太好。"这话很有名人的风格，毕竟不是对局者就不会明白对局的走势。事实恐怕也是如此。

那时，名人对棋局走势似乎抱有期待。整盘下完以后，名人对《东京日日新闻》的五井记者和我透露道："住院时，我没觉得白棋不行。连一点儿奇怪的感觉都没有。我根本没觉得自己会输。"

黑99刺中腹白子的虎口，后面的白100粘，这是住院之前下的一手，但名人在后来的讲评里也说，白100如果不粘，而是压住右边的黑子，防止侵入白棋领地，"恐怕黑棋的局面就没那么容易乐观了"。另外，白48落在下边的星目，布局"占了天王山，但不能说白棋的构图完全满意"，名人在那时已经提早感到"相当有望"，因此讲评道："让白棋夺取天王山的黑47，有些过于僵硬了，免不了得到缓着的批评。"

可是如果大竹七段黑47下得不稳健，那里就会留下白棋的手段，而七段不愿如此，这一步说明了对局者的想法。在吴六段的解说中，将黑47称为本手，认为下得很稳健。

我从旁观战，在黑棋稳健地走出黑47、白棋紧接着占了下方星目大场那个瞬间，不禁倒吸了一口凉气。在黑47这一手上，比起大竹七段的棋风，我似乎更多地感受到他下这盘棋所做出的觉悟。让白棋沿着第三线走，自己却牢固地筑起一道以黑47为止的厚实壁垒，我从中看到大竹七段全部的力量。七段稳扎稳打，采用了绝对不会输的下法，这是不会陷进对方策略的着法。

到中盘100手左右，细棋的形势或者全局的形势都不明朗，黑棋的被压制，也许是大竹七段沉着冷静的策略。在厚势①方面黑棋领先，黑棋非常沉稳地一点一点啃掉白模样，转变成七段擅长的战术。

大竹七段曾被称为本因坊丈和名人的转世。丈和是古今第一的力棋，秀哉名人也常被形容为丈和。下得厚，以战为主，以力锉敌，棋风豪放而且强烈，充满紧张和变化。因为下得华丽，在普通人中很有人气。普通人本以为能看到一盘十分绚烂的围棋，两个棋手以力撞力，激战连连，全局缠斗不休。但是此番期待完全落空了。

大竹七段十分小心，正面对上名人擅长的下法会很危险，他尽量不被带入大范围的战斗和困难的纠缠，一边极力缩小名人的作战余地，一边慢慢向自己擅长的形势转化。虽然被白棋占了大场，却冷静地试探。他坚定的下法不是消极，而是潜藏着积极的因素，也贯穿着强大的自信。大竹七段坚忍自重，内中蕴含着力

---

① 厚势，就是厚实的外势，即不必担心受攻的、面向外部的棋形。通常厚势是用来攻击对方孤棋的，有时也可用来围空。这样的一排棋子极具威慑力，在棋局后面的进程中将会起到很大的作用。

量，保持着天性中的敏锐观察，不时发起激烈的攻势。

但是大竹七段再怎么小心，这局棋里也会有名人强制发起挑战的时候。最初白棋只是在两个角做了能变成名人喜欢的扩大下法。在左上角，白棋目外、黑棋进入三三，六十五岁的名人在最后一盘胜负棋里，竟走出了新手的下法。果然，从那一角开始，风云顿生。这盘棋就在此时开始变得困难。也许是名人看重这盘棋，他避开了复杂变化的混战，选择了简明。从那时到中盘为止，基本上渐渐接受了黑棋的下法。于是大竹七段在独自蛮干的过程中，自己将棋局导向细棋的形势。

本来按照这盘棋中黑棋的下法，必定会下得很细，大竹七段连一目都要极力保住，而这也可以看作是白棋的成功。名人没有施行特别的策略，也没有利用黑棋的恶手①。黑棋强硬压过来时，他顺势而为，如行云流水般在下方悠闲地勾勒出白模样。在不知不觉间成为微妙的胜负局势，这是名人的圆熟境界。名人的棋力没有随年龄变老而衰弱，也没有因病痛而受损。

---

① 恶手，将自己的棋走死或变坏的一手棋，称为"恶手"。

三十一

从圣路加医院回到位于世田谷宇奈根的家中，本因坊秀哉名人这样谈道："想起来，七月八日离开家，都过去八十来天了，从夏天到秋天，都没在家里待过啊。"

那天，名人试着在附近走了两三条街，那是他这两个月里出门最远的一次。在医院躺着，他的腿脚变弱了，出院两个星期，总算能坐直了。

"这五十年来我已经习惯正襟危坐了，盘腿坐反而难受。在医院整天躺着，回家以后却坐不了了，只好盘腿。吃饭时把桌布垂在身前遮着腿。说是盘腿，其实是把两条细腿伸出去，这种事以前从没有过。如果在对局开始之前，我还不能长时间正坐就糟了，我在努力恢复正坐姿势，但还不能说很有把握。"

名人喜欢的赛马季到了，因为心脏不好，他十分小心，但还是没忍住："也是为了锻炼腿脚，我出门去了。一看赛马就感觉松快了不少，还神奇地产生了'下棋'的力量。可一回家，果然还是底子弱，又浑身没劲了。即便如此，我还是去看了两次赛马，下棋应该已经没问题了，于是，今天决定了，从十八日开始下棋。"

这是《东京日日新闻》的黑崎记者记录的名人谈话。他所说的"今天"是十一月九日。名人引退棋从八月十四日在箱根打挂以来，正好过去三个月。因为已经快到冬天，对局地点就选在伊东的暖香园。

在弟子村岛五段和日本棋院的八幡干事的陪同下，对局三天前，即十一月十五日，名人夫妇到了暖香园。大竹七段是十六日过来的。

伊豆的蜜柑山很美，海边的夏蜜柑和橙子都泛黄了。十五日那天阴天，有些冷，十六日下了小雨，广播里说各地都下了雪。但十七日又变成了空气甜美的伊豆小阳春天气。名人还去音无神社和净池运动了，这对于不喜欢散步的名人来说是件稀奇事。

在箱根时，对战前夜名人将理发师叫到旅馆，在伊东也一样，十七日那天名人让人剃了胡子，还是夫人从身后支撑着名人的头。

"你在哪儿给我染过头发吧？"名人低声对理发师说着，静静地看向午后庭院。

名人是在东京染了头发过来的。染发后对局，这件事似乎跟名人很不搭，可能他中途因病倒下以后，也想着打扮一番吧。

名人之前总是留着短短的平头，这回头发却留得很长，梳了个中分，还染黑了，总觉得有点奇怪。但是，随着理发师剃刀的移动，名人深褐色的皮肤和凸出的颧骨都展露出来。

与箱根时一样，名人的脸泛着青色，没有浮肿，但看着并不健康。

我一到暖香园就立刻去名人的房间打招呼，问候他的身体情况。

"嗯，还行……"名人呆呆地回答，"到这儿来的前一天，我去圣路加检查了，饭田博士很纳闷，心脏一点都没好转，这次还发现胸膜有些许积水。到伊东让医生一看，还有支气管炎……大概是感冒了吧？"

"啊？"

我什么都说不出来。

"总之，旧病没好，又添了两种新病，现在成三种病了。"

日本棋院和报社的人也过来了，说："老师，请别把您的身体情况告诉大竹七段……"

"为什么？"名人面露惊讶。

"大竹七段知道了又要别扭，该不好办了……"

"确实如此……但隐瞒总归不好。"

"你这人，还是不告诉大竹比较好。你都是病人了，又该像箱根那会儿一样被讨厌了。"

名人沉默不语。

被问到身体情况，名人总是若无其事，说起来的样子也很平常。

名人期待的小酌、喜爱的香烟都彻底停了，在箱根几乎不怎么走动。在伊东却尽量到户外，也尽量多吃东西。他染黑白发，可能也是要表明决心。

这盘棋下完以后，是按往年惯例去热海或伊东避寒，还是再次住院？听了我的问题，名人立刻敞开心扉。

"哎，实际上，最主要的问题是在那之前我会不会倒下……"

他自己认为，之所以没有倒下，坚持到现在，都是因为自己"心不在焉"的缘故。

三十二

在暖香园，对局室在比赛前夜换了新的榻榻米。十一月十八日早上，人们一走进那个房间，就能闻到新榻榻米的味道。在箱根用的那面名棋盘由小杉四段从奈良屋带过来。名人和大竹七段落座，拿下棋盒盖子，黑子竟生了夏季霉菌。旅馆掌柜和女仆都来帮忙，现场把霉菌擦掉。

名人白100的封手打开，刚好是十点半。

黑99刺中腹白棋的虎口，白100粘。在箱根的最后一天，名人只走了这一手。棋局终了后，名人这样讲评道："白100的粘是病情严重住院之前打挂的一手，多少有些思考不充分的遗憾。应该在这里脱先①，去巩固右下角的白棋领地。黑棋刺以后，得断他的气势，可就算被断了，白棋也没吃大亏。倘若白100固守地域，在

---

① 脱先，在对局双方的接触战中，对对方的着法置之不理，寻找先手投于他处，称为"脱先"。

形势上恐怕黑棋不容乐观。"但白100不是恶手,这一手也谈不上损害形势。大竹七段和旁观者都觉得名人当然会下这手棋。

白100是封手,大竹七段应该早在三个月之前就想到了。接下来的黑101只能去入侵白棋领地,而且只能二手筋一间跳,我们这些外行都是这么认为的。可大竹七段直到十二点午休时都没落子。

午休时,名人难得地去了庭院。梅枝和松叶都闪着光泽,八角金盘和花叶如意都开着花。大竹七段房间下面的山茶有一朵开放了,花瓣色如扎染。名人驻足花前,观赏着那朵花。

下午,松树的影子落在对局室的隔扇上。绣眼鸟飞来,嘤嘤啼叫。缘廊边的池塘里有很大的鲤鱼游曳。箱根的奈良屋养的是锦鲤,这家旅馆是黑鲤鱼。

七段一直没下黑101,名人也等得累了,静静闭上眼睛,好像睡着了似的。

观战的安永四段也一样,低声说了一句:"这个地方确实挺难。"他改成盘腿坐姿,闭上眼睛。

哪里难?七段故意没下十三18和一间跳。我甚至担心他是不是要粘,工作人员也都着急了,七段在对局者感想中说过,他非常犹豫是在十三18跳还是在十二18钻。名人也对此讲评过:"得失是难解的。"即便如此,棋赛重开的第一手,大竹七段用了三个半小时,难免让人感到异样。这一手落子时,已是秋日西斜,电灯点亮了。

名人在短短的五分钟里用白102顶黑棋的一间跳。黑105,七段又思考了四十二分钟。在伊东的第一天只下了五手,黑105封手。

这天,名人仅用时十分钟,而大竹七段用时四小时十四分钟。从棋赛开始计算,黑棋共用时二十一小时二十分钟,总持有时间是前所未有的四十小时,现在已经超过一半了。

见证人小野田六段和岩本五段因出席日本棋院的升段赛，那天没出现。

"这段时间大竹七段的棋很灰暗。"岩本六段这句话我在箱根听过。

"围棋也有灰暗和明朗吗？"

"当然有啊，是围棋的性格色彩。围棋很阴沉呢，就有灰暗的感觉。这个明暗当然跟胜负没有关系，我也不是说大竹变弱了……"

在日本棋院的春季升段赛上，大竹七段八局全败，而在挑选名人引退棋对手的报社棋赛中，他却大获全胜，成绩差异大得吓人。

跟名人对战，黑棋的下法也不明朗，像从地底深处爬上来，屏着呼吸即将尖叫出声一般，给人压抑沉闷的感觉。凝聚起力量去碰撞，似乎不是自由的表达。进攻也不轻快，而是从后面一点一点啃噬的下法。

我听说棋手的性格大致分为两种：一种是下棋时觉得自己能力不足，另一种则是下棋时觉得自己胸有成竹。举例来说，大竹七段是前者，吴清源六段是后者。

自觉能力不足型的七段，他自己也形容这盘棋局势非常细，如果没有明确看透几步，恐怕连一子都不能放心地落下。

三十三

伊东的第一天对局结束以后,纷争再起,下次续盘的日期也无法决定。

跟箱根那次一样,因为名人的病情而要更改对局条件,对此大竹七段无法接受。七段比箱根时更加坚持,可能是因为不想让在箱根吃过的苦头再来一次。

观战记里没写棋赛背后的争执,我的记忆也不是很准确了,但问题在于对局日期。

最初的约定是中间隔四天,第五天对局一次,在箱根就是这样做的。中间的四天本是为了休息,但关在旅馆里反而增加了名人的疲劳。名人病情严重以后,提出缩短中间四天的休息时间,大竹七段拒绝了。只是把箱根最后一次对局提前了一天,在第四天下的,那天名人只走了一手。虽然算是坚持了对局日期的约定,但是上午十点到下午四点的时间约定已经走样了。

名人的心脏问题已是宿疾,不知何时才能根治,圣路加的稻田博士勉强同意他去伊东,表示希望他能尽量在一个月之内下完。在伊东的第一天,名人坐着对弈前,眼皮就肿了起来。

名人担心自己的病,才希望能尽快轻松下来。报社也希望这盘大受欢迎的棋能圆满结束,拖得太长比较危险,就只能缩短两个对局日之间的休息时间。但是大竹七段没有答应。

"作为大竹多年的友人,我也跟他说了。"村岛五段说。

村岛和大竹都是到东京来的关西少年棋手,村岛进了坊门,大竹成了铃木七段的弟子。两人从以前开始关系就好,又是同伴。村岛五段十分乐观,觉得只要自己解释清楚,大竹七段就会理解,他甚至挑明了名人身体恶化的情况,但大竹七段反而更加坚持。七段质问工作人员:"你们隐瞒名人的病情,是不是想让我跟病人下棋。"

村岛五段是名人的弟子,对局期间一直住在旅馆,所以跟名人见面有损对局的神圣,这些或许都激怒了大竹七段。前田六段既是名人的弟子,也是七段的妹夫,他就算到了箱根,也不去名人的房间,而是另找旅馆住下。对局条件本该严肃,不应因友情和人情而改变,这也使得七段怒气难消。

最主要的是,七段不愿意再次与年老的病人对战。况且对手又是名人,让七段的立场更加为难。

谈话进展不顺,大竹七段提出不下了。和箱根时一样,夫人再次带着孩子,从平塚过来劝七段,还请来了一个名叫东乡的掌疗法术士。大竹七段曾向友人推荐过这个人的治疗方式,所以棋手们都知道东乡。七段不仅信任东乡的治疗,生活上也很重视东乡的意见。东乡有些行者风格。每天早晨都读《法华经》的七段能如此深刻地信任一个人,两人的关系可谓恩义甚笃。

"如果是东乡来说,大竹一定会听的。东乡似乎也觉得应该下……"工作人员说。

大竹七段劝我道,机会难得,应该让东乡帮我看看身体,态度亲切而热心。我去了七段的房间，东乡用手掌扫过我全身。

"没什么不好的地方，身子孱弱些，但会长寿的。"东乡马上说了一句。过了一会儿，东乡又将手掌对准我的胸口。我自己用手探探，感觉右胸上面明显变热了，真是不可思议。东乡的手掌只是靠近而已，没有触碰到我，左右两边应该是一样的，可右胸明显是热的，左边是凉的。据东乡说，这是治疗以后，右胸的毒素排出体外产生的温度。我的胸透照片没有问题，但经常感到右胸憋闷，可能还是有些问题。或许东乡的手掌起了作用，但还是这明显的温度更让我惊讶。

东乡也对我说，这盘棋是大竹七段的重要使命，如果放弃的话，七段会一生遭受指责。

名人只是等候着工作人员与七段沟通的结果，除此外无事可做。没有人会详细跟名人说，所以他不知道对手想要放弃这盘棋。名人不想白白浪费时间，打算去川奈宾馆散散心，也约上了我。第二天，我又邀请了大竹七段。

虽然说了要放弃，但七段没回家，还住在对局场所的旅馆里，所以我觉得他肯定会平静下来做出让步。情况果然如我所料。最终决定每三天对局一次，打挂时间为下午四点，那时是二十三日。问题在第五天解决了。

在箱根，从每五天对局一次改为第四天对局时，七段说："只休息三天，疲劳恢复不过来。每次只下两个半小时，我也进不了状态。"

这次，中间休息时间缩短为两天了。

三十四

不过，好不容易谈妥对局条件，棋局却又撞上了暗礁。

听说已经谈妥，名人对工作人员说："赶紧从明天开始吧。"但大竹七段表示明天要休息一天，后天开始下棋。

名人一直消沉地焦急等待，听到可以下棋了，立刻劲头十足，想立刻就下，是单纯的积极；七段心情复杂，连着纠结好几天，脑子混乱疲惫，想彻底静下来，转换成继续下棋的心境。这是二人的性格差异。而且七段这段时间心神劳累，肠胃不好，到旅馆来的孩子还感冒了，发了高烧，疼爱孩子的七段非常担心，明天说什么都下不了。

可是对工作人员而言，让名人白白等到现在已经是做得很不好了，实在无法对兴致勃勃的名人开口说要为大竹七段的情况再拖一天。名人说明天开始，就是绝对的。名人和七段地位不同，只能去说服七段。七段生气了，他本来就情绪激动，现在更加不可收拾。七段表示要放弃这盘棋。

日本棋院的八幡干事和《东京日日新闻》的五井记者在二楼的小房间筋疲力尽地呆坐着，沉默不语。实在无法处理，两人似乎也想扔下不管了。他们都向来话少，不善言谈。晚饭后，我也待在那个房间。旅馆的女仆过来找我：“大竹先生说，有话要跟浦上先生讲，正在其他房间等您呢。”

"跟我说？"

我完全没想到。那两个人都看着我。女仆引我过去，房间很宽敞，大竹七段独坐其中。房间里摆了火盆，但还是很冷。

"不好意思，把您叫出来。很长时间以来，承蒙您多加照顾了。我决定放弃这盘棋了，反正这种情况也下不了。"七段突然开口。

"啊？"

"所以想跟您见一面，知会一声。"

我不过是观战记者，并不需要特意跟我打招呼，但这样正式的告知表明了对方的好意，我的立场也就变了，没法只说一句"是吗"就此算了。

箱根发生争执以来，我始终只是旁观，因为那不是我能参与的事，我也从没说过什么。现在也是，七段不是跟我商量，而是告知我。但是，两个人面对面，听着七段的苦衷，我第一次感觉到我可以表达自己的意见，如果能调停当然更好。

我说了大致的情况。作为秀哉名人引退棋的对手，大竹七段在独自战斗，但他不仅仅代表自己一个人，更是作为下一个时代的选手、作为传承历史潮流的代表在和名人战斗。大竹七段被选为这盘棋的对手，经过了历时一年多的"名人引退棋挑战者决定赛"。先是举行六段赛，久保松、前田获胜；再加上铃木、濑越和大竹几位七段，在这六位中进行最后的选拔。大竹七段对其他五人获得全胜，两位昔日的老师铃木和久保松也败在他的手下。铃木七段在鼎盛时期定先中领先名人，本要下互先棋份，却被名人避开了，这成了他一生的遗憾。①让这位老棋手再次跟名人较量，也许是弟子应尽的情义，可大竹七段战胜了铃木七段。最后与他争夺优胜的，是同样获胜四次的久保松，大竹的老师。于是在某种意义上，大竹七段也是代自己的两位老师挑战名人。比起铃木和久保松这样的元老，年轻的大竹七段确实更能代表现役棋手。大竹独一无二的棋友和敌手吴清源六段也是同样的代表，但吴清源五年前以新布局挑战名人落败。即便吴清源获得对手资格，他那时还是五段，对名人来说，他并非真正实力相当的棋手，也就算不上所谓的名人引退棋。名人此前的胜负棋还是十二三年前，对手是雁金七段。但那是日本棋院和棋正社的对抗赛，雁金七段是名人的宿敌，曾胜过名人，名人也赢过他。

"不败的名人"最后的胜负棋就是这盘引退棋。跟与雁金七段和吴六段下的棋意义不同。大竹七段赢了名人，下一位名人也不会立刻成为主要问题。因为，引退棋是时代的分界点，也是时代的交接，后来人将会给围棋界带来新的活力。引退棋中止，就是历史流动的中止。大竹七段责任重大，怎么能因个人义气和事由就放弃呢？大竹七段离名人如今的年纪还有三十五年，二人年龄的差距比七段的年纪还要大五年。七段在日本围棋昌盛期的棋院里成长，跟名人过去受过的辛苦完全不同。从明治年间的草创到勃兴，再到近年来的昌盛，名人一路负重走来，成为围棋界第一人。让他六十五年生涯的引退棋顺利完成，不正是继任者应尽之道吗？在箱根，病人虽然有些任性，但老人忍着病痛继续下了。身体明明依然不好，还要在伊东把棋下完，甚至还把白发染黑再过来。这是名人的拼搏精神。如果年轻的对手放弃对局，全社会的同情都会汇集到名人身上，大竹七段会成为众矢之的。

---

① 定先、互先都是棋份的种类，用以确定对弈双方谁执先手棋。定先，是指棋艺水平有差距的选手对局时所采用的形式，即下手与上手对局中始终执黑子。互先，是棋艺水平相当的选手对局时采用的形式，双方轮流执黑子。

七段有正当的理由，但抬杠也好、混战也罢，下完以后，社会是不知道真相的。正因为这是历史性的引退棋，大竹七段的放弃也将载入围棋史册。更重要的是，七段肩负着下一个时代的责任。在这里放弃了，下完以后的胜负揣测就会变成嘈杂的丑恶传闻。病弱年老名人的引退棋，年轻的后辈棋手可以阻碍吗？

虽然断断续续地，但我说了很多。可是七段不为所动，始终不说继续下。当然，七段有正当的理由，他不断地忍耐、让步，不满在心里郁积。这次也是，一旦让步，连自己的情况也不予考虑，明天就要开下。既然自己没法充分地下棋，那干脆不下反而更有良心。

"那么延长一天，后天下可以是吗？"我问。

"嗯，没错，但已经不行了。"

"后天没问题吧。"

我再三确认。但我没说要去跟名人谈，便跟大竹七段分开了。大竹七段再次表示要放弃，跟我告别。

我回到工作人员的房间。五井记者枕着胳膊躺着。

"大竹说不想下了吧？"

"对，他跟我说的就是这个。"

八幡干事弓着胖胖的后背，靠在桌子上。

"但是，延长一天就可以。我去跟名人说，问他能不能延一天。"我说，"我可以去跟名人谈谈吗？"

我到名人的房间，刚一坐下就开口，"实际上，是想拜托您……"我说，"我本没有立场提出这样的要求，的确是我多事，但明天的对局能不能改到后天？大竹希望能够延期一天。他带来旅馆的幼子生病了，发了高烧，大竹非常担心，他自己肠胃也不好……"

名人面带惊讶地听完，立刻干脆地说道："没问题，就这么办吧。"

我立刻流下泪来，完全出乎意料。事情就这么简单地办好了，但我却没立刻起身离开，而是和名人夫人聊了一会儿。

虽然对局延后一天，但名人对大竹七段一句不好的话都没说过。名人做出延后一天并不算什么的样子，然而他早就等得疲惫不堪，眼看着明天总算要下了，结果却又延后，心情再次受挫，这对竞技中的棋手来说，并非不重要的问题。所以工作人员之前没对他说。我过来请求，实在是万不得已，想必名人已经察觉了。名人若无其事的承诺让我感动不已。

我先去工作人员的房间，告诉了他们情况，然后又去了七段的房间。

"名人同意延后一天，后天开局。"

七段非常意外。

"名人对你让步一次，下次再有什么事，大竹你也要对名人让步啊。"我说。

夫人在孩子病床前照顾，她礼貌地对我致谢。房间里甚为凌乱。

三十五

在约定好的"后天",即十一月二十五日,时隔七天的棋局终于得以续盘。见证人小野田六段和岩本六段忙完了棋院升段赛,前天晚上到了这里。

名人坐在深红色缎子坐垫上,肘边是紫色凭几,像僧侣的座位。自初代名人棋所日海,也就是算砂①以来,本因坊家名人都是僧籍。

"现在的名人也剃度了,法号日温,还有袈裟。"八幡干事说。对局室里挂着半峰的"生涯一片山水"横额。我看着右下角的字想起,报纸曾说这位高田早苗②博士病危了。另一幅横额是中洲三岛毅③博士的"伊东十二胜记"。下一个房间有八席大,挂着

---

① 本因坊一门的创始人是僧人日海,因极善围棋,受到幕府几代将军的喜爱。为他成立"棋所",赐予称号"名人",日海是其法名,在棋界以本因坊为号,改名算砂。
② 高田早苗(1860—1938),日本教育者、政治家。"半峰"是其号。
③ 三岛中洲(1830—1919),名毅,汉学家。

行脚僧流浪诗的挂轴。

名人旁边放着一个挺大的小判①形状桐木火盆，为了防止感冒，在他身后还放了一个长火盆，正冒着蒸汽。七段说着请坐，摇晃着脑袋。名人里面穿着毛衣，外面裹着像棉被似的防寒服。听说他有点低烧。

拆开封手黑105，名人用两分钟下了白106，大竹七段又开始长考了，还说了些梦呓般的话。

"奇怪啊，有限制时间。哪怕是高手，四十小时不够用也是够吓人了。那可是开天辟地第一回，是故意消耗时间吗？这里一分钟就能下啊。"

阴沉的太阳下，鸭鸟鸣叫不已。我来到走廊上，池塘边的杜鹃花里有两株开得灿烂，也有未开的花苞。黄鹡鸰朝走廊飞过来，远处传来提取温泉水的马达声。

七段在黑107上用了一小时零三分。黑101侵入右下角白模样，先手十四五目，黑107在左下角扩张，后手约二十目，这两个大的实利都归了黑手，大家都看到了，不过黑棋在顺序上确实占优。

可是，到这里先手转到了白棋。名人表情严肃，闭着眼睛，静静调整呼吸，脸涨成了紫红色，脸颊上的肉一抽一抽地动着。风声、法华太鼓的透彻声音似乎都听不见了。名人四十七分钟后落子，这是他在伊东唯一的一次长考。接下来的黑109，大竹七段又用了两小时四十三分钟，成了封手。这天只下了四手。七段的使用时间是三小时四十六分钟，名人只有四十九分钟。

"这种生死存亡的紧要关头，不知道还会出现多少回啊，真是要命啊。"起身午休时，七段半开玩笑地说。

---

① 小判，江户时代的一种金币，椭圆形。

白108威胁了左上角的黑子，也消除了中间黑子的厚势，在这二者之上，还保护了左边的白子，是极高明的一手。吴清源也解说道："白108这一步是非常难的。这一步究竟会下在哪儿，我看的时候也抱着极大的兴趣。"

三十六

中间休息了两天，到了第三天对局日的早上，名人和七段两个人都说肚子疼。据说大竹七段因为这个五点就醒了。

下完黑109的封手，七段立刻脱下裙裤走了，一回来，看到白110非常惊讶："已经下了？"

"不好意思，在你出去期间……"名人说。

七段抱着胳膊，听着风声，说："还不是秋寒风①，可以说是秋寒风吗？已经十一月二十八日了。"

早上开始，昨晚的西风就停了，只是偶尔还会吹过。

白108瞄准了左上角的黑子，所以七段用黑109、黑111保护，完全活了。一旦白棋打入，这个角上的黑棋是死还是劫，就像是珍珑棋局，有多种多样的变化，非常困难。

"不把这个角拿进手里可不行啊，这是长期借款，借款的利

---

① 秋寒风，指从秋末到冬天刮的强冷风。

息可高着呢。"打开黑109封手时,大竹七段这样说。这个角的谜题被黑棋消除,平稳收入囊中。

今天在中午十一点之前就下了五手,实属少见。可黑115马上就要赌上胜负,消除白棋大片棋子了,七段不会那么轻易落子。

名人等候黑棋落子期间,聊起热海的鳗鱼店重箱和泽庄,还说起以前的事:那时候火车只到横滨,之后要坐轿子,在小田原住一晚再到热海。

"我那会儿大概十三岁,是五十年前了……"

"真是老故事,那时家父可能还没出生。"大竹七段笑道。

七段思考时说肚子疼,离席两三回。留在原地的名人说:"真是精力旺盛,已经一个多小时了吧?"

"快一个半小时了。"做记录的少女正在回答,正午的报时声响了。少女用擅长的计时法算着号笛的声音,"正好响了一分钟,到九的时候是五十五分。"

七段回到座位上,额头上涂了风湿镇痛膏,手指揉捏作响,还把眼药水放到身边。看他这副样子,众人都以为下午前他不会下了。十二点零八分,棋子落下,发出脆响。

靠着扶几的名人不由"嗯"地嘟囔了一声。他端正坐姿,收回下巴,睁大眼睛,好像要把棋盘看穿。名人眼皮很厚,睫毛到眼球的深邃角度让他的凝视闪着透彻的光芒。

黑115很稳健,白棋不得不坚守中盘地带。午休时间到了。

下午刚坐到棋盘前,大竹七段就返回房间给喉咙上药,那药味道很重。他还上了眼药水,揣了两个怀炉。

白116用了二十二分钟,直到白120,进展都很迅速。白120看起来平缓而松弛地接住了,可名人在三角处严密地控制了局势。果然是决胜负的关键,一旦松弛就至少会损失一目。这样细的棋不能让步。而这样微妙的可能分出胜负的一手,名人只用了一分钟,着实让对手心胆俱寒。更不用说,名人可能在白120之前就开始算目了。他的头一点一点晃动着,应该是在快速计算棋盘上的目数,他的算目给这盘棋带来了极大的压迫感。

有些评论说,胜负差距不过是一目左右。如果白棋在这里尽力得到两目,黑棋也必须强硬起来。大竹七段晃动身子,那张圆圆的娃娃脸上第一次冒起青筋,扇扇子的声音也急促起了。

这下,连怕冷的名人也打开扇子,下意识地扇了起来。我不忍再看二位棋手。终于,名人松了一口,姿态放松了。该落子的七段说:"我一思考就没完,热起来了,不好意思。"说完,他脱下外套扔到一边。受他影响,名人也双手拽着领子往上提了提,伸伸脖子。真是个奇怪的动作。

"热,好热。时间又得长了,真是头疼。——好像走了糟糕的一手,要出问题啦。"大竹七段抑制着急躁的情绪。经过一小时四十四分钟的长考,在下午三点四十三分,黑121封手。

在伊东续盘以来的三天对局中,黑棋从101走到121,共二十一手,使用时间是黑棋十一小时四十八分钟,白棋一小时三十七分。如果是一般的棋局,大竹七段仅仅走十一手就没有时间了。

黑白双方剩余时间的悬殊差距,也是名人和七段在心理和生理上的差距。其实,名人也是推敲耗时的棋风。

三十七

每到夜晚就会刮起西风。但对局日十二月一日的早上,似乎飘荡着地气,天气十分明丽。

名人昨天白天下完将棋后去街里打了台球,晚上还跟岩本六段、村岛五段和八幡干事等人打麻将打到十一点。今天早上八点前就起来了,在庭院里散步。庭院里落了一只红蜻蜓。

大竹七段的房间在二楼,下面的红叶还有一半是绿的。七段是七点半起来的,说自己昨天肚子特别疼,可能会病倒。桌子上放着十几种药。

名人的感冒总算好了,可年轻的七段身体又出现了种种问题。和名人相比,七段要更为神经质。两人的体质不能单单从外表体格来看。名人一离开对局场所就立刻忘掉棋局,沉浸到其他比赛中,在自己房间里也不碰棋子。而七段连休息的日子都对着棋盘,毫不懈怠地研究打挂的棋局。不仅是年龄,二人的风格也极为不同。

"'神鹰号'到了，昨晚十点半……很快啊。"一日早上，名人到工作人员的房间来聊天。

对局室是东南朝向，明亮的晨光照在隔扇上。

八幡干事给棋手看了封章，打开信封，将棋谱拿到棋盘上展示，黑121封手打在棋谱上了，他却没看到。

轮到封棋的棋手要自己把那一手写在棋谱上，放进信封，不能让对手和工作人员看见。之前打挂时大竹七段是到走廊上写的。信封由棋手封好盖章，再放进一个大信封里，由八幡干事封好盖章。直到下次续盘那天早上，都一直放在旅馆的保险柜里。所以名人和八幡都不知道封手是什么。但是周围的人会做种种推测，能猜出个大概。更何况黑121封手到底下到哪儿，也是这盘棋的一个高潮，这一手让一旁观战的我们紧张不已。

不可能看不到。八幡慌忙查看棋谱，没有找到。再仔细一看，才"啊"地喊了一声。

我离棋盘有段距离，看不到黑子走了哪里，况且就算知道落子的位置，我也不明白走到那里的意义。黑子落在与激战正酣的中腹毫无关系的地方，在离得很远的上边。

简直是制造劫材①的一手，连普通人都感觉到了，我顿时感到胸中沉闷，心情起伏。大竹七段是为了封手而下的封手吗，把封手当成战术？那是卑鄙而低劣的，我心中生疑。

"我以为下在中腹……"八幡干事苦笑着说，从棋盘边退开。

从右下到中腹是白棋的大模样，黑棋打算削减这里，正是攻

---

① 劫，也称"打劫""劫争"，一种相互提子的特殊形式。黑白双方在同一处各围住对方一子。若黑先提白一子，按规定白方须于他处下一子，待黑方也在他处应一子后，方可回提一子。这种双方都必须间隔一步才能提回一子的着法称为"劫"。劫材即是当一方提劫后，另一方为了达到把劫再回提过来的目的，下一着迫使对方不得不应的棋，对方如不应，将遭到比劫更大或大小相当的损失。劫材通常在对方劫材有利的时候使用，是高级打劫技巧。

防战最激烈的时候，不可能下到别处。八幡干事只在中腹到右下的战场查找也是理所当然的。

对黑121，名人用白122在上边的白棋持目。如果不管，八目空地的一块白棋就可能会被吃掉，劫材不够了。

七段把手伸进棋盒，抓着棋子思考了一会儿。名人握拳放在膝上，歪着头，凝神静气。

黑123用了三分钟，又回到已被侵削的白地上，先侵入右下。之后黑127再次冲向中央。黑129最终切入白地中间。名人之前用白120顶出三角，现在头切断了。

"白棋120被强力压制了，黑棋用123到129巩固了冲出的决心。黑棋的这种下法在细棋中常见，是决胜的气势。"吴六段这样解说。

但名人没理会黑棋拼死一搏，而是放下这里，反过头袭击右边，压制黑棋的出击。我十分惊讶，真是意外的一手。我似乎被名人的鬼气打到了，感到喘不上气来。面对大竹七段黑129的一流狙击，名人看到空隙，一翻过身立刻反靠过去，还是自伤以杀敌，追求激烈的搏杀呢！白130与其说是决胜，其实不如说是名人愤怒的一手。

"下到不得了的地方了，不得了啊……"大竹七段反复念叨着，思考黑131期间也一直说，"被打到不得了的地方啊，那一手太吓人了，真是惊天动地啊，本来想提空眼，结果反而被抓住了……"

见证人岩本六段也感叹道："战争原来是这样的啊。"他的意思是在实战中，突发的无法计算的事件会决定命运走向。白130就是如此。对局者的思考、研究，普通人乃至专业棋手的所有预想，都在这一手烟消云散了。

当时身为外行的我还不知道，白130这一手是"不败的名人"的败着。

三十八

因为盘面不一般,午休时,不知是我莫名地跟着名人,还是名人莫名地邀请了我们,名人回到房间,刚刚坐下就说:"这盘棋结束了。大竹的封手毁了这盘棋,他的做法就像给好不容易画好的画涂上了墨。"

名人的声音细小而激烈:"看到那一手,我真想放弃了。到目前为止来看……我觉得放弃比较好。但是下不了决心,又改了主意。"

当时是八幡干事还是五井记者在场,或者两人都在场,我记不清了,总之我们都沉默不语。

"走了那样一手,是要在两天休息期间研究了吧,耍小聪明。"名人说道。

我们没有回答。因为既不能应和名人,也不能为七段辩解。

但是,我们和名人有同样的感觉。

只是那时,我丝毫没有察觉名人极为愤怒、失望,甚至想放弃比赛的心情。面向棋盘的名人没有表情和动作，谁都没有发现名人的内心是那般震荡动摇。

八幡干事在棋谱上找黑120的封手，最后找到、落子，我们的注意力都跑到那上面了，没有去看名人的表情。但名人的下一步白122"无时间"，也就是在一分钟以内落子，所以我们没看出名人内心的不平静。那一手不是在八幡找到封手后的一分钟之内下的，而是在计时开始之前。名人在短短的时间里平复了心绪，没有改变对棋局的态度。

从如常下棋的名人口中听到意外的愤怒话语，这让我感到冲击。从六月到十二月的今天，我好像终于感受到了下这盘引退棋的名人。

名人一直把这盘棋当作艺术作品来创作。若是用画来比方，就像在他的感情即将达到高潮时，画突然被墨涂黑了。围棋是黑白双方交替落子，是由创造意图和结构的艺术，如同音乐一般，是心灵的流动。七段的做法就像是往演奏中掺进一个奇怪的杂音，二重奏对手突然奏出诡异的小节，把乐曲毁掉了。围棋中，会因为对手的错着和漏看而有损一盘名局。大竹七段的黑121让所有人都感到意外、惊讶、奇怪和怀疑，这突然的一手切断了整盘棋的走势和节奏，这是毋庸置疑的。

果然，这一封手成了围棋爱好者乃至社会上议论的焦点。黑121下在这里，我们这些外行人的确感到异样和不自然，但后来在专业棋手中，有人认为黑121是有作用的。

大竹七段在《对局者感想》一文中这样说："黑121这一手是早晚要下的。"

吴六段在解说中简要谈到了黑121的作用："如果白走了一5、一6，扳粘以后，黑走121，白可以不接，走一8活棋。这样黑棋就很难劫材。"他只是简单触及了下黑121的意义。大竹七段这一手，肯定也是考虑到这层意义的。

但当时正值中腹激战，又是封手，不仅惹怒了名人，也让众人心生怀疑。如果这是打挂的一手，倘若在困难的情况下采取权宜之计，暂时凑数下出黑121，到三天后续盘之前，就可以充分研究今天应该下的那一手。在日本棋院的升段赛上，在还剩一分钟的紧迫时间内，不得已下了劫材的一手，从而延长一分钟寿命，这样的棋手也不是没有。也有棋手下了功夫，让打挂和封手变得对自己有利。新规则催生了新战术。在伊东续盘以来，连着四次都是黑棋封手，恐怕也并非偶然。名人自己说"如果放慢速度下白120，我肯定不会满意。"可见名人心情紧张，接着就是下黑121了。

在那天上午，大竹七段的黑121让名人愤怒、失望、心情激荡，这是事实。

名人在棋局终了的讲评时，没有提到黑121。

但两年以后，在《名人围棋全集》的《下棋选集》的讲评中，"黑121是有利的机会，"名人说得十分明确，"如果犹豫（被白扳粘以后），就要注意，黑121可能会失去作用。"

既然对手名人这样承认了，应该是没有问题的。名人生气，是因为这一手当时出乎意料。他怀疑大竹七段的用心，也是生气中的误会。

名人惭愧于自己当时没能认识到，所以特意在此说了黑121。但《下棋选集》是在引退棋两年后，也就是名人去世之前半年左右出版的，也许是名人想起这一手让大竹七段饱受议论，所以就平和地承认了那一手吧。

大竹七段所说的"早晚"就是名人所说的"现在"吗？对我这个外行来说，这又是一个谜团。

三十九

　　名人为什么会走出白130这个败着呢？似乎无法解释。
　　名人这一手是在上午十一点三十四分下的，思考了二十七分钟。在思考将近半个小时后下错，虽是偶然，可名人为什么不多等一个小时，等到午休以后呢？我为他感到惋惜。离开棋盘，休息一个小时，也许能下出正着吧。他那时简直像被妖怪附身了。白棋时间还剩二十三个小时，一两个小时完全没有问题。但名人没把午休当作战术。黑131却遇上了午休。
　　白130是反击的一手，大竹七段也说是"被杀了个回马枪"。吴六段也说："这里很微妙，如果被黑129断掉，白130就有活的意思。但是黑棋拼死一断，白棋也没有松手，在激烈的对局中，哪一方松了力，哪一方就会崩溃。"
　　自伊东续盘以来，大竹七段不断斟酌，坚韧不拔，走得慎重而稳健。黑棋紧绷的力量爆发就是129的断。白130的松懈让我们有多惊讶，七段就有多激昂。如果白棋吃了右边的四目黑棋，黑棋就会踏入中腹的白棋领地。七段没有管白130，从黑129长①到黑131位。名人果然在白132回到中央。如果白130回应黑129就好了。

  名人在讲评中这样感叹："白130是败着。这一手暂且在九15断，是给黑棋的回应。如果黑棋在八15回应，那白130就是对的。接下来黑131就算长，白也不用考虑黑在十二16的跳，可以悠闲地在十一12位上准备。哪怕看其他任何变化，局势都比棋谱复杂，是极为细小的斗争。受到黑133之后的严酷进攻，正是白棋的致命伤。之后我尽力收缩，但已是狂澜既倒，无力回天了。"

  白棋鬼使神差的一手，也许正是名人心理或生理上的破绽。白130可以看作强手，也可看作是有韵味的一手，那时我作为外行，以为这是一直防守的名人终于进攻了，也觉得是名人忍无可忍，终于发怒了。但也有人认为，如果白棋接了黑的断就好了。白130的败着，也许并不是上午名人对大竹七段封手的愤怒余波，但到底为何我不得而知。就连名人自己，也不明白他内心里命运的波澜和过路妖魔的威力吧。

  名人下完白130以后，不知从哪儿传来优美的尺八声，稍稍缓和了棋盘上的风暴。名人侧耳倾听，好像回忆起什么，"站在高山看谷底，正见瓜茄花盛时……刚学尺八的时候，都要先学这个曲子。还有一种比尺八少一个孔的乐器，叫竖笛。"

  大竹七段的黑131中间隔了午休，用时一小时十五分钟。下午两点，他一度抓着棋子，"嗯"了一声，再次思考了一分钟，方才落子。

  看到黑131，名人依然挺直胸脯，伸着脖子，焦虑地敲着桐木火盆的边缘，目光锐利地扫过棋盘，默默算目。

---

① 长，围棋术语，是指紧靠着自己在棋盘上已有棋子继续向前延伸行棋。"长"一般用于与对方接触交战的时候，将己方的子连成一片，更好地攻击对方。

黑129切，白棋的三角已经只剩一半，黑133再切，吃三子，到黑139连续吃子，迅速挺进，大竹七段所说"惊天动地"的大变化发生了。黑棋挺进白模样正中。我仿佛听到白棋阵地轰然崩溃的声音。

白140，是直接长一下逃开，还是横向吃黑棋两目呢？名人频频扇着扇子，无意识地嘟囔着："搞不懂，都差不多，搞不懂。"

"不明白，不明白。"

但这一手也下得很快，只用了二十八分钟。到了三点钟，点心送上来的时候，名人对七段说："吃点蒸寿司怎么样？"

"我肚子有点不好……"

"用寿司治治看。"名人说。

大竹七段看名人下了白140，说："我以为到这儿是封手，要继续下啊……这么噼里啪啦地下，太累了。没什么比下棋更累了。"

名人下到白144，黑145封手。大竹七段抓着棋子，正要落子，又陷入思考。到打挂时间了，七段到走廊上封手，这期间名人严肃地看着棋盘，没有动。他的下眼皮似乎热了，有点浮肿。在伊东对局中，名人频繁地看表。

四十

"今天能下完的话,就下完吧。"十二月四日早上,名人对工作人员说。上午对局期间也对大竹七段说:"今天下完吧。"

七段静静点头。

历时约半年的一盘棋,终于要在今天画上句号,作为忠实的观战记者,我极为感动。而且,名人落败已经是人所皆知了。

上午七段从棋盘前站起来走出去时,名人看向我们:"都下满了,没有落子的地方了。"他轻轻微笑道。

名人不知道什么时候叫的剃头师傅,今天早上剃了一个和尚那样的光头。他把住院期间长长的头发梳了分头、染黑白发来到伊东,又突然剪成了极短的寸头。我觉得名人可能也有装模作样之处,但又好像想要干脆利落地洗净什么一样,看起来脸带光泽,显得十分年轻。

四日那天,庭院里的梅花开了一两朵。那天是星期天,从星期六开始,旅馆客人多了起来,今天就把对局室改到新馆了。

名人旁边的房间在新馆的最里面，我一直在他隔壁留宿。名人的房间正上方二楼的两间从前天晚上起就被工作人员占了，也就是说，为了保障名人的睡眠，避免让其他客人入住。大竹七段之前住在新馆二楼，因为身体状况不好，上下楼很不方便，不知是昨天还是前天搬到楼下了。

新馆朝向正南，因为庭院宽阔，阳光直照到棋盘附近。等待开启黑145封手时，名人歪着脑袋，看着棋盘，眉头紧皱，神态很是严肃。大竹七段也许是胜利在望吧，落子很快。

终于进入终盘，棋手的紧张感跟定式和中盘时又不一样。紧绷的神经闪闪发光，探出的身形更添气势。如同锋利太刀碰撞交锋，呼吸也变得短暂而急促。我觉得自己看到了智慧之火在闪烁。

如果是普通棋局，大竹七段在最后一分钟里能下一百手，展现他的奋勇冲刺，但这盘棋七段还有六七个小时，时间相当充裕。可到了终盘，顺着相互竞争的感觉，下棋的节奏似乎停不下来了，好像自己催着自己似的，不自觉地把手伸进棋盒，又每每陷入思考。连名人也是抓了棋子以后再犹豫片刻。

看到这样的终盘，我仿佛看到灵敏的机械或机敏的计算在飞快运转，秩序井然，给人带来愉悦的美感。说是战斗，却以优美的形式呈现。目不斜视的棋手更为这份美感增色。

从黑177到白180，大竹七段似乎也因充溢的思绪而恍惚，他丰满的圆脸好似圆满具足的佛面。脸上满是棋艺之道的喜悦，不必多说，那也是一张漂亮的脸。这时他似乎已经想不起自己肚子不好了。

在此之前，大竹夫人大概是担心，在房间里待不住，到庭院里走来走去，抱着那个桃太郎一般的漂亮婴儿，从远处看着对局室那边。

海那边传来长长的汽笛声，笛声结束时，下完白186的名人突然抬起头，朝向这边，和蔼可亲地招呼道："有空位子。"

小野田六段在今天完成秋季升段赛，过来见证比赛。此外还有八幡干事、五井、砂田两位记者、《东京日日新闻》的伊东通信员等人，这盘棋的工作人员齐聚于此，共同观战临近尾声的终盘。隔壁房间里也挤了很多人，还有站在隔扇后面的。名人就是招呼他们说到这边来看。

不知何时，大竹七段的佛面又充满了斗志。名人身材瘦小，他静静地端坐不动，似乎让周围都安静下来，看起来格外高大。他频频算目，七段走黑191，名人垂下头，猛地睁大眼，膝盖向前挪，两人的扇子都发出急促扇动之声。黑195以后便午休了。

午休挪到之前的对局室，旧馆六号房间。中午过后，天阴沉下来，鸟叫频频。棋盘上开了灯，一百烛①的灯太亮，用了六十烛的。影子微微带了棋子的颜色，落在棋盘上。为了装点这局棋的最后一天，旅馆颇费心思，壁龛的挂轴换成了川端玉章的山水双幅，摆件是乘象佛像，旁边放了一盘盛满了胡萝卜、黄瓜、西红柿、香菇和鸭芹的供品。

我曾听说，像这盘棋这种重大的胜负，接近终盘往往会极为残酷，让人不忍卒看，但名人不动声色。从二百手左右开始，名人脸颊泛红，也第一次摘下围巾，虽然气势迫人，但姿态始终不变。黑237落子后，名人已经安静了。在沉默地提掉一个空眼的瞬间，小野田六段说："是五目吗？"

"嗯，五目……"名人低声说着，抬起肿胀的眼皮，并不打算数目了。终局是下午两点四十二分。

第二天，对局者谈过感想后，名人微笑着说："我没数就说是五目了……根据估算，是六十八对七十三。如果实际计算的话，可能会更少。"结果是黑五十六目，白五十一目。

---

① 烛，光度单位，1961年废止。

因为白130这一败着，黑棋破了白模样，在此之前，谁也没想到会产生五目的差距。名人自己表示，白130之后，在160手左右，不自觉忽略了十八17的先手的断，错失了"缩小一些差距"的机会。这样看来，就算有白130这一败着，胜负差距也应该会缩小到五目以内，也就是三目左右。如果没有白130这一败着，就不会发生"惊天动地"的变化，这盘棋的胜负又会如何呢？黑棋会输吗？外行人不知道，但我觉得黑棋不会输。看到大竹七段下这盘棋的觉悟和态度，我真心相信黑棋无论如何都会获胜。

可是，六十五岁的名人强忍着病痛的折磨，面对现役棋手第一人的拼死缠斗，也能使之几乎丧失了先手之利，不得不说他下得好。白棋没有利用黑棋的恶手，也几乎没采取策略，而是自己将这盘棋引导向微妙的胜负。但因为对疾病的不安，精神没有跟上吧。

"不败的名人"在引退棋中败了。

"名人的观念似乎是这样的，对第二位的棋手、也就是仅次于自己的人，要全力以赴。"名人的一位弟子说。

不管名人有没有亲口说过这样的话，但他用自己的围棋生涯实践了这句话。

棋局结束的第二天，我从伊东返回镰仓家中，迫不及待地将为期六十六天的观战记写完，之后像要逃离这局棋一样去伊势和京都旅行了。

名人依然留在伊东，体重也增加了一公斤多，计有四十一公斤了。还听说他带了二十套棋盘棋子去疗养所慰问伤员。昭和十三年年底，温泉旅馆已经开始被用作伤兵疗养所了。

四十一

　　虽说是引退棋的后年,但因为是正月,实际上刚好是一年以后,名人的内弟高桥四段在镰仓私邸教授围棋。开学那天,名人带着门下弟子前田六段和村岛五段二人出席。那是正月七日,我时隔许久,再次见到名人。

　　名人下了两局练习棋,看起来身体很不舒服,手指似乎拿不住棋子,落棋子也是轻轻的,几乎没发出任何声音。第二局时有些呼吸困难,眼皮也稍微肿了起来。虽然不是很明显,但我想起箱根时的名人,看来他的病并没有好转。

　　今天不是跟专业棋手下棋,没有任何问题,但是名人还是立刻进入了忘我之境。该去海滨饭店吃晚饭了,于是第二局在黑130结束。对手是很强的业余初段,赢了四目。黑棋自中盘开始棋风有力,破了白棋的大模样,最后白棋有些单薄。

　　"黑棋不是下得很好吗?"我问高桥四段。

　　"是啊,黑棋赢了。黑棋下得厚,白棋处境很艰难啊。"

四段说。

"名人好像恍惚了，跟以前不一样了，变脆弱了。真是不能再下棋了啊。从那盘引退棋之后，一下就衰弱了。"

"好像突然老了。"

"是啊。最近已经彻底变成一个慈祥老头了……如果引退棋获胜，可能还不会这样吧。"

在海滨饭店分别时，我跟名人约好"在热海再见"。

名人夫妇一月十五日到了热海的鳞屋旅馆。我在此之前就住在聚乐了。十六日下午，我和妻子一起去鳞屋拜访。名人立刻拿出将棋盘，跟我下了两局。我将棋不行，让他提不起兴致，即使名人让我两个桂马，我还是输了。名人再三挽留我们，说要边吃晚饭边聊。我说："今天太冷了，我们先告辞，下次找个暖和的日子，我陪您去重箱或竹叶①。"

那天飘了雪花。名人喜欢吃鳗鱼。我回去以后，名人泡了热水澡，好像是夫人帮忙从身后撑着名人的两肋。睡下以后，名人胸口疼痛，呼吸困难，第二天天没亮就去世了。是高桥四段打电话通知的我。我想，是不是因为我们前天去拜访，影响了名人的身体呢？

"前天名人那么挽留，说要一起吃晚饭……"妻子说。

"是啊。"

"夫人也一直挽留，我们却拒绝了，感觉对不住他们。夫人都跟女仆说完，准备好小菜了。"

"我也知道，可是天气冷，对名人身体不好……"

"希望他能这样想吧……难得人家一番好意留我们，会不会让人家不高兴……他好像真的不想让我们回来，我们当时坦然接受就好了。名人有点寂寞吧？"

---

① 重箱、竹叶均为店铺字号。

"好像是很寂寞，不过，他一直是这样。"

"天气那么冷，还到玄关来送我们……"

"别说了，已经……可恶，可恶，我不想有人再去世了。"

名人的遗体当天运回了东京，从旅馆玄关搬上汽车时，用被子裹得非常非常小，简直像没有身体一样。我们站在稍远的地方，等待着汽车出发。

"没有花。喂，花店在哪儿？快去买点鲜花，车要开了，快点儿……"我对妻子说。

妻子跑回来。名人夫人坐在运送遗体的汽车里，我把花束交给她。

（昭和十三年—昭和二十七年）

本因坊秀哉名人告别赛

至一百手

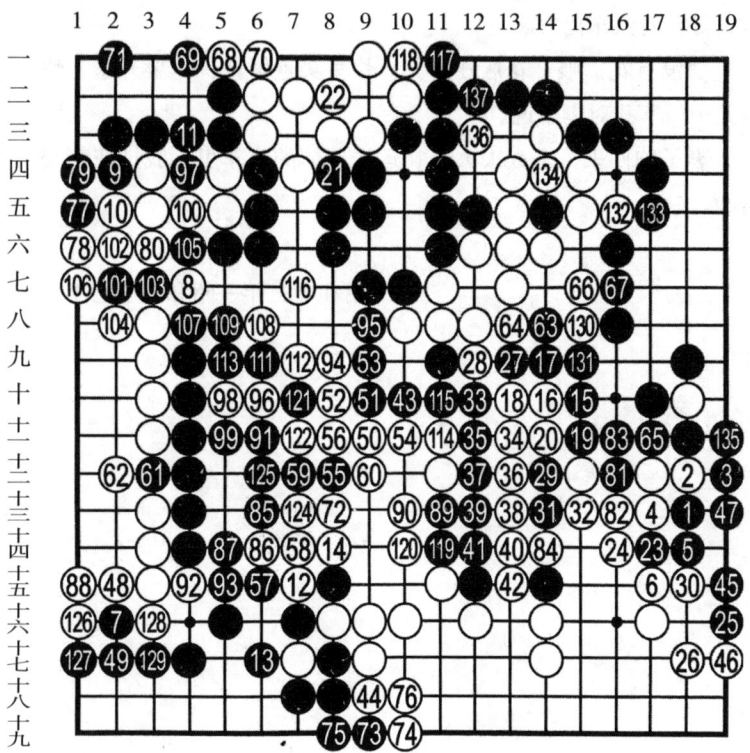

从一百手至二百三十七手终

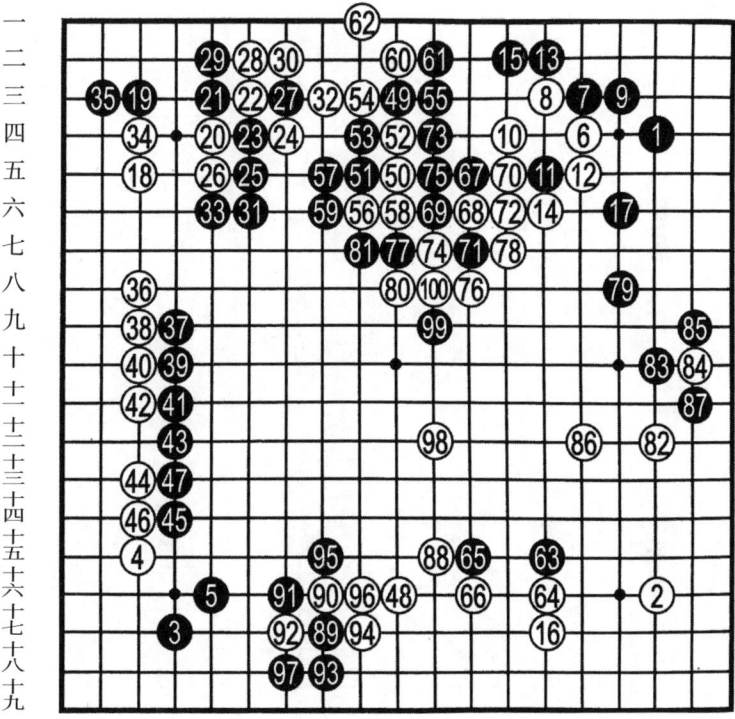

○ 110（3·七）
● 123（6·十）

黑胜五目

时限各四十小时

用时合计：

（白）十九小时五十七分

（黑）三十四小时十九分